南开情未了
——敬献给母校南开大学

曹桂方 著

南开大学出版社

天 津

图书在版编目(CIP)数据

南开情未了 / 曹桂芳著. —天津：南开大学出版社，
2012.8

ISBN 978-7-310-03963-0

Ⅰ. ①南…　Ⅱ. ①曹…　Ⅲ. ①回忆录—中国—当代
Ⅳ. ①I251

中国版本图书馆 CIP 数据核字(2012)第 155813 号

南开大学出版社出版发行

出版人：孙克强

地址：天津市南开区卫津路 94 号　　邮政编码：300071
营销部电话：(022)23508339　23500755
营销部传真：(022)23508542　　邮购部电话：(022)23502200

*

天津午阳印刷有限公司印刷
全国各地新华书店经销

*

2012 年 8 月第 1 版　　2012 年 8 月第 1 次印刷
230×155 毫米　16 开本　13.5 印张　2 插页　230 千字
定价：32.00 元

如遇图书印装质量问题,请与本社营销部联系调换,电话:(022)23507125

我把少年寄给你

——勉为曹桂方记实散文《南开情未了》序

刘绍本

　　南开大学，挚爱着的母校，我们曾把少年寄给了你。往昔岁月，有两个时事懵懂的稚年学子，倾身投奔到"渤海之滨，白河之津"的校园，一个是 1956 年入学时的 17 岁，一个是 1959 年入学时的 18 岁，那就是我俩啊。如今，距毕业离校也近半个世纪了，当年的万千弟子已进老境，而母校正"永葆其美妙之青春"。

　　平日里，聊起家常来，我曾不时地对自家晚生后辈提起：像我和我的同学曹桂方如此人生轨迹相重合的样子，恐怕够上罕见的了。我们俩都是北京生人，他在石景山北辛安镇上的小学，然后在九中读了六年中学；我则在东城吉祥胡同小学读书，接着又在五中念完初高中，然后分别在上个世纪 50 年代的后半期，考入了南开大学中文系。虽然入学早晚差了三年，但因为 1958 年学校发展，从在读的学生中间抽调出几十人参加校系工作，把我从中文系三年级抽出来到校刊《人民南开》编辑室担任编辑。直到 1962 年贯彻"调整、巩固、充实、提高"八字方针，学校批准这批学生可以申请复学，于是我又回到中文系继续攻读四年级和五年级，这时便和 1959 年入学的曹桂方编在一个班上了，而且同住八人一间的 212 寝室上铺，课后同在一个《党章》学习小组里研修。日出而读，日入继膏。1964 年秋天，宣布毕业分配到石家庄，赴河北师范大学任教，我们便携"一铺一盖，一碗一筷"的行李和满纸箱的专业书籍，过京门而不入，赶往河北报到。这一下子，说话快有 50 年了，就再也没有分开过。先是在赵县南庄村参加农村社教一年；回校后给 1965 年秋入学的本科生教了半年课，曹教文艺理论,我教当代文学和写作;没等讲完,又让参加"半工半读"高教试点,开办"平山耕读大学"文科班,文革动乱中就一道成了县城里的"黑帮"。三年后,返回校本部,也没"呆"在校园里,而是组成"教育革命"小分队,下乡调研备课、培训师资,后来又与 1970 年入学及其后的六届学员,还有 1977 年恢复高考后的几届学生"开门办学",几乎遍走省内农村先进典型单位,接受"再教育",探求新途径。直到改革开放的新时期里,80 年代初,我们又先后从教学岗位到学校的管理岗位,成了"又上班又上课"的"双肩挑"。曹桂方当过校长,是从校党委书记岗位退休下来的,我痴长两岁,所以退休也要早两年。如今两家的第三代人年纪尚幼,只知祖籍北京,爷爷在天津读过书,自己成了新石家庄人。童声稚语,足以尽享"弄孙如饴"之乐……以上回顾,历数诸端,不避冗庸,心意只有一个:南开在我们的人生中占有何等鼎重的位置,南开塑造和影响了我们一生。

恰同学少年。我们人生交响的华彩段落正是在南开校园度过的。说起来,大学得以存在的终极理由和根本使命是培养人,就是要趁受教育者年轻而又最具可塑性的时候,教育他们,塑造他们。而我们接受教育的时代背景,横跨上个世纪的 50 与 60 年代之间,已经进入到经济建设的共和国,仍处"多事之秋"。1956 年入学的年级,应着"向科学进军"的号召走到 1957 年春夏之交,便迎头相遇"反右派"斗争;经过 1958 年的"大跃进":大炼钢铁、三下海河和"共产主义暑假"五十个日日夜夜;转年便与 1959 年入学的年级接受"反右倾"机会主义的斗争;接踵而来的"三年灾害"困难时期,强调劳逸结合,下乡参加"整风整社"收听"九评"文章,投入市内"双革四化"和津郊"河网化"建设;1964 年毕业前,"千万不要忘记阶级斗争"的警号已时时震响。这些年里,有个贯穿始终的节目,便是"红专大辩论":"插红旗,拔白旗",主张"先红后专"的理直气壮,举例"先专后红"的吞吞吐吐,得出的结论是"我们的口号是又红又专",许多人又未必服气。面对着当年的那一切,我们有过自己的困惑,比如慨叹自己的头脑中"缺弦",依然充斥着陈旧的意识,抱怨老辈前人经历不够"纯净",自己没有"血与火"的考验……但是我们又是积极要求进步的,不愿意去做时代的弃儿,而总想当好于国家和大众有用的人。

　　这种"少年"时期"得"来的"志向"是怎麼形成的？在20世纪五六十年代之间接受高等教育的背景，状况到底是怎样的？教育与意识形态和科学实践紧密结合，是如何渗入心底的？而这个"棒打不散"的"物美价廉"的知识群体，又是怎样造就的？在曹桂方的《南开情未了》散文集中，作了情真意切的记录与回答。特别是"初识南开"和"五年熏陶"两辑，自外至内、由宏而微，描绘了这个"大气场"对诸弟子的调理与影响；"师恩似海"和"魂牵梦萦"两辑，更从垂范施教和人格养成上，讲述了大师们的完美的"铸魂"工程。不错的，大学是青春洋溢、激情奔放的家园，大学是知识创造、汇聚传播的圣殿；大学更是名师荟萃、精英云集的高地，大学更是社会良心、民族灵魂之所在啊。这多年来，南开秉承"允公允能，日新月异"的校训，弘扬"爱国、敬业、创新、乐群"的传统，让受教育者得益终身。稳定的人文理念和价值观，比一般地传授知识和教会技能更显重要。一个人能否在大学里真正学成，不仅是个智商问题，更有追求和价值取向的问题。"富贵不能淫，威武不能屈，贫贱不能移"已经成为一代代知识分子的典型写照。可以清贫、困窘、献身，但不可以没有责任、气节和操守。离开了校园，在世间以学术为业的人，必须承受起"修身、齐家、治国、平天下"的理念，方才无愧于"南开人"的称号。

　　我十分赞许同学曹桂方在这本书中带有结论式的剖白："'南开'两个字已不仅仅是一个校名，一个符号，还更是一种朴实无华、积极向上的精神，是一个货真价实、令人信服的品牌。它所蕴涵的历史意义和人文精神，早已洋溢于校园并充盈于社会，享誉海内外。"南开大学，深深挚爱着的母校！"锦瑟无端五十弦，一弦一柱思华年"，这个情，怎可了结？我们把少年寄给你，你却给了我们明朗和智慧的人生。

　　　　　　　　　　2012年"人间四月天"于河北师范大学

目　录

引子:"还没有走近,已经被感染"

"还没有走近,已经被感染"

有人说:"南开是一所大学,还没有走近,已经被感染。"①乍一听,似乎是绝大的夸张,可细一想,却并非不实之词。

那是因为,"南开"两个字已不仅仅是一个校名、一个符号,还更是一种朴实无华、积极向上的精神,是一个货真价实、令人信服的品牌。她所蕴涵的历史意义和人文精神,早已洋溢于校园并充盈于社会,享誉海内外。即使尚未走进她,也能超越时空距离,感知到她的存在,并深深地受到她的感染和熏陶。

先来听听 20 世纪 50 年代南开大学校园里的一些建筑物和景点的名称吧:

"大中路"、"行政楼"、"农场"、"西大坑"、"南开商店"、"南开书亭"、"南开饭馆"、"学生食堂"……名称和功能如此地直白朴实,如此地表里如一。教工宿舍不称"苑"、"园"而称"村"(如北村、东村、西南村等);学生宿舍不称"斋",而按自然数序称为"第一宿舍"、"第二宿舍"……就连那幽静、闲雅的花园也只是根据其在校园中的地理位置而称之为"中心花园"。校园内的两大片碧水,总该起个漂亮、迷人的名字吧,可也仅仅根据开挖的时间称之为"新开湖",或根据水面形象称之为"马蹄湖"。"新开"者,"马蹄"者,着实"土"得可以了。然而正是这些"土"物、"土"景、"土"名,凝

---

① 见张国:《母校母亲》,载《最忆南开》,南开大学出版社,2004 年版,第 219 页。

聚了几代南开人的心血才智,熔铸了万千南开人的理想情怀。"土"而真,真而美,诚谓"土"中见真,真中寓美。

再听听萦绕于南开园的朴实而真切的话语吧:

"允公允能,日新月异"的校训,已响彻南开校园百余年,并已随万千学子的足迹征程传之于海内外。

"南开南开,越难越开","不抱怨别人,靠自己去干",是校长张伯苓留传给南开人不畏艰险、迎难而上的誓言。

"我们要希望大学办得欧美那样好,能发扬中国固有的学术,不能不属望于私立的南开大学了。南开师生有负这种责任的义务。"曾为南开大学全校师生讲授必修课"中国文化史"的政治活动家梁启超是如此高度评价并寄厚望于南开的。

"我是爱南开的",熔铸着已故老校友周恩来总理对母校的无尽情怀。

"南开精神一直鼓励着我在工作和生活的道路上不断前进","南开精神,永放光芒",寄托了现任总理温家宝校友对母校的感激与祝愿。

国际数学大师陈省身,不仅创办了南开大学数学研究所,而且晚年定居在南开、研究在南开,仙逝后部分骨灰安葬在南开。他曾深情地说:"我最美好的年华,是在南开度过的","这里很清静,适合作研究","为(南开)数学所我要鞠躬尽瘁,死而后已"。

诺贝尔物理学奖获得者杨振宁教授谦虚而诙谐地说:"我是西南联大毕业的,所以也是南开的校友","(我的学士)论文是跟吴大猷先生做的,大家知道,吴大猷先生是南开毕业生","可以说,我是南开大学学生的学生"。他还说:"我非常高兴今天成为这个学术风气非常浓厚的、学术传统很长久的学校的名誉教授。"

人民艺术家老舍先生回顾在南开任教时的情景时说:"在金钱上,不用说,我受了很大的损失。在劳力上自然也要多受好多的累。可是我很快活,我又摸着了书本,一天到晚接触的都是可爱的学生们。"

著名戏剧大师曹禺欣慰而深情地回忆道:"我小时候在南开学校就读,约 14 岁就参加了南开新剧团","(在这里)我开始明白为什么演戏,怎样演戏,甚至于如何写戏的种种学问"。

荣获我国最高科技奖的中科院院士刘东生校友说:"南开教育不仅仅限于在校的几年,而是在我们一生都有深远影响的。"

我们还可以听一听一些"局外"人对南开的评价:

我国伟大的革命先行者孙中山先生说:"南开是世界有名的学校。"

教育家陶行知说:"什么学校最出色,当推南开为巨擘。"

以张伯苓之私淑弟子自称的著名爱国将领张学良曾对周恩来说:"我们都是南开人。"

时任天津市特别市长的著名爱国将领张自忠将军曾说:"南开是华北最有名的学校,个人非常佩服,张伯苓先生的办学精神我更非常佩服","我们很希望这个学校全体师生能够合在一起共同奋斗,来担负救国责任"。

曾任中国科学院副院长的竺可桢说:"南开大学为桢旧游之地,整饬谨严,海内景仰。"

北京大学原校长陈佳洱说:"南开从一所很小的私立大学发展至今天成为国家重点大学,成为一所国内外著名大学,是很不简单、很不平凡的。"

清华大学原校长王大中说:"南开大学培育了已故总理周恩来等全面发展的优秀人才,为中国和世界的繁荣做出了重大贡献。"(以上引文均来自已出版的回忆南开的文集)

……

讲以上这些话的,有南开的创始人和元老,也有党和国家领导人;有在南开学习工作(过)的校友,也有不曾在南开学习和供职的社会活动家;有知名专家、学者,也有爱国将领。这些身份、经历、素养、信仰、职务乃至年龄有极大差异的人,为什么对南开的认识、评价和情感又如此的相近、相通乃至相同呢?让我们到更一般、更广大的范围去听听南开学子的心声吧,也许从中能找出比较满意的答案。

在"百年南开暨南开大学建校 85 周年纪念丛书"之一的《最忆南开》一书中,载有张国先生的《南开现象》一文,文中用相当的篇幅转述了数以千计的南开人在"喜爱南开的理由"调查中的部分感言,虽然文字长了些,我仍要将其全文"抄袭"在这里。因为每一段感言都讲得那么朴实,那么深刻,那么感人,那么经典,那么让人震撼不已。

"一个从来就在那儿默默推行教书育人思想精髓的学校。但她的踏实作风、扎实学风、不为商业社会感染的校风,让我们仰止——这就是南开。"

"南开的气质,学界的旗帜。"

"南开像母亲一样朴实而亲切。"

"纯朴的校风,严谨的学风,敬业的老师,勤奋的同学。"

"第一爱祖国,第二爱南开。"

"对我而言,南开就像一条河,我在那条河里洗过澡,虽已年久,身上仍有那水的味道。"

"南开因为含蓄而隽永,因为沉稳而卓越,如果这是南开的缺点,我更喜欢这样的缺点。"

"南开,永远是一种独特的情结。南开教导的不单是知识和技能,更重要的是她的氛围和精神底蕴,使我知道什么是做人,什么才是扎扎实实地工作,教我去贡献、去奋斗,为自己,为国家,为南开。"

"南开的精神、南开的人文气息是长久积蕴的结果,是一批批南开人奋斗的结果。南开是由一所私立大学发展而来的。一路风雨,一路花开。"

"南开举首望苍穹,不是为了摘取星月,而是为了有一个永不服输的姿态。"

"她在精神上是令人向往的,在教学上是务实的。总理的母校,天津的骄傲。"

"南开一直保持着作为一所名校所应有的圣洁与儒雅,含蓄内秀,脚踏实地,不事声张,永往直前。"

"南开学子有着自己独特的气质与风度,无论何时何地都不会磨灭。这是南开人的特点,是南开人的骄傲。"

"5年前,刚来南开时,高中年轻的班主任对我说'在我心目中,南开是很神圣的',当时我没有领会这句话。5年后,再细细回味这句话,我明白了。南开的魅力是亘古流传的,点点滴滴难以言表。我爱清晨 7 宿舍旁的小花园,爱中午艳阳下的新开湖畔,爱傍晚夕阳下的总理像,更爱夜晚教室里学生读书的宁静和那份踏实。"

"我在南开 7 年。有时我以为我已经忘了南开,就像忘了我曾经那样的年轻。然而我的确曾经那样的青春快乐,正如在我心深处永远刻着'我是爱南开的'。工作以后见过许多的人,我发现南开最大的一个特点就是,每一个南开人提起母校都是无限眷恋、一腔赤诚,也许我们每一个人的南开生活各不相同,然而我们都深爱着我们各自的南开。南开的本色就是洗净喧嚣,踏实做事。"

"离开南开 8 年了,对她的依恋仍是如此之深,像儿子对母亲,有喜有悲。我知道我是永远爱南开的。"

"南开有自己的历史和文化,在岁月的涤荡中逐渐沉淀下来的,是一种坚韧和儒雅的气质;这种感觉,只要你在夏日的傍晚,坐在马蹄湖边,看着那一池的荷花,就一定可以体会。周遭的嘈杂、喧嚣和浮躁,都可以置之度外,都不会打扰我心中的平静。明年我就要在这里待满 10 年了,几乎是我的整个青春岁月,南开与我自己的一段生命已经融为一体,我再也无法将二者区分开来。"

"我离开南开园 40 多年了,称得上是一个老南开了人。随着年岁的增长,我们这批旅居海外(纽约)的老校友,对母校的情,越来越深,越来越醇,因为我们在那里度过了最美好的年华,接受了最良好的教育。我每天都要打开南开的网站,看看母校有什么新消息、有什么新气象,我为母校取得的每一点儿进步,感到欣慰。"

"每当我在敬业广场小坐,在思源堂前驻足;每当我在主楼上远眺,在新开湖畔晨读;每当我在中心花园里静思,在大中路上漫步;每当我走到校钟前,抚摸着那满载着历史沧桑的铭文;每当我走进新图书馆,打开那盖有印章的图书;我的南开啊,我发现,一个'爱'字竟如此的肤浅。"

"我爱南开,因为我喜欢她的沉着、内敛、不浮躁、不偏激。她的气质代表了中国理想的中原文化——'温柔敦厚'。我爱南开,因为我更知道,所有南开学子都在深爱着她。南开人默默地为祖国奉献,淡泊名利,只求无愧于心。"

"没去过南开的人不会理解,在阳光明媚的下午走在大中路上的感觉——那一刻,心中的一切杂念都消失了……"

请不要抱怨我的不厌其烦吧,因为这是万千南开赤子的共同心声,是儿女对母亲的感恩情怀啊!听了这些普通而又深切、赤诚的感言,体会那字里行间血浓于水的深情,你是否也已被感染了呢?

20世纪50年代的南开,无论办学规模还是办学条件和实力,远远比不上今天,那时的传媒没有今天这样发达便捷。但我在报考南开大学时,就知道她是由一所世界知名的私立大学演变而来的全国重点大学;就知道当时的校长、著名化学家杨石先曾受到毛主席的接见和表扬;就知道毛主席为南开大学题写了校名并到校视察;就知道在抗日战争时期,她曾与北京大学、清华大学组成西南联合大学,在极其艰难困苦的条件下,坚持办学;就知道那里有许多全国顶尖、世界著名的专家和学者……而我报考南开大学中国语言文学系的最直接动力,则是知道那里有一位赫赫有名的鲁迅研究和现代文学研究专家李何林教授……

对于这所拥有不平凡的历史,具有鲜明的办学特色而又享有很高知名度的高等学府,我确实是"还没有走近,已经被感染"。

你呢?

2008年10月5日草就
2009年9月5日修改

一、初识南开

南开第一路——大中路

　　跨入南开大学东门，第一脚踏上的是一条宽十余米，长八百余米的直如尺、平如板的水泥路，名曰"大中路"。这是任何一个南开人或任何一个到过南开大学的人都会留有深刻印象的一条路。而于我，它既是初识南开的第一印象，更是我人生路上的终生印象。我称她为"南开第一路"。

（一）

　　大中路是南开大学现存资历最为古老的一条路。南开大学始建于1919年，原在南开中学设大专班，同年在八里台购租七百亩东西长、南北窄的长方形沼泽地建新校园。"校园设计很费了一番心思。总体布局是：一条大路贯穿学校由东向西，中间靠东部分，修一双马蹄掌形的莲池，在大路两侧两环相扣，正好形成一个中字，因此命名大中路。"

20世纪60年代南开大学的东校门，校门内即南开第一路——大中路

（石林：《马蹄湖史话》，载《最忆南开》，第354页）可见，无论在校园设计蓝图上，还是在具体施工过程中，大中路均为南开大学校内最早的一条路。在南开园内纵横交错、大大小小、各色各样、四通八达的无数条路中，她是

"元老"和"鼻祖",是诸路之祖,其他则都是"子路"、"孙路",都是"晚辈儿"路。

因为资历最老,她不仅自身历尽沧桑,而且见证了南开大学九十多年的发展历程。它的兴衰、荣辱,它的顺逆、喜悲,是与南开人,与南开的事业血水交融在一起的。从荒泽烂塘中开掘的第一锹泥土,到美丽如画的现代化校园建设;从 20 世纪 20 年代盛装迎接南开大学第一期学子,到 2009 年深情欢送最新一届毕业生奔赴社会,历阅 90 个春秋寒暑,经受 90 年的风风雨雨,每年每月,每时每刻,它一直在默默无闻地承载着,实实在在地奉献着。这条先是沙灰、红砖,后是钢筋水泥铺就的大路,熔铸着老一辈教育家、南开校父严范孙和校长张伯苓的教育救国理念,铭记着日本侵略者狂轰烂炸和军车碾压的滔天罪行,镌刻着毛泽东主席、周恩来总理等党和国家领导人视察的足迹,震响着几代南开人"允公允能,日新月异"奋进不止的脚步声……

近代资产阶级政治活动家、"百科全书式"的学术大师梁启超曾踏着这条路来为南开学子讲学;现代著名戏剧家曹禺就读南开时曾无数次地往返这条路,参加"南开新剧团"的创作和演出活动;世界数学大师陈省身曾漫步这条路,思考过他倾心创建的"南开数学研究所"遵循的"立足南开,面向全国,放眼世界"的办学宗旨和组织"学术活动年"的设想;诺贝尔物理学奖得主杨振宁从这条路走来受聘南开大学名誉教授……

"五四"时期,南开师生高举"科学"、"民主"的旗帜,组成浩浩荡荡的游行队伍从这里出发;20 世纪 60 年代河北闹水灾,南开的抗洪大军在这条路上集结并开赴"大战海河"的前线;十年动乱期间,这里曾是南开师生抵制错误路线、揭批"四人帮"的重要战场;改革开放以来,这里又成了振兴南开和对外开放的窗口和走廊……

这条古老而朴实的大中路啊,承载了太多、太厚重的历史文化底蕴,熔铸了太深、太强烈的南开人的无尽思索和激情。可以说,南开大学就是沿着这条大中路蹒跚起步、疾走、迅跑,跌倒、爬起、向前,冲出校园,享誉全国,走向世界的。

（二）

大中路是南开大学最为壮美的一条路。置身大中路，自有一种心胸开阔，自由舒畅，前程无量，欲止不能的促动感和愉悦感。

大中路的壮美，首先在于她自身的骨架结构和容貌特色。她最早由沙灰夯成，后又换成红砖铺面，再后又是碎石水泥铸就。宽敞、平直而又深远、耐看。水泥路两侧，各有高出路面约半尺的人行路，上铺彩色花纹地砖。人行路外侧，则有半人高的长青灌木矮墙相衬，一年四季湛青碧绿，充满无限生机。再外侧，则是两行排列整齐、高大挺拔的白杨树。平整、清洁的路面有高低错落的绿墙护卫、衬托，显得格外大方端庄而又活泼欢悦。特别是那两行阔叶大白杨，随着季节的变化而适时地改换着装束，陪伴、护卫着大中路和行进在大中路上的人们：初春，摇拽于枝头的絮穗向人们传递着大地复苏的喜悦；盛夏，满树阔叶交叠，撑起一柄柄绿伞并搭成一路绿荫，为人们遮挡烤人的阳光；深秋，黄绿相杂的叶片悄悄地、轻轻地飘摇坠落，那轻盈的身姿，那柔缓的轨迹，让人流连欲醉，偶遇劲风吹来，也不乏"无边落木萧萧下"、回归大地护春草的壮观与潇洒；严冬，随着呼啸的西北风，万枝千梢唱起宁折不弯、坚不可摧的高歌，气势恢宏，催人奋进。

大中路的壮美，还表现在她携牵着两侧引人眼球的诸多人文景观。从大中路东端向西走来，先见两侧各有一片开阔地面，有小路通到北村和东南村。这是两片教职工的住宅小区，最早皆为平房小院，绿树掩映，清静而幽雅。现已改建成居民楼，排列整齐壮观，楼间铺有草坪或花坛，衬着黄、白、红、绿，显得更加美丽而富有生机。

沿大中路继续往西走，北侧是马蹄湖，有小桥幽路通湖中（1979 年在岛上建老校友周恩来纪念碑）。隔湖北望，则是全校神经中枢和指挥中心——行政楼，即党政机关办公大楼（原为校图书馆）。路的南侧远处，则端坐着红色的第一教学楼和白色的第二教学楼及四季花香的中心花园。再往西，是当年的单身教工宿舍、女生宿舍（东西柏树村）和芝琴楼。而在大中路北面，马蹄湖的西邻是大礼堂，这也是当年南开园里的一大建筑。

它灰砖砌墙、弧形屋顶，一堂多用：里面没有固定桌椅，开会是会堂，吃饭是食堂，演出是剧场，节假日则是游艺厅。

大礼堂西邻新开湖，这是经多年人工挖掘、并于1958年扩挖而成的一方颇为整齐开阔的长方形水面，内养鱼藕，可观可食。湖中荡漾的碧波和四周的绿树、花草为南开园增添了许多灵气儿。后经多次整修，愈显壮阔幽美。如今北岸建半园形的"半月台"，南岸则建70米长的"百步堤"，从南岸北望，可见五层楼的图书馆及其在湖中的倒影；从北岸南望，则可见自东向西依次排列的芝琴楼、物理楼（后在新开湖和物理楼之间又建东方艺术大楼）和全校最高的主教学楼。在风和日丽的日子里，可见到这些楼宇在湖中的倒影——新开湖是镶嵌在大中路北侧的一方灵光璀灿的宝石，是南开园远眺世界、欢迎故交新朋的眼睛。

从新开湖再往西，则是一排排的学生宿舍楼和浴室。再往西则有学生食堂，其间有小路相连，算是学生们的生活区。这片生活区的北面，是游泳池和开阔的大操场。操场很大，除一标准的田径场外，还并列着七八个篮球场及排球场、网球场。从大中路北望，虽见不到操场全貌，但从群楼的空隙，也能看到有篮球架子以及足球门、排球网、体操器械等等。那里是学生课余时间热闹的活动场地。

在大中路西端南侧与主教学楼之间，原是一片小空地，植有草坪、花坛。现悬校钟一座，那是为永记南开园被侵华日军轰炸、侵占的惨痛历史，学校于1997年重铸的一座青铜校钟（原校钟于战乱中遗失），钟高1.937米（寓意1937年），重3000公斤。她高悬于钟台之上，上铸校名、校训、校歌和校钟铭文，钟的底部周边铸有60个校标图案，意寓校庆60周年。这硕大、庄重、壮美的铜铸大钟，是大中路西端与东端校门遥相呼应的最有特色的人文景观。

从这里再往南，是通往水上公园的南校门，再往西，原本是几百亩农场，更西，则是建筑用土挖出的一片大沙坑，南开人称之为"西伯利亚"。现在这些地方都已重新开发，建有新图书馆、化学楼、文科楼、多功能厅、商学院大楼等教学、科研设施及教职工住宅区等等，一直到通往白堤路的西校门。

　　俯瞰整个南开园,大中路自东向西贯穿东半个校区,宛如一条大动脉,常年累月地、一刻不停地为南开躯体输送血液和营养;又如一条玉带,连缀着两侧众多的迷人的珠宝。而大中路的西端,显然成了东西两半个校区的交汇处和连接点。站在这里,人们既为东半个校区的朴素、大方、厚重、活跃而感奋不已,也为西半个校区的富丽、堂皇、恢宏、时尚而兴奋异常。而无论是旧景还是新区,又有哪一处不是凭着这条笔直、宽绰的大中路运送建筑材料,运送各种设备,运送建设大军而拔地而起的呢?而那一代又一代新老南开人,又有哪一个不是踏着这条宽敞的大中路而成长,成人,成就事业的呢?

(三)

　　1959年,我考入南开大学,怀着惊喜而新奇的心情来校报到,第一步踏上的正是这条极不平凡的大中路。南开五年,我从这里起步,攀书山、游学海,曾无数次迅跑、疾走、漫步、徘徊、沉思在这条充满历史文化积淀的大中路上。

　　从星期一到星期六,我每天都要踏着她去教室上课;几乎每个周末都要踏着她去小操场看电影;节假日里常踏着她到八里台新华书店买书或乘坐8路汽车到市里购物;上劳动课时少不了踏着她去"西伯利亚"挖泥、推轱辘马……

　　一年四季,我都亲近这条心爱的大中路:初春,我曾到她两侧的花园、草丛中去寻找春天的信息;盛夏,我曾徜徉在那白杨林荫路上享受习习的凉风;深秋,我曾坐在路旁的靠背椅上仰观衔着树枝飞来飞去忙着搭窝的喜鹊;严冬,我曾和众多学友一起,自发地清扫路面厚厚的积雪……

　　一天中,从早到晚,我都少不了和这条大中路打交道:清晨,我沿着她两侧慢跑一个来回后,在树下念外语、背诵古典诗词;晚饭后,我总愿沿着大中路观赏那两行披满霞光、微微摇动的白杨和树下小溪里畅游的金鲤,倾听林间的鸟啼和水边的蛙鸣。然后,又精力充沛地去图书馆上晚自习。这条常见常新的大中路啊,成了我五年大学生活中不可或缺的伙伴、亲密无间的朋友和割舍不下的亲人。

南开大学建校 85 周年校庆时,作者和同窗刘绍本在母校东校门前,背景为大中路

1964 年 7 月,我怀着无限留恋、感激的心情从这条可爱的大中路上迈出告别母校的最后一步。从这里起步,走上我人生道路上新的里程。半个世纪来,我走过各式各样的路——宽阔的,狭窄的,平坦的,崎岖的,顺畅的,曲折的。有不少的路也给我留下了深刻的乃至终生难忘的印象。然而,最让我不能忘怀的、最使我魂牵梦萦的还是母校那条宽 10 米、长 800 米,直如尺、平如板的大中路。五年的朝夕相伴,她已深深地、永远地镌刻在我的心中,成为我生命的一部分。

可敬可爱的大中路啊,你朴实、凝重、坚固,你宽阔、正直、大气。你是一条熔铸了沧桑历史之路,是一条默默负重、无私奉献之路,是一条催人奋进、促人成才之路,是一条高瞻远瞩、通向未来之路……

大中路啊,你这永远的南开第一路!

2008 年 8 月 15 日草就
2009 年 8 月 12 日修改

庄重而神圣的知识殿堂——图书馆

上个世纪 50 年代,南开园内最高大、最富丽堂皇的标志性建筑物是 1958 年落成的图书馆。那里是庄重而神圣的知识殿堂,是广大师生最爱去、最留恋的地方。

新开湖及湖北岸的图书馆

　　图书馆坐落在新开湖北面,坐北朝南,东西长约百米,南北宽四五十米。据说当年施工是"就地取材(土)"——南面挖了新开湖,用挖出的土建图书馆。从正面看,这是一座"凸"字形建筑,总面积八千多平方米。主体两侧四层而中间部分为五层,隔湖望去,像是一尊稳坐湖岸的半身人体塑像。主体后面是藏书库,虽然也是四层,但为存书的实用和取放的方便,每一层都比正常的楼层矮许多,致使整个四层书库比前面四层主体楼低了一半的样子,从侧面远处望去,又极像一架昂首待飞的大飞机,很有气势,颇为壮观。

　　"飞机"的两翼,是阅览室,其中又分报刊阅览室和工具书阅览室。报刊阅览室放有古今中外各种报纸和期刊杂志。在阅览室的周围,立有一圈报刊架,靠墙的一面是直的,面向室内的一面上半截是坡的,下半截是直的。在坡面铺木板,横向根据刊物版面的大小,用木棱隔成一格一格的,刊物放上去,半仰半立,既醒目又不至于下滑。下半截横铺木板或木条,分成一层一层的,叠放尚未装订成册的近期刊物。报纸架的坡面什么也不铺,是空的,在两侧的立板上挖出许多豁口,把当月的报纸用两根比报纸稍长的木条(或金属条),按时间顺序夹在一起,横档在相应的立板豁口中,自上而下组成一面"报帘",取放极为方便。这是"现刊"阅览室,放的是当月的报纸和当年的期刊。还有"过刊"阅览室,则存有过月的报纸和一年以上的期刊,都是合订本,集中存放在阅览室的一头,有专人管理。借阅时要办个简便的登记手续。

　　记得当年第一次走进阅览室,首先被它的宽大、敞亮震撼了。因为以往从小学到初中,再从初中到高中,还从未见过如此宽大、敞亮的阅览室:在一千多平方米的大厅里,中间一条走廊,两旁各摆放十几张大阅览桌,桌的四周放有约二十几把靠背木椅,那木椅的四脚都包着像皮头儿,为的是移动时不发出声响。阅览桌上方,是从屋顶用金属索链吊下来的日光灯。晚上(或阴天),全室的吊灯一齐打开,整个大厅如同白昼,伏在阅览桌上,再小的字儿也能看得清清楚楚。

　　报刊阅览室存放报刊之多也给人留下极深的印象。我没做过统计,也没向相关人员进行过调查,这里到底有多少种报纸,实在说不清,估计总有大几百种吧。记忆中每个省及大、中城市创办发行的报刊在这里都能看到。连一般人很难看到的《参考消息》也有。初次看到带有一定保密色彩的《参考消息》时，甚至有一种优越感和自豪感。解放前的报刊也有许多，外文的也有不少。我上中学时学过俄语，上大学也是选学的俄语，常常搬着俄华字典到阅览室来连蒙带猜地看当年的俄文版《真理报》和《消息报》，觉得那是一种极大的乐趣和享受。

工具书阅览室是存有大量工具书的阅览室。图书馆的工具书一般是不外借的，为方便人们使用，便集中存放在图书馆西侧四层的大阅览室内。其他阅览室是在走廊两侧各排放十几排大阅览桌，而工具书阅览室则仅在大厅南侧摆放阅览桌（椅），在北侧则摆放一排排高大的书架，上放各种文字、各种版本的工具书，随取随还，极为方便。记得上大学时，为学好俄语，我曾从牙缝里挤出结余，买了一小本袖珍《俄华辞典》，在同学中已算是件"奢侈品"了，查个一般的单词还可以，但要靠它看俄文原版书报，则是远远不够用的。为了掌握俄文第一手资料，我一有空就钻到工具书阅览室，抱着半尺厚的大俄华（或华俄）辞典，许多难题便可迎刃而解。那时我最喜欢的是阅览桌南端靠近窗子的座位——这里进出方便，不干扰别人；再有就是夏天开着玻璃窗，有徐徐轻风从新开湖水面吹来，湿润而清凉。有时看书时间长了，累了，就侧身望望窗外，望新开湖中的倒影，望新开湖对面的大中路，望大中路两侧的白杨及路南面的物理楼和主楼（那时还没建东方艺术楼），大有赏心悦目和悠然自得之感。若是冬天，坐在这个座位上可以最先享受到窗下暖器片送来软呼呼、热融融的暖气，向窗外可见冰封的新开湖面，以及远近晶莹洁白的雪景，令人心旷神怡。

在图书馆的二楼大厅，是办理借阅图书手续的地方。大厅北半块是横拦东西的借阅台，大厅南半块东西两侧是并排的图书卡片橱，就像中药房里那藏满一排排抽屉的药架子，只不过那一个个抽屉里装的不是中草药，而是满满的图书卡片，上面有书名、作者、出版社、出版时间、编号等等。借览者在这里查好相关信息，写一纸条夹在一张借书证上，交给工作人员，由工作人员进书库取书。尽管工作人员手脚勤快，可效率总是不大理想。那时对学生不实行开架借书，当然也还没有使用电脑，借、还书，特别是借书还是要费些时间的。有时不顺,写了五六张条子,结果都被别人先借走了,只好认倒霉。

不过图书馆方面为了方便师生借览,在当时的条件下,还是想了许多办法的。比如按系、按年级、按班实行集体借览制,就是十分有效而受欢迎的办法。即在每学期初,各班按本学期所开设课程,由学习委员和课代表到图书馆把该门课所需参阅的图书一起借回,再以寝室为单位分发到个人,规定阅读时限,到时各寝室再交换。这样既有宏观计划,又有微观调控,既发挥了个人看书的积极性,彼此之间也相互制约和促进,还便于彼此了解读书的情况并交流心得体会,确实不失为一种省时(个人免办借还手续)、高效(最大限度地缩短了阅读周转期)的简单易行的办法。

书库的职能是存书,特点是书多,特列为学校"重地",一般人是不能随意进出的。记得有一次,班里组织去图书馆义务劳动,帮助那里的工作人员把师生还回的图书上架放回原处,这才有幸进了书库。那里到处是挤满图书的书架,两排书架间距离很小,仅能容两人侧身而过,一排排书架形成了一道道书墙,两"墙"间就成了小"巷",走进"书巷"就如同进了迷宫,满眼都是书架和图书,古今中外,平装,精装,线装,孤本,善本,残本,手抄本……真可谓应有尽有。还有的属镇馆之宝,则是珍藏在保险柜里,不是特殊需要,是难睹芳容的。图书之多,让人眼花缭乱,目不暇接。若不看那书架角上的标示牌,简直就闹不清哪儿是哪儿。真是不到书库就不知道什么是书的世界,不到书库就不知道自己知识的匮乏,不到书库就不知道什么叫强烈的求知欲,不到书库就不知道什么是时间紧迫。图书馆是名副其实的知识殿堂,图书馆是广大师生最愿意去的地方。

人们之所以愿意去图书馆,又不仅仅因为这里图书报刊多,在这里可以受到知识的熏陶,而且还因为这里充满一种人文精神,有一种人文的氛围,在这里可以受到人心、人品、人格、人性的熏陶,这里是一座充满人文精神的庄重而神圣的殿堂。

那时图书馆馆长是曾留学美、德十余年,后在西南联大讲授美学和西洋哲学史的著名哲学家冯文潜先生。他是周恩来的老同学,治馆严格,管理科学,在他的领导和影响下,图书馆的职工对工作认真负责,对业务精益求精,对师生亲切热情。他们用出色的服务,赢得了师生的普遍赞誉。

这里,我给大家讲讲一位"保洁工"的故事吧。

在图书馆东翼四层,有我们中文系 59 级使用的一个大教室,我们每天上午八点钟之前,都要经一楼大厅再上楼去教室听课。而每次经过大厅时,总会见到一位身材极矮小的成年人,用比他高出许多的拖把在非常认真地拖擦地板。起初大家以为他是一位保洁工,时间长了,才知道他其实是图书馆的一位资深职员,不知叫什么名字,只知姓丁,不知他的具体岗位和职务,大家都叫他"丁老师"。

这位丁老师大约三十多岁,身虽残疾,但穿着却十分整洁而讲究,小分头总是梳理得整整齐齐。冬天,上衣是天蓝色中式外罩,总是平平整整,下身穿藏蓝色呢子裤,裤线总是立得笔直,脚下是"两脸儿"一包、中间捏一道"鼻梁子"那样的棉鞋。全身穿着十分合身得体。两眼有神,走路轻快,言语简洁,一见面就给人一种十分精神、干练的感觉。

这位丁老师除每天开馆前清理大厅地板外,开馆后,有时见他在阅览室巡视,有时见他在卡片橱前整理图书卡片,有时见他在回答师生的询问,更多时候是见他在借阅处为师生办借还书手续。他业务熟,动作麻利,常常是你把借书单子递给他,他用眼一扫,不用去书库就能告诉你哪本书有,哪本书已被别人借去。或许还能给你推荐一本同类的乃至更合适的书,并很快从书库取出交给你。所以,人们很愿意把借书单交给他。可还书时,往往又不大愿意碰上他,因为他太"较真儿":先看你是否在规定的时限内还书,还要仔细查看有无勾划或破损。一旦发现问题,常常会不留情面地剋你一顿,问题严重时立即电话通报系里,让你吃不了兜着走。工作态度之认真,业务之熟练,待人之热情,办事效率之高,都让人感到这是一位可敬可爱的好老师。虽然他没给我们上过课,也不知他叫什么名字,但他的一言一行都给我们留下了深深的印象。时间已过半个世纪,但这印象不仅没有淡漠,反而更加清晰、深刻而感人。他甚至成了我心目中的楷模和永远的启迪,促使我踏实勤奋地走好自己的人生之路。

图书馆是育人的环境和场所。不论什么时候,也不论你正怀有怎样不平静的心情,只要一走进图书馆的大门,就会不由地放轻了脚步,更不会大声喧哗;无论是在阅览室还是在借阅处,几乎都是鸦雀无声,人们彼此交流多是用眼神和手势,再不就是耳语,万不得已时才会用极低的话语交流信息,惟恐影响到别人。阅览室的报刊或工具书,都是读者自取自放,且决不将其闲置在自己处而去做其他的事情,总是一旦看完,便立即放回原处,决不会乱放,以免影响他人阅读。而这一切,又都是自觉、自愿地进行,无需别人提醒和监督,已是习惯成自然了。至于这里的环境卫生,更是人人主动维护,极少有人乱扔纸屑和脏物,绝无人随地吐痰。晚自习后离馆时,都主动把椅子放整齐,随手把头顶的电灯关闭。如是夏天,还一定不忘把电扇关好,免得费电;不忘把玻璃窗关好,免得夜里有风雨吹入。当然,最后图书馆工作人员还要认真检查一遍,以确保万无一失。

回想当年走入南开园的第一天,给我印象最深的景观要算那长长的大中路和高大的图书馆了。此后五年的大学生活,除去上课、文体活动和睡觉之外的所有时间,几乎都是在图书馆里伴着诸多图书和报刊度过的。如今大学毕业走出南开园已有半个世纪了,可时间越久,就越是不能忘怀并时时回忆起那美丽、壮观的图书馆。尽管近年在南开园西部又建起了更加壮观、气派、漂亮的现代化的新图书馆,但一提及南开大学图书馆,在我脑海中立即浮现的仍是坐落在新开湖北面的飞机式老图书馆。我永远忘不了它那端庄、大方的身影,忘不了那明亮的大玻璃窗,忘不了那宽敞的阅览室,忘不了那繁忙的借阅处,忘不了那琳琅满目的图书和报刊。当然,更忘不了那些为师生借阅服务的工作人员和那安静、有序、文明、舒适、进取的美好环境和氛围。

忘不了啊,南开园里那崇高而神圣的知识殿堂——图书馆。

2008 年 8 月 9 日草就
2009 年 9 月 20 日修改

春夏秋冬皆美景——美丽的马蹄湖

　　前面说到,大中路是南开第一路。而说起大中路,就必然联想到马蹄湖。因为马蹄湖不仅依偎在大中路身旁,而且这南开第一路之所以叫"大中路",也与马蹄湖密切相关。

　　原来,在大中路中段偏东部位,南北两侧曾各建造一"马蹄形"莲池,两个莲池以大中路为轴心相对称,相顾盼,而又与大中路相连,从高处望去,恰似一条土扁担(路)挑起两盆水(池),由路面与水面恰好形成汉字里的"中"字。而两个莲池里又各有小半岛与路面相连,使水面成马蹄形,于是那路便定名为"大中路",那两个莲池也就名之"马蹄湖"了。所以,从设计到施工,二者是一个谁也离不开谁的整体,从"生日"看,"大中路"和"马蹄湖"是一对"孪生兄弟"。当年八里台南开大学的校园建设,主要集中在东半部即卫津河与小引河之间(小引河以西是学校的农场,多为农田和荒滩,建筑极少)。而在这东半部,又主要是围绕在两个马蹄湖周围,那时就建有思源堂、秀山堂、木斋图书馆、东柏树村和西柏树村两处教工宿舍以及芝琴楼女生宿舍等,形成了学校的中心区域。抗日战争时期,作为我国第一所遭日本侵略军轰炸并占领八年之久的高等学校,南开大学已变得到处颓墙断壁,满目疮痍。南马蹄湖以及与之相连的沿大中路东流的小河,已被碎砖烂石填平,大中路和南北两个马蹄湖构成的"中"字造型也因缺少了南面的半拉身子,而成了难以复原的"残疾"患者。

　　到了1959年我入南开大学时,经过抗战胜利后15年的修复和重建,南开园不仅重现当年的容姿风采,而且更加美丽动人。南马蹄湖旧址,已建成秀丽宜人的花园而成为校园中亮丽的一景。大中路与南北马蹄湖共同组成的"中"字造型虽不复存在,但据说因南开人"中"情难却,遂为这花园取名"中心花园",与北马蹄湖隔路相望,一湖一园,一圈绿水与一片艳丽的花木相呼应。人们走到这里,会不由自主地放慢脚步或驻足观赏。如时间允许,还会登上马蹄湖的湖心半岛观赏那垂飘到水面的柳丝,或融入中心花园的绿叶红花,倾听那弹跳于枝头的小鸟的欢唱,那是何等的惬意,何等的"爽"啊!

　　这里,就让我们零距离地去感知上个世纪 50 年代末 60 年代初那幽静的马蹄湖吧。

　　当年的马蹄湖,坐落在校园的"中心"地带,东北方向有教工宿舍区北村,北岸边有学校的管理和指挥中心——行政楼(原木斋图书馆处),行政楼西有大礼堂,隔小路与新开湖相望,并有小渠与新开湖相连。那时沿大中路北侧有十来米宽的小河渠自西向东流经新开湖又转入马蹄湖。那新开湖成矩型,水面宽阔,无风时水面如镜,微风时涟漪层层,河水流到这里,似乎不再流动,可以舒适地休息,尽情地观赏南开的蓝天白云和建筑风光以及南开人忙碌的身影了。而流入马蹄湖,则要围着那湖心半岛兜一个大圈子,才恋恋不舍地继续沿大中路北侧向东流入卫津河。新开湖水阔而深,除供观赏外,以养鱼为主,供师生食用;而马蹄湖水曲而浅,除供观赏外,以种荷为主,那水下的藕,亦供食用,脆而甜,生拌或煎炒,人们都爱吃。

　　初春的马蹄湖,朴实、低调而充盈生机,岸边垂柳的枝头上连一个叶片都没有,偶有三两觅食贪玩的麻雀在枝头上下跳跃,并时不时地传出几声"吱吱"的叫声,虽单调,却显示了寂静空寥中的生机。那柳树虽通身焦黄,但用手触摸那枝条,却分明地感觉到它已发软。料峭的寒风中,岸边及湖心小岛上的小草,已悄悄地向人们传递着春天的消息——既不像"春风又绿江南岸"那般醒目,又不像"草色遥看近却无"那样的朦胧,而是在枯叶包掩下冒出嫩黄的细芽儿,显得那么的腼腆而又俏皮。此时,湖面的封冰似化非化,白色的冰层上或立或倒、横七竖八地堆挤着黑褐色的残荷败叶,看去似无些许生机和灵气,但一冬的寒风吹打和冰封雪压并没夺去它们的生命,更没夺去它们的希望。如今,阵阵乍暖还寒的春风掠过,它们轻轻地抖动身躯,分明是在告诉人们,那水下泥土中的莲藕已开始悄悄萌动了,过不了多久,"小荷才露尖尖角"的诗情画意便可伴着"又绿江南岸"的春风而展现在明媚的春光之中。

盛夏的马蹄湖壮观、热烈、生机昂然。岸边及湖心半岛上的青草,已有尺把高,郁郁葱葱,绿毯般盖满地面,间有各色鲜花或羞羞达达藏匿于草丛,偷偷地露出张张笑脸,或不甘与群草为伍而争相上窜,成为"鹤立鸡群"的佼佼者。而湖中那大片大片的墨绿荷叶,却已不满足于浮在水面,它们使尽全身的解数向空中、向四方伸展着腰身,去争抢阳光,争看岸上的风光美景。而从绿叶间挤挺出来的一根根花梗的顶端,已高高地托起一朵朵荷花或花蕾,伴着彩蝶的舞姿和蜂儿的欢歌,沐浴着徐徐的凉风,竟高兴得像醉酒的贵妃一样,晃动着身段,轻歌曼舞起来。那些鲜红的、粉红的、洁白的、鹅黄的、淡紫的、彩纹的、镶边的、间色的荷花们,朵朵欢喜,争芳斗艳,热闹红火,以至整个湖面竟不见丁点儿水面,成了美丽的湖心半岛的一条灵动的色彩鲜艳的"围脖儿"。这些花儿们、蕾们、叶们互相争挤着,簇拥着,不时向人们点头招手。如有稍大阵风吹来,则全体涌动,发出"沙沙"山响,展示着无限的生机和活力。偶尔从叶下溅出一串水花并传出"叭叭"声响,那是水中的鱼儿畅游时,不小心撞到了荷茎,又急甩尾转身而发出的弹水声。这清脆的弹水声伴着阵阵荷香,悦人耳目,浸人心肺,令人如醉如痴,久久不忍离去。

最热闹的时刻要算中午前后了。燥热的空气似乎擦火儿就能燃烧起来。赶上大晴天,火辣辣的太阳光直射大地,一丝儿风也没有,这是伏在柳树枝杈上的蝉儿一展歌喉的最佳时刻,越是晴天燥热,它们浑身充溢的能量就越需要释放,于是便情不自禁"鸣哇"、"鸣哇"地高唱起来,或独唱,或合唱,或重唱,或轮唱。声音或高或低,或尖或钝,或薄或厚,或粗或细。既有起伏,又有气势。它们唱起来是那样地自由自在,那样地无拘无束,那样地目空一切,尽情地释放着自己的能量和激情,仿佛要把整个世界都吵翻了似的。

到了晚上,马蹄湖便又成了青蛙们的天堂。与树上的蝉相比,青蛙们要享福得多了。它们或在硕大的荷叶间捉迷藏,或潜入水下悠闲漫游,或将头脸钻出水面偷看满天晶莹的星斗,或爬上岸边静卧草丛中享受飞蛾小虫美餐。它们高兴起来也要放声歌唱,但极少独唱,只要有一蛙领唱,便会有众蛙合唱,于是乎,一场阵容强大、气势恢宏的蛙声大合唱便会迅速拥起高潮。蛙们的合唱要比蝉们的合唱专业得多,最主要的是节奏感强,唱起来"呱——呱"、"呱——呱",有板有眼,不乱节拍。同时高音、中音、低音各不相串,而且似乎还有伴奏——有的清脆如"撞铃儿",有的低沉如"贝司",有的激越似"锁呐",有的浑厚像"大鼓"……它们和着那高低、粗细、强弱、刚柔的合唱声,汇成了一片蛙歌的海洋:大气磅礴,绘声绘色,浑厚雄壮,撼天动地!这时如果有谁往湖中扔一块石头子儿,就像是乐队指挥突然给出了一个休止的信号,歌声会嘎然而止,全场静得没有一丁点儿声响,营造出"此时无声胜有声"的美妙意境。少顷,一两只大胆的蛙压着嗓音试探着低吟两声,没发现"敌情",其他青蛙便又随着这轻声领唱而放心地集体合唱起来……

最令人神往的当属马蹄湖的中秋之夜了:天高气爽,朗月当空,晚风习习,秋虫声声。三五知己围坐在那湖心半岛上,仰望明月,侧听蛙鸣,山南海北,乱侃神聊。有人特意把晚饭聚餐时留下的月饼、苹果、汽水也带来了。那时大学生不兴喝酒,商店也没有矿泉水什么的,汽水已是高级饮品了。大家就以汽水代酒,边吃、边喝、边聊,虽未设主题和中心,可聊起来却都离不开中秋。中文系的学生好吟诗咏赋,你一首,我一首,有历史经典,也有当代名篇,还有的朗诵自己的佳作,情真意切,场面感人,竟引得周围的赏月者以及过路的人也围拢来倾听乃至也成了朗诵者。从李白的"床前明月光,疑是地上霜",到王维的"独在异乡为异客,每逢佳节倍思亲",又到杜甫的"露从今夜白,月是故乡明",再到苏轼的"但愿人长久,千里共婵娟"……诗词引领着人们逆着时光隧洞感受到唐风宋月,而一段绘声绘色的《荷塘月色》又把人们拉回到现实中来——马蹄湖是历史的湖,也是现时的湖,是物态的湖,也是审美的湖,是有生命有灵气的湖,更是永驻南开人心中的湖。

严冬的马蹄湖又有她独特的风姿和神韵。湖面结了冰,形成环绕湖心半岛的一条玉带。而那干枯了的荷枝荷叶,在凛冽的寒风中仍毫无惧色,它们的下半身被冰封在水里,而上半身或潇洒随意地躺卧冰面,或顽强坚挺地立在冰上,疾风吹来,它们自信地晃动着身子,甚至还得意洋洋地唱起或高或低、或快或慢的歌。即使那些倒伏在冰面上的,也不惧凉,不腐烂,耐心地等待着又一个春天的到来,似乎在告诉人们:我身虽残,但我魂仍在;我腰虽折,但我根仍在! 悲壮而不悲观,对未来充满希望,又似乎在向人们吟诵着英国诗人雪莱的著名诗句:"如果冬天已经来临,春天还会遥远么?"

冬天,在马蹄湖岸的枯草丛中看书学习,绝对是一种精神和身体的特殊享受。记得有一次上午第二节课后是自习,我觉得教室里和图书馆的阅览室人太多,空气也不新鲜,便拎起书包走出教室直奔马蹄湖而去。那湖西面北面的岸坡处,向阳,背风,覆盖着软软的枯草,足有半尺多厚,是一个极好的自学看书的去处。那天虽有西北风,但不大,天空晴朗,阳光明丽。我习惯地来到我常去的那棵碗口粗的柳树下,铺上坐垫往下一坐,臀部陷入草丛,再往树干上一靠,呼吸那清凉的空气,享受那绵软的阳光,翻开书本,吮吸那无尽的知识琼浆,真是惬意极了! 只是看书的时候,一定不要让阳光直射到要看的书页上,否则光线太强,眼睛要受损伤。那天的天气也实在是好,没有呼啸的寒风,没有飞扬的沙尘,越近中午,阳光越暖,照得浑身暖烘烘、软绵绵、懒洋洋的。可能是一个姿势看书时间长了,有些累,也可能那些天"夜车"开得多了,睡眠不足,不经意间,竟闪开背靠的树干,仰面朝天地躺了一个"大"字。大地当床,阳光当被,头枕书包,面遮书本,那舒坦劲儿,比现在躺在高级席梦思床上不知要强多少倍。不一会儿,便迷迷糊糊地睡到"爪哇国"去了。记不得是否做了什么美梦,只记得一阵铃声把我从梦乡唤醒,见人们纷纷向教室或图书馆走去,方知那响的是上课的预备铃声。我急忙"起床",拍拍身上的草屑,夹起书包和坐垫,慌忙融入匆匆的人流之中。那一天,我饿着肚子坚持了下午的学习,那饥肠辘辘的感受和晚餐时狼吞虎咽后腹胀如鼓的感受至今难忘。然而更使我难忘的则是那天的阳光、微风和马蹄湖岸坡的枯草、小树以及那进入无差别境界的酣睡,还有那把我从沉睡中唤醒的清晰的铃声……

一年四季,马蹄湖都有看不尽的美景,都有讲不完的故事。马蹄湖的水有灵性,马蹄湖的荷花通人性,马蹄湖岸上的一草一木都是南开人的好朋友、好伙伴。马蹄湖不仅以她的美丽多姿给南开人以无尽的愉悦和美的享受,而且以她的无私大度,方便了南开人的学习和生活。

马蹄湖岸和湖中半岛,是绝好的露天会场和露天教室。那时,南开大学有在校生三千多人,仅有一个可容一千人左右的大礼堂。要开全校师生员工大会,会场问题就很难解决。虽说可以到大操场去,可那里空旷无遮拦,冬冷夏晒。于是,与大礼堂为邻的马蹄湖四周及湖中半岛便成了绝好的露天会场。大礼堂作为主会场,设主席台和报告席,下有听众,坐马扎或折叠椅。马蹄湖岸及湖中半岛是分会场:树上架几个高音喇叭,与主会场的扩音器一连就行了。冬天,听众簇拥在背风向阳的湖岸,身下是厚厚的枯草,又松软又隔凉,人们在静心听会的同时,还能享受着温暖的阳光。若在夏天,这里有接地的垂柳,茂密的青草杂花,人们围坐在柳荫下,望着满湖的碧绿荷叶,听着"吱吱"的雀鸣,顿觉清爽凉快了许多,时有徐徐凉风拂面和阵阵花香扑鼻,真比在闷热的礼堂里吹着呼呼的风扇还舒服呢。即使不是开会,这里也总有许多人在读书或看报章杂志,虽不如阅览室和教室那儿安静,但这里空间宽松,不必担心找不到"座位",而且环境优美,空气清新,则是室内所无法比拟的。所以,无论春夏秋冬,那里都是学子们喜欢光顾的地方。九十多年来,在那环形的湖岸和那锣锤形的湖中半岛上,真不知留有多少人勤奋攻读的身影和足迹。

马蹄湖是南开大学的一块宝地,除供人们休息、观赏和作为会议、学习的场所外,满湖的鲜藕还是师生餐桌上极受欢迎的菜肴。每到深秋,常见工人师傅穿上防水衣裤趟在湖中,猫腰用双手从泥塘里抠挖出满身黑泥的肥藕,又在水中反复冲涮,不一会儿,又白又胖的两三尺长的打着节儿带着尖儿的肥藕就亮相在阳光下,一筐筐、一船船、一车车地运往食堂供师生食用。记得当年最爱吃的菜是第三学生食堂的糖醋拌凉藕和炸藕夹。前者在上中学时吃过,但那藕远不如南开的鲜藕。至于炸藕夹,则是我有生以来在南开第一次吃到的。那是在薄薄的两片藕片中间夹上调好的肉馅，外面再挂满拌了鸡蛋清的面糊糊，下油锅炸成焦黄色，摞一大盘子摆上餐桌（那时学生是凑桌吃饭，八人一桌，每桌四菜一汤），吃起来外焦、中脆、里香，每次都是最先被"消灭"干净的一道菜。时至今日，回忆起第一次吃炸藕夹，不知不觉中已有口水从舌下充溢了出来，似乎又尝到了那鲜嫩、香甜、可口的南开炸藕夹，进而情不自禁地回忆起马蹄湖那满湖的莲荷和岸边的垂柳、花草以及在那里听报告、念外语、背诗词、闲坐、神聊的情景了。

南开大学建校 90 周年校庆时，作者（中）和同窗刘绍本（左）、学弟路继舜在马蹄湖畔留影

　　毕业后我每次重返母校，总要去看看马蹄湖，总要到湖心半岛去走一走。1979 年，在湖心半岛上建造了"周恩来同志纪念碑"，碑向阳面镌雕着周恩来的侧面头像和他的手迹"我是爱南开的"六个金光闪闪的大字，纪念碑周围及整个湖心半岛乃至湖的四周岸边，都修建得更加幽静宜人。这里自然而然地成了南开园中最引人注目的亮点之一，成了凸显南开精神和南开性格的绝好窗口，成了南开系列学校所独有的一张享誉海内外的"名片"。人们在这里驻足，或兴奋，或沉思，或吟诗，或留影，流连忘返，久久不忍离去……

马蹄湖啊,你这光彩迷人的马蹄湖,你这有生命、有灵性的马蹄湖,你凝聚着几代南开人的智慧、学识、心血和情感,你见证了南开大学九十年不平凡的历史进程,你是南开人永远的骄傲,你永远令南开人眷恋,令南开人魂牵梦萦……

2010 年 2 月草就

2010 年 5 月修改

南开园里又一园——迷人的中心花园

中心花园始建于抗日战争胜利之后,是在被日寇炸毁而又难于修复的南马蹄湖的旧址上建造的。论"宗谱"和"生日",她应当是马蹄湖的"本家"和"晚辈"。

中心花园的建造,可分解放前、新中国成立至"文革"、粉碎"四人帮"以后这样的三个时期。其设计、施工、效果、应用,已有嘉林先生在《中心花园史话》一文中做了详细记述(见《最忆南开》,南开大学出版社,2004年版)。这里要讲的,是我在南开大学读书期间,中心花园给我的印象和感受。

我刚入南开时,对校园里的一楼一水、一草一木都觉得新鲜好奇。还是在新生入学那天,乘迎新的汽车进东校门,沿大中路向西开往学生宿舍时,就有同车的高年级同学向我们介绍大中路两旁的建筑及景观。当他说到"这里是中心花园"时,我这个未见过大世面的乡下孩子,曾怀疑自己是否听错了——学校里还有花园? 没见过,也没听说过。它有多大? 都有什么花儿? 进花园收门票钱吗? 学生也能随便去看花儿吗? 一连串的问号激起了我的兴趣和好奇。那天午后,办完入学手续,安顿好住处后,离吃晚饭还有一段时间,我便迫不及待地沿大中路向东去寻访那只听其名、未见其容的中心花园了。

中心花园依偎在大中路东段南侧,东有红色的第一教学楼,南有白色的第二教学楼(即思源堂),西有灰色的芝琴楼,北隔大中路与马蹄湖相望,呈长方形,大小与一个足球场相当。内有花木曲径,也有假山怪石,多设可坐两三个人的绿色木条靠背长椅。有艳丽花丛,也有长青草木,幽静、美丽而富有生机。我家住农村,自幼识得不少野花野草、庄稼树木,但对花园里养的花木却很少认得。当时已是九月,印象最深的是那满园盛开的各色菊花,它们雍容高雅而又热情大方,一株株、一盆盆、一丛丛、一片片,簇拥着,争放着。到底有多少品种?各有什么习性和特色,有哪些名贵品牌?我一概不知,不懂。但它们那不畏秋寂的挺拔身姿和那绚丽斑斓的色彩,以及那千姿百态的花形,却足以令我惊叹和陶醉。我哪里见过这么多、这么壮观、这么红火的菊花啊!据说,南开有养菊的传统和经验,有行家里手侍弄,更有高人名家指导,所养的菊花品种之多,生长之旺,花色之新,花期之长,都是远近闻名的。曾连续十多年在南开区园林局组织的菊展中获奖,常有慕名而来的校外人到这里观赏和学习——这里早已成为南开园里一处独具特色的自然、人文景观了。

这里有春的柔媚和生机,夏的热烈与奔放,秋的充实和丰盈,冬的寂静和清醒。春、夏、秋自然是花园的"旺季",而严冬,这里也不乏迷人的美景。特别是一场瑞雪降临,这里常常会呈现出一个晶莹、圣洁而神奇的童话般的世界。

那是入学几个月后的一天清晨,一觉醒来,室内出奇地亮。我睡临窗的双层床的上层,侧眼向窗外一瞥:啊!下雪了!这是入学以来的第一场雪。兴奋之余,竟不顾还没响起床的铃声,便悄悄地穿上衣服,轻轻地走出宿舍楼。那雪还在簌簌地下着。按往常的习惯,起床后应是去操场锻炼的。可那天双脚一踏上那层碎琼乱玉,听到脚下发出"嘎吱嘎吱"的声响,双脚便不由自主地迈向了不远处的大中路,并沿大中路直奔中心花园。

雪中的中心花园,早已成了一片琼玉洁白的世界——假山顽石是白的,靠背椅是白的,草坪小径是白的。就连挂在空中的几根电线也成了白的。而那不同种类的树木,虽是一身银装,却有不同的身姿:桃树和梨树枝杈短粗,那雪花贴在上面叠摞成大大小小的雪疙瘩;柳树枝细而长,雪花用力抱住不放,以至把它缠绕得不得不微微地弯下了腰;龙爪槐那圆圆的树冠罩上了一层白雪,像是一柄撑开的玉伞;而那挺拔的松柏也藏起了绿色的靓装而成了一座座圆锥形的银塔。整个花园洁白而寂静,晶莹而圣洁。偶有几只早起觅食的麻雀,在树枝间跳来窜去,随着一声声"吱吱"的叫声,那树枝便不时地弹落一面银色纱幕,扑簌簌地落在松软的雪毯上了。我饱赏这迷人的雪白世界,不仅忘记了晨练,而且连早饭也耽误了,不得不饿着肚子径直去教室上课。

上午雪停了,可天还是阴得沉沉的。大课间时(往常是要做课间操的),人们纷纷拿起笤帚、簸箕等工具去清扫那大道小路上的积雪。一走出教学楼,便有大股大股的浓雾迎面扑来,顿觉空气湿润了许多,眼前的景色也朦胧了许多,不远处的楼舍、树木均已被那漫天的大雾蒙掩得不见踪影了。

午饭后,大雾仍未散去。我惦记着中心花园那些琼枝玉体,便不顾午休,又沿大中路向东而去,浓雾中,那中心花园则像电影中的特写镜头那样,渐渐地由模糊而清晰地迎面而来。我快步走近那千姿百态的树前,树上的雪不仅没有离去,反而又有了新的身姿和风彩:晨时的雪是紧紧地伏在树干上方,从树下向上望去,那黑褐色的树干清晰可见;而此时的雪却不止伏在树干上方,而是整个地裹住了树枝、树干。再仔细地看,那雪也已不像早晨那样的松而软,而是呈一颗颗剔透的小圆珠儿,似雪非雪,似冰非冰,似蜡非蜡,似玉非玉。它们互相堆积着,挤压着,牵拉着,在那树梢处,又形成了小小的穗穗,下垂着,静挂着,使得全树的枝条,一下子竟拉长了许多,茂密了许多。这景象,人们俗称为"树挂",学名儿叫"雾凇",我小时候见过。那是在家乡的院里有一棵两房多高的大槐树,我们叫它"大将军",雪天挂满"树挂"后显得格外威武雄壮。可院里只有这一位"大将军",显得很孤单,远不如这里的树们的千姿百态:既有"将军",也有"战士",有驼背"老者",也有窈窕"淑女"。还有像动物的:鸡呀、猴呀、马呀什么的,活灵活现,让人大饱眼福,兴奋不已。

这时一群放学回家的小学生路过这里,他们好奇,淘气,不走正道儿,偏绕着弯子来这里趟雪、打雪仗。这些"不速之客"的闯入,立马使这个寂静的琼玉世界热闹了起来,吵叫声、欢笑声以及那纷飞的"雪弹"砸在树上或地上的"噗噗"声,把正在觅食的小鸟吓得仓皇飞逃了。最为刺激的是整治那"俘虏"中的"死硬分子",他们不肯投降,就被得胜者七手八脚地摁倒在地,扯开上衣领口,顺脖梗往后背塞雪团。"俘虏"越反抗,塞的雪就越多。这时,"俘虏"的战友总会扑过来营救,于是乎双方便扭打在一起,乱作一团,不时撞在了树干上,便"刷啦啦"洒下半树晶莹的小精灵,落在混战双方的身上,一个个顿时变成了雪人儿,有的甚至连眉眼也分不清了。大家都成了受害者,同时又都是害人者,一个个丑态百出,狼狈不堪,在取笑别人、整治别人的同时,也被别人所取笑和整治,闹了个人人欢乐,个个开心! 大家都是胜利者,都怀着胜利的喜悦离开了这欢乐的"战场"。

下午,刮起了北风。呼呼地,吹尽了空中的雾,吹走了天上的云,金黄的太阳又露出了笑脸。两节课后,我再次来到中心花园。

雪后阳光下的中心花园,显得更加明亮鲜活,更加美丽迷人。远看,在银白色的背景上有几条黑色线条横在空中晃动——那是高架电线上趴着的雪,被阳光融化、被风吹落后,露出了"本来面目",一身轻松地在表演"裸舞"。树上,那洁白的银装又披上了一层金红色的光辉。偶有一团雪被抖落下来,真像是天女撒下满天的金花银花,又像年节夜空绽放的礼花从空中飘飘落下,壮美之极。

走进花园,这里的雪已融化了不少:树上的雪少了,露出的树干都是湿漉漉的。低垂的枝头,都在一滴一滴地滴落着水滴,把那雪地砸出一个个小洞洞。地上的雪薄了,人们踏过的足迹处,已成一个个能见到泥土的小坑坑。坐椅靠背上的雪化完了,而那坐面上的雪仍在融化着,雪、水和冰融汇在一起,难分难舍,不忍就此离去。最让人忍俊不禁的是:不知什么人在什么时候在假山边堆起的一个眉开眼笑而又极富态的大雪人,也开始"瘦身"并变得面目全非了。那雪人原本有一米多高,胖硕的身躯上扛着一个滚圆的大脑袋,五官周正,憨态可掬而又慈善喜人,特别是那上翘的嘴角和那一双乌黑的大眼睛,更显有情有神,活脱脱一位护园老人在迎候人们莅临花园观赏和指导。可眼下,由于雪在融化,他已矮小了许多,面部也已眼斜嘴歪。原本炯炯有神的眼珠子,是用黑煤球儿嵌到眼眶里的,经融化的雪水一浸,粉成了黑泥汤汤流溢出来,弄得满脸、满身的黑道道。面对耀眼的阳光，他虽知时日不多，可并不沮丧悲观，仍是咧着大嘴在憨笑，似乎在对人们说："拜拜了，您呐！"

两天后，这场雪已融化得杳无踪迹了。中心花园不仅又恢复了往日的姿容，而且显得更清新、更明朗。这场雪，来得迅猛、壮观、轰轰烈烈；去得轻松、欢快、无怨无悔。有道是"瑞雪兆丰年"，那潜入地下或蒸发于空气中的雪水，又会给大地、给人们带来多么旺盛的生机和美好的向往啊！

雪中的中心花园是美丽的、迷人的，也是充满生机和活力的，冬天尚且如此，那春天、夏天和秋天当然就更有她的美丽迷人之处。其实，无论春夏秋冬，也无论清晨、白昼，还是黄昏、夜晚，她都是那么美丽，那么迷人！五年的大学生活期间，我曾无数次地走进那片鸟语花香的天地，在那小径旁晨读，在那树阴下小憩，在那花丛中拍照，在那假山旁看幼儿园的孩子们爬上爬下，在那靠背椅上和同窗挚友倾心叙谈……美丽迷人的中心花园，留给我太多太多的美好记忆，留给我无穷无尽的眷恋和遐想。

如今的中心花园，经多年修整培育加工，早已今非昔比，变得更加美丽迷人了。前几年，看到嘉林先生写的《中心花园史话》，不仅又唤起我对中心花园的记忆，而且更激起我想重返南开园，再赏中心花园美景的强烈愿望——多想去走一趟那"萝香甬道"，多想去摸一摸那绚丽的"花墙"啊！多想登上那"望景台"，去纵览满园风光啊！多想坐在那"小小月季园"，和俩仨知己抚今忆昔啊！多想在校父严范孙和老校长张伯苓二位先贤的石雕头像前深深地鞠上一躬啊！

2009年10月，我有幸应邀参加母校90华诞庆典，活动丰富多彩，安排也十分紧凑。但我还是挤出午餐前的二十分钟，邀上同从石家庄返校的同窗挚友刘绍本教授和67级学弟路继舜作家一起，重访眷念已久的中心花园，花园那新的风姿神韵，令我们惊喜、激动不已。而当我们在校父严范孙和老校长张伯苓的石雕头像前郑重地、恭恭敬敬地三鞠躬后，我们的双眼都已充盈了晶莹的泪花。

2010年3月草就
2010年5月30日修改

体育爱好者的天地——大操场

20世纪50至60年代,在学生宿舍楼的北面,是一片开阔、平坦的体育活动场地,人们习惯地称之为"大操场"。操场东侧是体育教师办公、备课的地方和体育运动器械存放处,北面则与天津大学相邻,西面直至第三食堂北。这里除有标准的四百米跑道以及跑道围起的一个标准足球场外,还有许多篮球场、排球场,以及其他田径、球类活动设施。夏有游泳池,冬有溜冰场。尽管当年这里还没有室内活动场馆,但是这些露天运动场地和与之相匹配的诸多运动设施,诸如篮球架、排球网、单杠、双杠、联合运动器械架(吊环、吊杆、吊绳、云梯)、垒木架、跳高架(坑)、跳远沙坑、木马、跳箱、举重杠铃、哑铃等等,在当时国内高校中也算是比较阔气的了。每天下午,这里活跃着南开学子们矫健的身影,洋溢着青年人特有的生机和活力,彰显着上进者的争强精神、娴熟竞技和不竭的体能。人们在这里尽情地跑啊、跳啊、争啊、抢啊、喊啊、笑啊……这里是一片沸腾的人的海洋,是体育爱好者争相奔蹬的乐园。

南开大学有重视体育的优良传统,这也早已享誉海内外。老校长张伯苓作为"中国奥运第一人",早在20世纪初,就积极宣传奥运精神,他曾担任过多届地方(天津、华北)乃至全国体育运动会裁判长,并被推选为中华全国体育协进会主席,为中华体育运动的开展及派团参加奥运会做了许多实际工作。在南开,他鼓励师生主动进行体育锻炼并积极参加各种体育赛事,不仅使体育活动得以普及活跃,大大增强了师生的体质,而且也涌现出不少优秀运动员和颇有影响的运动队。如在 20 世纪 20 至 30 年代享誉国内外、威震远东的南开篮球队及名贯遐迩的"南开五虎"(指南开篮球队的五名主力队员王锡良、魏蓬云、李国琛、刘建常、唐宝坤),还有篮球队的教练、后被称为中国篮球之父的董守义,以及在多种赛事中取得佳绩、颇具知名度的学生田径队、教工男子排球队、冰球队等等。在 1934 年第十八届华北运动会上正式亮相的南开大学啦啦队,则以强烈的爱国激情,严明的组织纪律和精彩的鼓劲表演,不仅极大地鼓舞了运动员的斗志,而且营造了把高昂的爱国热情和体育竞技意识融汇在一起的全新的竞技氛围,成为这次运动会的一大亮点,令南开人及运动会上所有人员为之振奋不已,甚至造成了强烈的世界反响。

南开大学重视体育,是一以贯之的。除一般的体育运动科目外,夏学游泳,冬练滑冰,是南开体育运动的一大特色。即使在三年困难时期,也没停止体育课,只是把那些运动量大、对抗激烈的体育活动改为打太极拳、跳绳、做体育游戏而已。按照教育大纲和教学计划要求,体育课安排在一、二年级,后三年虽不安排体育课,但体育活动(习惯上称为课外活动)是必不可少的。这些课外的体育活动,虽有一定的自由度,可选择自己所喜欢的运动项目,但也绝不是放任自流,每周的活动都由班委会(有体育委员)做出具体安排,并负责组织实施。除日常活动外,还开展各种小型多样的竞赛活动,且按多项指标进行体育锻炼的评比活动,极大地调动和促进了大家进行体育锻炼的积极性,以至形成下午第二节课后,人们便纷纷从教室、图书馆、宿舍奔向大操场的纷乱而活跃的情景。

上体育课、开展体育活动,首先是为锻炼身体,强健体魄,保证上学期间学习和工作的顺利进行。同时,也是为了活跃生活和锤炼意志。记得当年上体育课时,酷暑烈日之下,讲课的老师总是背心短裤,从不戴遮阳帽;严寒隆冬,则只着绒衣绒裤,胶鞋,绝不穿棉,更不戴帽子和手套。确有冬练三九、夏练三伏之意。印象极深的是,在凛冽寒风中上体育课时,除讲课老师外,几乎总有一位个头不高、身体健朗、昂首挺胸、腿脚灵活的老者也在操场来回走动,这儿转转,那儿转转,东看看,西看看,着一身单薄运动服,那红扑扑的脸盘儿和那又青又亮的光头形成鲜明的对比和反差,引人瞩目而又令人感到有些神秘:他是谁? 干什么的? 说是领导听课吧,不像:他既不固定听某一班的课,也不做听课记录;说是体育老师吧,他又不讲课;说是一般的体育爱好者在锻炼吧,可又没有什么固定的锻炼项目;说是休闲蹓弯儿者吧,可为什么单在师生上课时来操场蹓达? 时间长了,常听上课的老师们打招呼时尊称他为"侯老",才知他是南开大学体育教研室主任,是一位享誉海内外的资深体育专家。他除给学生上课外,还经常在操场上"看课"——看师生上体育课。而且越是恶劣的天气,就越是要"看"。目的一是了解上课情况,二是对师生进行"身教"——恶劣天气不仅不可怕,而且是锻炼身体和意志的好时机。不过,看他那精气神儿和言谈举止以及那一身紧身、潇洒的着装,无论如何也和这个"老"字搭不上界。虽然他没给我们年级上过课,但那寒风中光头的形象却深深地印在我的脑海中,近五十年了,不仅没有淡化,反而越加清晰了。如果老先生健在,总有一百多岁了吧。

那时的体育课和体育活动,还推行"劳卫制",即劳动卫国的体育制度,是从"苏联老大哥"那里引进的。该制度规定多种运动项目的达标及优秀标准,每个学生必须按相应要求选择其中的若干项作为自己的运动项目进行锻炼,在规定时间内进行测试,不达规定标准者,体育课不给及格,而体育课不及格,是不发毕业证书的。记得有一次测验十公里负重越野跑,要求参测者每人准备一个五公斤的背包,不论什么形式的,也不论里面装什么东西,总重量不得少于五公斤。我没有装东西的容器,便求体育器材室的一位工友帮我找了盛排球的网兜子,里面装了个实心球,又塞了一个棒球垒垫和几个棒球,凑足了五公斤,捆绑在腰间,便参加测试了。那次参测者有五六十人,先沿规定的路线跑够9公里,接着沿操场四百米跑道跑两圈半。测验开始,只见身背各种重物者争先恐后,有背书包里面装书的、有背沙袋的、有背铅球的、有扛棒球棒的、有背手榴弹的(锻炼用的,没有炸药)、有背一包衣服的……虽不整齐美观,但各有特色,显得生动活泼且有创意。跑到半截儿,有的跑不动了,就变成走步,有的干脆停下来喘喘气。即使还能坚持跑的,也是踉踉跄跄,东倒西歪。再加上背的那些东西,有散包的,有断带的,一个个丑态百出,狼狈不堪,真像一伙吃了败仗的散兵,常常招得路人及旁观者指点评说、戏笑,当事者不仅不恼,反倒边笑边继续前行。那次我用时 52 分跑完全程,算是成绩及格达标,真是兴奋极了。那是初春时节,跑完后,内衣全湿透了,冷风一吹,一个劲打喷嚏。

大操场上最红火热闹的场面要算是开运动会了。运动会有全校性的,也有分系进行的。除比赛运动成绩外,参赛运动员人数、运动员的服装、入场式、写鼓动稿件等也是评比的内容。记得 1960 年 3 月底 4 月初中文系举行的春季运动会上,我们年级参赛人数最多,服装最整齐(那时尚买不起运动服,只是白上衣,蓝裤子,就这还是发动同学向外年级乃至外系的同学借的呢),入场式的齐步走、正步走最为精彩,受到了高年级大哥哥大姐姐们的好评。至于运动成绩,则是一路遥遥领先:100 米短跑、200 米低栏、跳高、铅球、链球、标枪、铁饼、男女两队的 400 米接力、5000米长跑等等共拿了二十多项冠军。这次运动会我们年级总分第一(550多分,比第二名多 200 多分),而且全系设的一个普及奖和一个提高奖,都被我们年级获取,真是出尽了风头,成了这次运动会最大的亮点,让高年级同学望尘莫及,赞叹不已。

这次运动会上的另一大亮点是教工代表队的亮相登场,特别是一些年逾花甲的老教授的参赛,使运动会大为增色。尽管他们的参赛项目不过是托球走、篮球掷准、跳绳等对抗性不激烈、运动量也较小的项目,但他们一走入赛场就引起一片热烈的掌声。他们认真的态度和全力以赴地投入赛事,更赢得了大家的赞叹。在托球走比赛中,一位老先生抢先到达终点,第二名则"义正词严"地"举报"他半路犯规,以"跑"代"走"。而被举报者则立即反戈一击,说"举报"者也没守规矩,出发时就"抢马"了。这样的互相"揭发",让裁判员十分为难,最后裁定二人成绩不计,但均发纪念奖以资鼓励,二人握手言和,大家纷纷鼓掌,盛赞裁判公平、高明。

运动会鼓励运动员奋力拼争,更鼓励通力合作的团队精神。从比赛项目上看,多种球类比赛,田径中的接力赛以及声势浩大、激动人心的拔河比赛,无疑都要发挥团队精神和集体优势。即使是个人竞赛项目,其成绩积分也要累计到集体总积分之中,所以无论集体项目还是个人项目,参赛者都有明确而强烈的集体意识、为集体争先的意识。这也正是那些虽不是参赛运动员,但却极为关注比赛情景、自始至终情不自禁地为运动员鼓劲加油的根本原因。他们虽不是比赛项目的直接竞争者,但也绝不是不偏不倚的旁观者,而是从内心至行动都已和运动员融为一体的强大支持者和后盾,是运动会的另一种身份的参与者。他们有的积极组织起啦啦队,有的主动帮运动员更换服装,有的及时为运动员送上一杯温开水,有的热心搀扶筋疲力尽的运动员,还有的主动陪练、陪跑,更多的则是站脚助威,摇旗呐喊,或敲锣打鼓,或高呼口号。正是由于他们的热情参与,才使得运动会更具群众性,更有亲和力和凝聚力,更有生机和活力。使得整个运动会成了个人、小集体、大集体既争冠折桂,又和谐互助的大汇演,而这场汇演的魂魄就是拼争意识和团队精神。

南开大学秉承老校长张伯苓关于德、智、体"三育并进不可偏废"的教育思想,在体育方面,既重视广大师生的体育普及,也注重体育精英(各种代表队)的提高;既鼓励个人拼争,又倡导团队精神,形成了一以贯之的好传统、好作风,使得一代又一代的南开人受益甚大。我离开母校参加工作后,参加过农村那条件十分艰苦、生活极不规律的"四清"运动,经受过"文革"中遭迫害的"强劳"改造,我的身体精神都没有垮掉。改革开放三十年来,教学任务繁重,行政工作艰难,可身体从未拖过我的后腿。健康的体魄支撑着我,始终以旺盛的精力和饱满的热情工作着和生活着。至今,虽已年届七旬,仍坚持锻炼身体,几乎是风雨无阻——体育锻炼已成为我生活中不可或缺的重要内容,一天不锻炼,一天不出点儿汗,就像有件大事没做一样,浑身不舒服,整天不痛快。我坚信锻炼不仅为增强体质,也为锤炼意志。大学时期的体育锻炼,使我受益终生。

时光荏苒,转眼已过半个世纪,母校当年的大操场,如今早已变成了设施先进、管理科学的现代化运动场所,跑道上铺了塑胶,盖起了气派的体育馆……然而无论它变得如何现代化,在我的脑海里时时浮现的,仍是那坦阔的大操场,以及操场上那龙腾虎跃的情景,特别是那在凛烈寒风中,脚穿胶鞋,身着单薄运动服的光头体育教研室主任——侯老。

2009 年 3 月 9 日草就
2010 年 3 月 20 日修改

吃在南开——学生食堂

"民以食为天。""人是铁,饭是钢,一顿不吃饿得慌。"从一定意义上讲,吃,可谓人生之第一需要。在南开大学的五年间,那一日三次光顾的学生食堂和发生在食堂内外的一件件往事,使我记忆犹新,终生难忘。

那时我们吃饭是在学生第三食堂,这第三食堂在女生宿舍楼(第七宿舍楼)北面,西邻小引河,是一座南北走向,坐西朝东的二层楼房。东、南两面的门供就餐者进出,上二楼既有外楼梯,也有内楼梯。楼内是由两排水泥柱子支撑的大厅,厅内摆有几十张圆形餐桌。1960年后撤去圆桌,代之以可折叠的长方桌,桌面取下再把那桌架一折叠便成一靠背椅。再往后,可能由于就餐人增多,桌椅太占地方,便逐渐减少直至所剩无几了。大厅的西侧,连着墙外的厨房。临近开饭时,门外常聚集着不少吃饭的"积极分子",他们有的挤在门口闲聊神扯,随时准备作为前几名冲进食堂;有的则在稍远的树下、墙边看书或念外语;更多的人则慢慢地从四面八方拢来。大厅内,年轻力壮的大师傅们有的抬着整屉的馒头或窝头,有的用特制的小推车推着一个个盛满米饭、粥、菜汤的大桶,飞快摆放到预定的位置上,做好开饭前的最后准备,就像即将打响一场激烈的战斗一样。

按规定,进食堂吃饭是凭"饭卡"的,但由于就餐人员来得过于集中,食堂大门一开,便鱼贯而入,门口虽有人把守验卡,可根本验不过来,验卡者形同虚设。时间长了,人都熟了,即使进门人少时,也并不认真验卡。

只是偶尔见到有生疏面孔时,才特别地"盘查"一番。也多是劳而无功,因为每个人一个饭卡,上面除有姓名,单位外,并无其他特殊标记,只要转借一下便可自由出入,所以那时常有非本食堂甚至非本校人员鱼目混珠来蹭饭吃。

就餐者涌入食堂后,不问系别,不分男女,不论是否认识,只要围桌凑够八个人,就举起碗筷,招呼大师傅上菜。由于人多,大师傅忙得晕头转向,有时看不到招呼,即使看到了也不能立马送餐。这时,人们等得不耐烦了,往往就叮叮当当地敲打碗筷,再加上说笑声,打招呼声,以及有的餐桌已经开始的进餐声,形成了一曲独特的食堂交响曲,热闹之极。

那时的早餐很简单:一稀、一干加咸菜。稀的是小米粥或玉米面粥或菜粥,偶尔也吃大米粥。干的则是馒头和玉米面饼子。中、晚正餐主食多是馒头、大米饭或玉米面饼子,有时也变花样儿,是花卷、糖包、烙饼、面条儿等,还有时是在白面里裹上玉米面,一层一层的,黄白相间,叫"金银卷儿"。那白面细,玉米面粗,白面软,玉米面硬,吃到嘴里蛮有情趣和诗意。刚入学那年(1959 年),粮食还未定量,主食随便吃。记得有时早餐是玉米面饼子和小米粥,却常把前一天晚上剩下的小馒头切成半拉半拉的,泡在将出锅的粥里煮沸,那馒头在粥里煮过后,外面一层软软的,里面则仍有咬劲儿,既有淀粉的甜味儿,又有欠碱的微微酸味儿,比玉米面饼子更可口,深受大家欢迎。早餐的粥是放在一搂粗的大木桶里,用餐者自己去舀,舀粥的勺子其实是个上粗下细的小铁桶儿,安上二尺多长的木柄,一勺儿(桶)便可装满一大碗。因为粥里泡有馒头,不少人便争先捞馒头,浮在上面的捞完了,就捞沉在底下的,行为颇为不雅。有人曾贴出大字报和漫画对这种现象进行讽刺:画面中心是一个大粥桶,一个舀粥的人正呲牙咧嘴瞪眼,左手持碗平伸拦住周围的人,右臂高挽袖子,手持勺把儿将勺子直插桶底,连手也插进桶里,还洋洋得意地高喊"深入底层,多捞(劳)多得",动作夸张,神态滑稽,活灵活现,入木三分。漫画贴出后,"深入底层"的现象果然见少。

那时食堂正餐的副食,是四菜一汤。只要一桌凑足八个人,便可领到两荤两素和一盆蛋(菜)汤。那菜的盘子老大,直径有一尺大小,菜装得岗尖岗尖,且色、香、味俱佳。那时南开大学的学生多来自农村,这些常年不见荤星儿的孩子在这里吃饭,就像天天在"过年",每顿饭都吃得很饱很香,满足极了。

食堂的好多菜肴是我从未吃过的。印象最深的有两种,一种是土豆烧牛肉。那土豆块儿是用油先炸过的,再与牛肉一起燉,燉得土豆里有牛肉味,牛肉里有土豆味儿,又酥又软,入嘴就化,香喷喷儿,甜乎乎儿,辣丝丝儿的,用那菜汤泡大米饭,甭提多香了。这种吃食还有一大好处——顶时辰,禁饿。中午吃饱,到晚上还不饿,要么晚饭就免了,要么是喝一碗稀粥了事。当时只觉得这土豆烧牛肉实在好吃,但无论如何也没想到,四五年以后,中苏论战时,这道菜竟与极其严肃的国际政治问题联系在一起而名扬世界。那是因为当时的中苏论战中,批判过当时苏联领导人赫鲁晓夫关于"福利共产主义"就是"一盘土豆烧牛肉"的观点,忘记是在哪篇论战文章中批的了,反正是经新华社和人民日报向全世界播发的,后又出过单行本。至后来,毛泽东在一首词《念奴娇·鸟儿问答》中也对赫氏这种观点进行了批判:"还有吃的,土豆烧熟了,再加牛肉。不须放屁,试看天地翻覆。"不过,批归批,土豆烧牛肉还是要吃的,因为那毕竟是一道难得的佳肴啊!

印象深的另一道菜是炸藕夹。学校池塘里多的是藕,就地取材。将挖出的鲜藕洗净去皮切片,在那藕孔里塞满肉馅儿,外面再挂一层面糊糊,下油锅炸至焦黄,可勾芡,也可干吃。面焦藕脆肉嫩,清香可口,香而不腻,也是极受欢迎的一道菜。毕业离校后,在各地偶尔也吃到这两种菜。特别是改革开放后,生活水平提高了,在饭馆乃至大饭店专门点过这两样菜,甚至自己还亲手做过,但总也不如在南开时吃得那么香,那么过瘾,那么回味无穷。多少年来再也没有找回那种难以言表的感觉。这也许是当时大师傅们有什么祖传秘方,没有传承下来,也许是现在生活好了,口味提高了,习以为常了的缘故吧。

不过,即使在当时的南开大学,这种"土豆烧牛肉"的日子也并没有多么长久。到了1960年,国家三年经济困难的阴影也笼罩了南开园。尽管党和政府为了保证知识分子特别是年轻人的身体健康,千方百计给以关心和照顾,但毕竟商品匮乏,许多东西都要定量供应,粮食尤其不能例外。再放开肚皮吃是不可能了。四菜一汤更成了不敢问津的奢望。记得起初男同学每月最高粮食定量是 38 斤,后又不断下调,饭量最大的也仅能供 31 斤了。每月把饭票发到人头,由个人掌握。起初人们对定量吃饭极不适应,稍不注意就吃过量,往往不到月底就把当月的粮食定量吃光了。剩下几天可就麻烦了,或向尚有富余粮食的同学借一点儿,或到小卖部买一点不收粮票的高价食品,或者干脆勒紧腰带,以稀代干,甚至以水代饭,饿几顿,挺几天。而新的一月饭票发下后,由于饿了几天,对肚子欠账太多,就更难控制食量,就又要多吃,以至形成恶性循环,越来亏空越大。为避免这种现象反复出现,伙食科便改饭票为饭卡,把每个人的定量按当月天数平均,并将每天每餐定量按日期列表标示在一张小小的硬卡片上,每天画出十来个小方格,再分别标出早、午、晚各餐所占格数,一个小方格代表一两粮食,吃一两,便在一个小方格内划上一个记号。吃多少,划掉多少,划完为止。少吃可以,多吃已不再可能。这样,虽然每天都可能让肚子受些委屈,但"细水长流",能保证不会"断粮"。在那特定的时期,实行这样严格的"计划经济",虽是迫不得已,倒也行之有效。

由于主副食跟不上,广大师生体质均有明显下降,各种病号增多,比较普遍的是患浮肿病,几乎有百分之八九十的人都程度不同地有浮肿。在患者脑门儿或小腿骨处,用手指一按就是一个小坑,久久不能复原。患者浑身没劲,两腿发软,头重脚轻,动作稍大或稍猛,两眼就冒金星,甚至会晕倒。由于患浮肿的人多,有些人便产生了恐惧心理。记得有的领导给大家做思想工作时,要求大家要以乐观的精神对待浮肿病,他幽默地说:现在国家正值经济困难时期,我们正和国家一起经历困难。得了浮肿病,并不可怕,也不丢人,而且还很光荣,大家患的是"光荣病"! 此语一出,立即引起一阵哄堂大笑。许多患者在笑声中似乎一下子都"光荣"起来,浑身都"轻松"了许多。现在看来,这种思维方式和说法虽新奇而颇有"创造性",可终归解决不了病患之苦。在"幽默"、"浪漫"之中也确实流露了"左"的心理和情绪。

不过,说归说,做归做,为了改变师生体质下降的状况,学校也确实采取多种补救办法,诸如减少上课时数和考试考查次数;减少体力劳动;把体育课的剧烈运动改为打太极拳或健身操等舒缓活动;强化作息制度,以保证休息和睡眠时间;给浮肿病号增供半斤黄豆(煮着吃)和二两红糖、一块清蒸鱼和两把红枣等等。为解决主食操作过程中的缺斤短两问题,各级领导纷纷下食堂,和炊管人员一起抓"秤杆子"和"勺把子"。食堂研制和使用馒头机和窝头机,吃米饭则是把大米足量发给每个人,每人用自己的餐具淘米,并根据自己的需要加水,愿意吃软点就多加点水,愿意吃硬点就少加水,再由食堂统一上蒸笼蒸熟。这样既保证粮食足量,又适合各自的口味需要,很受大家欢迎。此外学校还组建打猎队、扑鱼队,或派人外出远地,千方百计地开拓食源,以改善师生伙食。

记得在1961年冬,天正冷,学校突然发出紧急通知,说是前不久校领导亲自带人到山东购得大白菜和海蛤蜊各四十万斤。近日将运抵学校,党委要求全校师生员工,要做好充分思想准备和物质准备,一旦货到,要连夜把大白菜运储到菜窖。蛤蜊是海货,学校没有那么合适的存储设施,就要尽快洗净剥肉制熟吃掉。要把这次抢运当成一项重大的"政治任务",动员各方面的积极性,坚决、彻底、全部、干净地打好这场歼灭仗。要求不仅速度要快,而且要高度珍惜这些千里以外经过多少道手才运到的东西,凡能吃的菜帮,一片也不能丢,凡能吃的蛤蜊一个也不能弃。

搬白菜,不难,主要是两手太冷。那大白菜都带着冰碴子,搬时不戴手套吧,太凉,戴手套吧,搬几棵菜手套就湿透了,两手像泡在冰水里,比不戴手套还难受。干不了多一会儿,两手就被冻得生疼,以至麻木不听使唤了。这时,就稍微缓一会儿,再接着干。至于剥蛤蜊,就不那么简单了,这东西硬得很,两个扇贝咬得很紧,用石头砸也很难砸开,即使砸开了,里面的肉也被砸烂了,混有碎贝壳渣子,根本没法吃。有效的方法是把蛤蜊洗净上锅蒸煮,到了一定的火候,它便自己咧开嘴。只是这火候难于掌握,火候不到,它不张嘴;火候过了,嘴是张了,但那肉也老得咬不动了。由于购到的蛤蜊数量大,共四十余万斤,专靠食堂的师傅们根本搞不过来,于是就来了个"包工到户"——按每人包一百斤的标准,分蛤蜊到系,到年级,到班,到寝室,真真切切地打了一场剥蛤蜊的"人民战争"。

　　按程序先要洗去包裹在蛤蜊外的一层黑泥,于是食堂、宿舍、浴室的所有水龙头都派上用场,但毕竟量大人多,光靠自来水根本不能在规定的时间内把四十万斤蛤蜊洗完。这时人们便把目光集中到食堂旁那冰封的小引河,用重铁器把冰面凿个窟窿,把盛有泥蛤蜊的筐或篮子按到水下,左右上下反复摇动,不一会儿,半筐蛤蜊便被洗刷得干干净净。这办法既省时又节水,有效地保证了冲洗任务的按时完成。第二步是蒸,没有那么多锅和屉,就把洗脸盆动员起来,装上水,架在石头或砖头上,下燃树枝柴草加温。一时间校园内到处是蒸蛤蜊的战场。炊烟四起,火光闪闪,腥味弥漫,人声鼎沸。此情此景,不由得使人回忆起1958年全民大炼钢铁的"壮举"了。不同的是,大炼钢铁时,人们为之奋战的是几个鼓舞人心的数目字儿,而现在则是为了实实在在地解决肚子的空瘪问题——肚子不相信数字,不务实是不行了。

　　收获的时刻,人们用小刀或铁钉、铁片之类硬的器物,把那些刚刚蒸煮过的已张、半张或未张嘴的蛤蜊轻轻一翘,一颗带有黄褐边缘的、红中透紫的肉粒就滚落了出来。大家把"战利品"集中起来交到食堂,大师傅们就着葱姜蒜油盐一番加工制作,一份美味海鲜就出炉了!吃的时候,蛤蜊肉刚入嘴是软的,一嚼,是脆的,既是菜又是饭。这样鲜美的海味儿,不在海边居住的人是极难享受到的,学生中几乎九成人根本没吃过,现在品尝着自己曾为之付出辛苦劳动而又从未吃过的美食,真有一种极大的满足感和幸福感。当然也有吃到煮得过火的,就像咬硬海绵,左嚼右嚼,就是嚼不烂,在嘴里滚来滚去,吐掉了舍不得,咽又咽不下,十分尴尬。甚至偶有咬到"地雷""咯嘣"一响的——那是遭遇了一颗未冲洗掉的碎石砾,这时遭"雷"者迅疾捂脸的动作和呲牙咧嘴的狼狈相儿,常会引起周围人的哄堂大笑,成为餐桌上不可多得的插曲。为此有人还创作了一个歇后语:"细嚼慢咽吃蛤蜊——软中有硬。"

　　在那三年经济困难时期,搞好师生的伙食几乎成了学校的"头等大事"。到后来,又分系办食堂,各系成立由领导、炊管人员和师生代表组成的伙食管理委员会。学校领导纷纷深入食堂,和相关人员研究和改进伙食管理办法,提高餐饮质量,以保证师生身体健康,保证学校教学和科研活动的顺利进行。为了做到"突出政治"和"思想领先",学校曾召开大会号召大家吃红薯,吃高粱面窝头,吃大麦粒儿粥。各级领导还带头到食堂帮厨,带头"以稀代干"节约粮食,逢年过节,还千方百计为师生改善伙食。记得1961年中秋节,食堂搞会餐,主食是白面馒头、大米饭,副食有鱼有肉,有粉条豆腐大白菜。饭后每人半斤月饼、一斤水果。大荒之年,能吃上如此丰盛高档的饭食,真令人感慨万端。时至今日,回想起来还心头发热,鼻子发酸哩!

靠着上级的关怀和学校的重视,以及全校师生团结一致,艰苦奋斗,终于艰难地度过了那三年困难时期。后来,虽然许多东西,包括粮食在内仍是定量供应,但由于国民经济日益恢复和发展,商品逐渐增多,日子就好过得多了。而那艰苦奋斗的精神和勤俭节约、珍惜粮食的好传统,却随着我走出校门,走向社会,走过我这大半生。

吃在南开,不仅仅是消化了粮食和蔬菜,吸收了物质营养,还吸收了一种精神营养,一种团结奋斗、勇往直前、乐观向上、永不言败的大无畏精神。

如今,那第三食堂仍在尽职尽责地为南开学子服务,而且外观也没有什么变化。那是为了保持原貌而对其进行了"修旧如旧"的落地大修的结果,既保证了使用安全,又保持了它的原有风貌。使得一些"老南开"看后倍感亲切,而又自然而然地唤起诸多美妙的回忆——那是有自己参与其中常年演奏的、多么开心的餐厅协奏曲啊!

感谢那历经沧桑、见证历史、和师生共渡难关的学生食堂。

感谢那一日三餐为师生操劳的大师傅。

2008年9月15日草就

2009年2月20日修改

二、五年熏陶

无言的教诲

耳听为虚,眼见为实。一旦走进并生活于南开大学,才进一步感受到这里所充溢的朴实、厚重、热情、乐观的精神气质,才更深切地领悟到那勤勉、踏实、浓郁、精进的治学氛围。这精神气质和治学氛围既鲜明又隐匿,它易于意会却难于言表;它无形无影、无言无声,却又无时不有、无处不在,谁都能说出几条,却又谁都说不周全。只有身历其境,才能切身感受,只有与它融为一体,才能感受弥深。

踏上横跨于卫津河之上、连接卫津路和南开大学的木桥(现已改建为水泥石桥),向西看,首先映入眼帘的是挂在校门一侧立柱上抢眼的"南开大学"校牌。这是新中国开国领袖毛泽东应南开大学学生会的函请而题写的,那"毛体"风格遒劲而潇洒,凝重而飘逸。在全国上千所高校中,只有十来所的校名是毛泽东亲笔题写,而南开名列其中,这一直以来是南开人引以为荣的。而更令南开人感到骄傲、难以忘怀的则是毛泽东不仅为南开大学题写校名,而且还于 1958 年亲历南开大学视察,使南开大学成为毛泽东主席在全国视察过的三所高校之一。在大中路和校门南面由化学系办的敌百虫农药工厂和离子交换树脂工厂,以及硝酸钍工厂都留有他老人家的身影和足迹。在那里,他赞扬师生们"干得很好"!鼓励大家"要理论联系实际",这亲切的话语至今仍激励着南开人勤奋前行。我是 1959 年入学的,虽未亲历那激动人心的场景和时刻。但入学后,学校曾搞过诗歌咏唱大赛,而中文系参赛的诗歌大联唱中就是反映和咏唱毛主席视察南开大学这件大喜事的。其中有的诗句至今仍十分清晰地记在我的脑海之中——"八月十三,八月十三,这一天太阳格外暖,这一天天空格外蓝","永远的回忆荡漾着春风般的笑容,温暖的大手摇动了人们的心旌"——这美妙感人的诗句,连同南开人那务实、奋进的品格以及对祖国、对领袖的挚热情怀,早已深深地镌刻在我心中了。

踏上那宽、平、远、直的大中路,顿觉从喧闹的市区步入了一片宁静而神圣的学研世界。只要上课的铃声一响,上千亩地的阔大校园,顿时变得人迹皆无,传入耳中的只有鸟啼蝉鸣,即使有往来的汽车,也都低档徐行,绝不按响那刺耳的喇叭。"只见车走动,不闻喇叭声",已成了这里的一条无声的命令和司机们的自觉行动。而在课前和课后,无论是路旁、林间的石椅上,还是花园、湖畔的草丛中,都会传出朗朗的读书声和会心的谈笑声。显得那么幽静,那么简约,那么清爽,那么宜人。而在大操场,则是人声鼎沸的欢乐海洋,人们在那里跑啊,跳啊,笑啊,叫啊,一个个生龙活虎,奋力拼争,毫无顾忌地大声疾呼,酣畅痛快,大汗淋漓,一改平时那种温文尔雅的斯文气质,有的甚至光脚赤膊上阵,大有"拼个你死我活"的架势,令人不由得想起了《水浒传》里的黑李逵和《三国演义》里的猛张飞。跑跳腾挪,姿势虽不优美,但那一尊健体、一股犟劲、一身功夫、一腔豪气,无形中营造了一种无往不胜的气势和氛围———一种催人的气势和一种争先的氛围。既便是再文静的旁观者,也会不由自主地参与其中。这运动场上所呈现的,其实也是南开校风的一个方面——强健体魄,勇于拼争,不尚空话,勤于行动。

晚饭后,宿舍、教室、实验室、图书馆的灯光相继亮起。南开人又进入了一个读书、做学问的世界。整个校园又变得那么宁静,那么凝重,那么幽雅,那么迷人。回想抗日战争期间,文明的南开曾几乎被侵华日军的炮火夷为平地。但"被毁者为南开之物质,而南开之精神将因此挫折而愈奋励"(张伯苓语)。不屈的南开人用自己的信心和毅力,用自己的聪明和才智,用自己的勤劳和奋斗,终于又重建起了这样一座读书、修身的著名高等学府,这是怎样一种感人的精神和气质啊!

这里,有国内顶尖级的、享誉世界的大师、学者执教。除基础课教学外,各种学术报告接连不断,报告人都是学术界教育界的名流、大家,有校内的,也有校外的;报告内容都紧密结合教学实际,有普及的,也有提高的;听众都是自发自愿的,有学生,也有老师,有校内的,也有校外的;报告时间有下午、晚间的,也有周末、星期天的。这众多的学术报告真让人应接不暇,听不胜听,选择天地极为广阔,广大渴求知识的学子都可以在这里享受到可口的知识佳肴。美丽的南开园,确实是一块求知、研究学问的宝地。曾在这里度过"非常愉快的"大学时光的国际数学大师陈省身,晚年归国的定居地,不选首都北京,也不选大都市上海和舒美的江南小镇,而选中了南开,为的是"这里很清静,适合作研究"。而陈先生"最高兴的事就是 24 小时做数学"。在这里,他领军创建了南开大学数学研究所,他曾深情地说:"为数学所我要鞠躬尽瘁,死而后已。"大师用实际行动实践了他的誓言。在津辞世后,骨灰也留在了南开,这是怎样一种执着的爱国、爱事业、爱校的情怀啊!这位老一辈南开人的业绩和品格不也是南开氛围和南开精神的一种集中体现吗?

南开师生为人朴实、忠厚,为学扎实、认真,但并不愚钝木讷,更不狭隘保守。这不仅体现在教学和研究上,也体现在日常生活中。在周末,在节假日,在文娱舞台,在运动场,常见的是南开人极其活跃的身影。

从开学第一周至学期的最后的一周,在学校大礼堂后面的电影广场,每周至少一次的电影展映是参与人数最多的休闲娱乐活动,除遇特别恶劣的天气外,周周不空。即使在考试期间,也照映不误。宽大的银幕高挂在广场中间,前后两面都是挤得满满的热情观众。即使遇一般的雨雪天气,也挡不住人们的热情。有时雨雪下大了,甚至影响到观众的视线,人们仍岿然不动,稳如泰山,直至银幕上打出"再见"、"剧终"的字样才起身。此时大家彼此相看,一个个的肩头、胸、背、头发、眉毛上都是白雪,简直成了雪人,人们一边互相取笑,一边拍打着身上的雪花,说笑着,耍闹着,踏着遍地的厚雪回到宿舍。而整个观影活动并未就此结束——回到宿舍后,又继续评论电影的好坏。有时意见分歧,评价迥异,甚至争论到深夜,仍互不服输。于是乎,这种口头的争辩又行诸笔端。两天后,系内刊物《马蹄湖》或《中文之声》便刊出了新的一期影评专栏"以飨读者"。"出版"

周期之短，内容更新之快，吸引读者之众，令诸多正式出版物望尘莫及。南开人的较真、执着、活跃、机敏，可见一斑。

令南开人引以为荣的，还有上个世纪二三十年代兴起于南开而又享誉国内外的话剧活动。那时我国还没有"话剧"这个词，南开在创、演这种活跃于西方的艺术形式时称之为"新剧"，为演"新剧"而成立有"南开新剧团"，成为在中国正规学堂演出话剧的开创者。这是南开的一大创举，不仅得到老校长张伯苓的充分肯定和热情支持，而且受到了社会进步人士的广泛关注和高度评价。当时在南开读书的周恩来，曾是"南开新剧团"的骨干成员，由他编写、主演或参演的不少剧目，如《一元钱》、《一念之差》、《新村正》、《新少年》等，在天津乃至北京引起极大轰动。胡适曾高度评价："这个剧团要算顶好的了。"鲁迅先生曾两次观看《新村正》，可见他对"南开新剧团"的演出活动以及"南开学校本"的话剧的认可和喜爱。直到解放后，周恩来在接见著名京剧艺术家梅兰芳时，回忆起当年在"南开新剧团"演出的情景，还曾开心而诙谐地说："虽然那是青年时代的事，但我们可以说是同行。"

"南开新剧团"，作为我国现代话剧运动的先行者，不仅引进了"话剧"这种艺术样式，更宣传了"科学"、"民主"和反对封建专制制度的新思想、新观念。南开人无论是在政治上还是在艺术上，不仅不因循守旧，而且十分超前求新，这不也是南开的校风、学风的典型表现吗？

南开人做人、做事、做学问，都讲究实事求是，讲究踏实、实在。记得我刚入学不久，正值全国大跃进风潮盛涌，高校也在大搞"教育革命"，其"左"的倾向和搞法也是不言而喻的。例如，不加区别地"打破教育常规"，以师生集体搞科学研究代替必要的课堂教学过程，甚至刚入学的一年级学生也蜂拥去编写大学教材或搞大型专题学术研究等。在那样"左"的大环境下，南开固然不能不受其影响，但注重实效、尊重教育科学规律的南开人，毕竟没有被这"大跃进"的浪潮冲昏头脑，学校在摒弃保守、僵化的教育思想、教育内容和教学方法的同时，坚持打好基础、学以致用的原则，造就既坚持优良传统，又勇于创新的专门人才。以当时我所在的中文系为例，入学后的第一、二年，课程表上排的都是中国语言文学专业的基础课:古典文学、近代文学、现代文学、当代文学、外国文学、古代汉语、现代汉语、文艺理论、写作训练、文献学、外语等等(其中的古典文学课和外国文学课,因为内容太丰富,一直贯穿了三年、四年甚至五年)。从三年级开始才安排一些文学或语言的专业选修课,才适当安排学生参加些基础性的科学研究工作。到了四年级,才开始按文学和语言两学科开设诸多的专门化课程。而四年级的学年论文和五年级的毕业论文,无疑是对以往所学理论、知识和技能的总结和运用,不下苦功夫是不能通过的。这一系列的课程设置和教学安排,无疑是符合教学规律的,确实使学子获益良多。

写到这里,我不禁又回忆起系主任李何林先生在欢迎新生入学大会上的一席话。他说:"中文系的任务是培养具有扎实汉语言文学专业基础知识、基本理论和基本技能的语言文学的工作者,而不是专门培养作家的,是为培养作家和其他语言、文学工作者创造条件、打基础的。只有踏踏踏实实地学好必需的专业课程,毕业后的路子才宽,后劲才大,活力才持久。"这一席话给不少为当作家而念中文系的学子泼了冷水。当年我是怀着当新闻记者的梦想报考中文系的,听了系主任给大家的"见面礼",感到很失望。但是当我按照系里的要求学满五年,特别是毕业后走向社会,才深深地体会到李先生的"见面礼"以及五年中所学的东西对我是多么的重要。毕业分配前,我从没想过会当教师,更没想到会当师范大学的教师,觉得那是师范院校毕业生的去处。可"命运"却偏偏把我推上了师范大学教师的岗位,而且一干就是四十来年。此间,我为师范大学的学生讲过写作课、文艺理论课、毛泽东文艺思想课、中国古代美学史课、马列文论课等等,教过专科生、本科生、研究生、函授生、夜大生、短训生,为农中教师培训班、中学(初、高中)语文教师培训班以及半耕半读大学的学生讲过课。多次带领学生"开门办学"、实习、参加社会活动,开展文艺创作、文艺评论等活动,在搞好教学工作的同时,也取得了有一定社会影响的科研成果。改革开放以来直到退休,我还作为同时担任教学业务和党政职务的"双肩挑"人员,历任河北师范大学中文系工会主席,校党委办公室副主任、主任,校工会主席,校党委副书记,校长,党委书记以及一些校外社会兼职,如全国毛泽东文艺思想研究会副会长、石家庄南开校友会理事长等。即使退休后,也还经常参加些相关的文学艺术和思想文化宣传活动。而在从事以上这些活动的过程中,在取得成绩、获得欢乐的同时,也碰到了困难和曲折,有过困惑和悲伤,出现过这样那样的缺点和失误。特别是在"左"的形势和"左"的路线影响下,也有"左"的思想和"左"的言行,说过错话和傻话,做过错事和蠢事;也受到了"触及灵魂"、"脱胎换骨"的冲击和迫害。但我没有昧着良心去做对不起党和人民的事情。在困难和痛苦面前,虽有不解和彷徨,但没有退缩和逃脱,更没丧失前行的决心和动力,多年坚守的信仰没有动摇。回顾我的大半生,成绩虽有限,但我尽力地做了,没偷懒,没虚度年华。而所有这一切,无不得益于五年大学对我的教育、培养和熏陶。除去那有言有行的诱导之外,校园环境、育人氛围、校风学风、历史文化积淀等等,母校的一人一事、一楼一路、一草一木、一餐一饮、一时一刻……都在不知不觉之中给了我说不尽、道不完、说不清、道不明的教诲。那是一种"随风潜入夜,润物细无声"(杜甫《春夜喜雨》)的春雨,是一种"纵使晴明无雨色,入云深处亦沾衣"(苏轼《题雨林壁》)的意境,是一种"此中有真意,欲辨已忘言"(陶渊明《饮酒诗》)的感悟……

2009 年 10 月 14 日草就

2010 年 3 月 5 日修改

享受知识盛宴

　　五年南开,我接触最多的就是前人为我们创造和积累的浩如烟海的书本知识;花费时间最长、投入精力最大的就是在书山上攀登,在学海里畅游;最大的乐趣就是争分夺秒、千方百计地获取那无穷无尽的人文及社会科学知识,尽情地享受那无比丰盛的知识大餐。

　　大学一年级时,由于受全国"左"的氛围的影响和制约,学校安排政治活动、生产劳动比较频繁。尽管如此,师生们仍在有限的专业学习时间里,尽最大的努力学好必要的专业基础知识。我们那个年级的同学大部分来自农村,即使来自城市,家境很富裕的也极少。大家知道自己能上大学是十分不容易的。记得有位姓丁的同学曾写过一首诗抒发自己的感慨,表明要努力学习的决心。诗的内容和艺术性并没有什么特别的地方,但其中有两句却给人留下了极其深刻的印象,即使到了几十年后的今天,也仍有不少同学能清楚地记得,那两句诗就是:"爸爸姓丁不识丁,儿子成了大学生。"直白无华而又真实深刻,信口道来而又具有极强的概括性——大家是怀着感谢共产党、感谢新社会的热情以及报效家乡父老、报效祖国和人民的决心走进大学门坎的,抓紧时间学好知识和本领,自然是大家自觉的愿望和行动。

　　1960 年学校开始贯彻中央提出的发展国民经济的"调整、巩固、充实、提高"的"八字方针"。1961 年又开始贯彻执行《教育部直属高等学校暂行工作条例》(简称"高教 60 条"),明确"高校必须以教学为主,努力提高教学质量,对参加社会活动和生产劳动应做适当安排,但不宜过多",要求"在教学中,必须发挥教师的主导作用"。明文规定高校在一年的时间里,教学时间要占 8 个月以上,劳动占 1～1.5 个月,假期要占 2～2.5 个月。此后的几年,直至 1964 年大学毕业,可以说是我们集中主要精力,抢抓一切时间和机会,倾心学习,尽享知识大餐的几年。

(一)"红专"辩论

感受最深的,是那充溢校园的浓厚的学习氛围。全校大会动员,小会讨论,首先从思想上统一认识,明确方向。记得刚入学不久在进行"红专"辩论时("红"指政治思想,"专"指专业技术),我们这些幼稚可笑的大学生为"红"与"专"到底谁重要的问题而争论得面红耳赤,互不相让。那认真而热烈的场面至今记忆犹新。强调"红"重要的人举例说:"比如一个飞行员,他的飞行技术再好,可思想不过硬,在关键时刻叛逃了,这难道是我们所需要的吗?"而强调"专"重要的人则反驳道:"一个飞行员的思想再过硬,可飞行技术不佳,一飞上天就被敌人击落,甚至刚刚飞上天,自己就栽下来了,这难道是我们所需要的吗?"思想的偏激、绝对化,由此可见一斑。

辩论中,还涉及如何认识和对待"红透专深"这一口号上。"红透专深"这一口号到底出于何处? 来自何方? 我不知道,也没做过考察。只记得在当时的校园里常听有人讲起,而且在多种场合还被当做广大知识分子特别是青年学生努力追求的宏伟目标。然而也有相当多的人对这一口号提出了质疑,认为"红"和"专"都是相对的,无止境的。"红"怎样才是"透"?"专"如何才算"深"? 谁也说不清。如果一个人真能"红透专深"了,那他还要继续进行思想改造,还要继续学习各种知识吗? 还有必要"吾日三省吾身"吗? 还要"活到老,学到老"吗? 可见,"红透专深"这一口号貌似激进、革命,实则大而无当,可望而不可及。它既不符合生活实际,也不符合事物发展的辩证法。不仅不应提倡和宣扬,而且应予否定和批判。这样的认识,现在看来,本无甚特别之处,讲出来也算不得什么惊人之举。可是在 50 年前,在"左"的思潮逐渐泛滥的形势下,则是要冒很大风险的。当时就有持这种观点的同学,再加上有点儿别的"毛病",而受到不公正对待,造成很大精神压力的。好在当时学校环境比社会上稍宽松,尚未造成更严重的后果。最后,虽未对这一口号进行彻底否定与深入批判,却也不再推崇和宣扬,慢慢地,不知何时就销声匿迹了。代之而来的,则是"又红又专"的口号。大家一致认为"又红又专"这一口号符合实际,比较科学,它既是一种奋斗目标,又是一种前行的动力。本来鲜明对立的两种认识,在这一口号下"合二而一"了。

通过"红专"辩论,特别是经过学习贯彻"高教 60 条",明确了"红"不仅应表现在政治思想方面,而且应该表现在教学和学习的实际行动中。弄清了二者的辩证关系,"为祖国而发奋学习"成了校园里响亮的口号,"努力钻研业务,做又红又专的建设者和接班人"成了广大师生迫切的愿望和奋斗目标。从当时高校乃至全国大的环境看,尽管仍有"左"的干扰和影响,但总体上还是有利于学生健康成长的。这从当时的办学指导思想、培养目标、课程设置以及教学活动安排中都能得以充分地体现。那时国家规定每周六个工作日,在学校的课程表上,安排五天半上业务课,仅星期六下午安排政治学习和各种会议或义务劳动。且从周日到周五晚上每天都要保证学生有两小时的自习时间,从周一下午到周五下午每天要保证学生有一个小时的课外(文体)活动时间。现在看来,这样的改进,至少在学时安排上,对学生把主要精力放在专业学习上,是起了很大的保证作用的。

(二)排队买书

由于强调课堂教学和基础课程的学习,除了系里印发大学生必读书目和选读书目外,每位授课教师也都相应地给学生们推荐一些本专业的阅读书目。大家看书学习的愿望空前高涨,且要看的书目又相对集中,仅靠学校图书馆的藏书已远远满足不了需要了。于是大家便纷纷到书店去买书,并很快形成一种近乎"疯狂"的购书热潮。经济比较富裕的同学出手自是大方,经济不富裕的也要从穿的、用的甚至从伙食费中挤钱去买书。而当时国家正处于三年经济困难时期,书刊出版、发行也十分不景气,需求大于供给,于是又形成一股"抢购"书籍的热潮。

那时从东校门穿过卫津路,对面是一个很不小的八里台新华书店。每天上午书店开门前,门外都排起了长长的购书队伍。而在第二节课后的大课间(此时校内的广播喇叭放乐曲,大家走到室外做课间操),常有刚下课的同学顾不得做操便连颠带跑地奔向八里台书店——大家知道,但凡书店来了新书,都是上午开始卖。

1961年10月8日,是个星期天,听说近几天书店要来一批俄华辞典,我便和一位老乡同学匆匆吃过早饭,直奔书店而去。原以为一定是来得很早的了,不想老远就见那里已聚集了一大片人,到跟前一问都是来等购辞典的。而且人越来越多,为了买时能有个前后顺序,大家便在一张纸上签名排号,我排的是80多号。排在前面的人颇有些优越感和自豪感,心想即使是只卖几本,也有自己的份儿;排在稍后的则是心不踏实,而排在最后的,虽自觉希望渺茫,但也不忍心就此离去——万一能轮上自己呢? 我排在不前不后,心里最不踏实:到底能来多少本呢? 如能买上,自当庆幸,万一买不上,岂不和排在最后的一个人一样了吗? 好容易等到十点钟,书店的门一开,大家鱼贯而入,而且直奔工具书处,不料那里却高悬一小黑板,上写几个粉笔大字:"今日俄华辞典无货。"再一问售货员,回答是:"不仅今天没有,近日的进书目录也没有。"好一声"没有"! 恰似一盆冷水,把大家从头浇到脚,一个个像泄了气的皮球,没精打采而又无可奈何地走出书店——空手而归。

我仍不死心,便和同伴商量,干脆到较偏僻的小书店去找找,或许能碰上。于是便又乘无轨电车去"西北角"(地名,处于旧天津市的西北角处,故名),结果同样是碰壁。好在买到了一本《和文艺爱好者谈写作》,还是有残的书,总算没白跑一趟。返校已是十二点多了,食堂饭菜已凉,草草吃下,很累。

为了这部辞典,我和不少同学不知往书店跑了多少趟,均一无所获。真是盼急了眼了。后来,在鞍山工作的哥哥知道了我对俄语学习的热情和想买辞典的心情,就特意把自己正用着的一本《俄汉大辞典》寄给了我。这是一本比砖头还厚的十六开大部头,收词约十万条,四五斤重,商务印书馆1962年版,定价12元(相当我一个多月的生活费)。收到它,真是如获至宝,高兴、感动得落下了热泪,久久地抱在怀里舍不得放下,唯恐弄脏了,摔坏了。我还专程到新华书店求人家给一张曾用过的包装纸(结实,有韧性,俗称"牛皮纸"),精心包好书皮。从此,我几乎每天都要翻阅它,它成了我须臾不离的好伙伴、好朋友、好老师。它陪伴我度过了多少个自习课、晚自习和节假日啊!靠了这位无言而又无私的伙伴、朋友和老师,我如饥似渴地查阅俄文原版书刊,大大地开拓了我的文化视野,有效地促进了我的俄语学习。这部辞典至今仍排立在我的书橱中,偶尔也需翻动到它。那扉页的右下角还留有哥哥工整的署名"曹桂春"三个字,一笔一画,端正大气,清丽夺目。我没有再署名,一是没有必要,二是为永远记住这份兄弟之情,让它永远激励我在学习的道路上刻苦奋进。

(三)旧书摊"淘宝"

新书难买,也比较贵,于是人们还把兴奋点转向旧书。转旧书店、逛旧书摊儿几乎成了节假日必不可少的活动。有时还真能淘到点儿意想不到的"奇货"。

记得1962年寒假前的一个星期六下午,我和同宿舍的周赞廷同学去位于市中心的"劝业场"旧书店淘书,转悠了好半天没见什么可心的书。正要退出书店,周突然一拽我的胳膊:"喂,看啊!"说着用手一指旁边一个围着大围脖儿的人,那人刚从书架上抽出一本厚厚的书,书脊上的"文艺理论学习参考资料"几个字看得清清楚楚,那人拿了书后先是拍打了一下,然后就反复翻着。我和周赞廷忙去书架那里仔细查找,希望能再发现一本。可是眼睛都看疼了,也没有惊喜的发现,我们只好用极羡慕的眼光看着那位"大围脖儿",只见他仍在慢慢地翻着看,一会儿拍拍那书,一会儿又摇摇头,似乎是想买又下不了决心,正犹豫不定。我们俩的四只大眼直勾勾地盯着他,多么希望他把那书仍放回书架上啊!然而人家却猛然把书一合,快步到收款台付款去了。闹得我们俩白白地盯了人家好一阵子,遗憾而又嫉妒,真不知说什么好了。要知道,这正是我们迫切想得到的好书啊,我曾多方给外地的亲人、同学、老师写信,求他们帮助给买,可回信都说找不到卖处,真是"踏破铁鞋无觅处"。可巧今天就让我们俩给碰上了,却又没能"得来全不费工夫"。我俩紧跟过去眼睁睁地看那"大围脖儿"付了款,把书往胸前一抱,转身时还有意无意地朝我们点点头,笑了笑,真是"饱汉不知饿汉饥"啊!懊丧之余,我又下意识地问那书架前的管理员:"同志,那本书还有吗?"我只是顺口随便问问,没敢抱任何希望。不料那人却热情地说:"等我去书库看看。"不一会儿,只见他高兴地举着同样的一本书回到我面前:"你命真好,这是还没上架的,最后一本了。"真是"柳暗花明"啊!我和周赞廷惊喜之极,竟然忘了是在书店里,一下子从那人手里抢过书来,连蹦带跳地喊道:"太好了!""太好了!""谢谢您!""谢谢您啦!"惹得周围的顾客一片"嘘"声,我们意识到是惹了"众怒",急忙歉疚地到收款台付款。因为是旧书,便宜,原价三元二角,现仅两元五角,就买下这件厚重精美的精神食粮,实在合算、可心。我抱着它,就像抱着百万家财一样,心里美啊!说来也巧,返校时,正好乘上8路直达八里台的公交快车,中间不停站,且乘客不多,有空座儿。我俩并排而坐,迫不及待地翻阅着这本比亲人还亲的书,直到汽车到终点站,乘客下光,才匆匆下车走回学校。

这是一本二手旧书,书的原主人署名已被涂掉,涂黑处下方有两行秀丽的、由蓝变黑的钢笔字迹,写的是"一九六五、十二、九日(购)于长春"。书是北京师范大学文艺理论教研组编著的,72万1千字,高等教育出版社出版。在校几年中,学习文艺理论,学习古典文学、外国文学以及当代文学,撰写学年论文和毕业论文,我无数遍地翻阅过它。毕业后,我在高校从事文艺理论的教学和研究工作,几十年来更是无数次地研读过它,着实获益匪浅。到了"文革"后的1981年,此书的作者又对其做了修订和近三分之二的增补,以同一书名出版了厚厚的两本书,堪称文艺理论学习参考的大全。我有幸购得两本。如今这三本"大砖头"都"正襟危坐"在我对面的书橱内,每当看到它们或是翻动它们,都会引起许多清晰而曲折、有趣而又幸福的回忆。

爱书,是南开人的一种美好品格。

(四)"三点一线"

由于学业紧张和学习热情高涨,在平常的日子里,同学中几乎没有谁走出校门去转大街或干别的什么事情。而在校内的活动范围也相对集中,主要是在教室、图书馆、寝室和食堂、大操场。那时中文系没有单独的教学楼,只有一个固定教室在图书馆楼四层,故而大家便把一天的主要活动形象地说是"三点一线":"三点"即图书馆(教室)、食堂和宿舍;"一线"即整天走在这三个"点"之间的路线上。绝大多数学生一天的生活规律是:早晨提前起床,轻手轻脚地洗漱后,便挎了书包提了碗袋夹了坐垫,去外面读书——夏天天亮得早,便到宿舍周围的小树林下或小水溪旁;冬天天亮得晚,就在楼道里或室外的路灯下。多是念外语或是背诵古典诗词。估计快到开早饭的时间了,便边读书,边向食堂挪动。一旦食堂开门,便立即蜂拥而入。早餐简单,先盛一碗粥,边喝边去取馒头或窝头,取了干粮,粥也喝完了。又快步到洗碗处冲洗碗筷,然后便边嚼干粮边急匆匆地冲向图书馆或教室占座位。图书馆与食堂相距约 200 米,常常是占到座位后,干粮还没有吃完,那就一边嚼着干粮一边备好书籍文具,接着就开始看书或做作业(如是在教室,就做好听课的准备)。一坐就是半天,只是第二节课后的 20 分钟大课间时,才下楼做做课间操或稍稍活动一会儿。中午走出图书馆就直奔食堂,吃过午饭后往往连宿舍也不回便又直奔图书馆,一坐又是两三个小时。晚饭后许多人仍不回宿舍,而是又直奔图书馆看书,直至图书馆关门才恋恋不舍地回到宿舍。而此时不少人学劲正浓,不愿即回宿舍,便又寻夜间不关门或"灯火管制"不严的教学楼去"开夜车",直至熄灯后甚至后半夜才回寝室休息,真是名副其实的"早出晚归"。

在班上,我是好"开夜车"者之一。在我的日记中,也多有关于"开夜车"的记载,这里转录一则,以见当时学生们"开夜车"之一斑。为保留日记的"原汁原味",除丢字、错字在括号中标出外,其余一概保留原貌。遇有错误的观点,则在括号中加以说明。

昨晚竟开夜车到两点半钟,且一点也不瞌,效率极高,真过瘾啊!本来开夜车的人是很不少的,但到后来便渐渐少了,过了十点钟,人们多夹起书包溜之乎也。然而室内也还有三几个人在。深夜,他人均已入睡,室外显得格外宁静。是深秋了,只听得窗外的蟋蟀吱吱地叫个不停,清婉且微弱,显出就要为寒霜所驱似的。这时在室内开夜车真是痛快极了,既没有白天那样窗外嘈嘈杂杂地响着大喇叭,也没有室内人们不时挪动椅子而发出的噪音,全神灌(贯)注于书本,特别是看到《红楼梦》结尾部(处)写宝黛二人爱而未婚的悲剧,真是引人入胜,读起来根本就不想间断,书本不忍释手。一页接一页地看着,不时地便情不自禁地点头称赞曹学芹的手法也真是太高明了。然而更令人钦佩的乃是作家深刻的观察力,把个封建社会剖析得那样深刻,使你不得不为之拍案叫绝!

第 12 册读完了(所看《红楼梦》为线装书,分若干册),还要读第 13 册,但是真遗憾,竟没有把它全带来,这才不得不收拾书包回寝室去。而此时,方觉得肚子里有些饿意了,且身上冷丝丝地不太舒服,及至回到寝室,一看表,不觉"噢"地一惊——方知已到后半夜二点多了。忙睡下,却又兴奋得久久不能入睡,很久,才迷迷糊糊地睡去。

——摘自 1962 年 10 月 2 日日记

没人督促,更无人强迫,大家都主动对自己提出要求,给自己增加负担,抓紧时间,争分夺秒地学习。

这"三点一线"和"开夜车"的现象,固然体现了同学们的学习热情,但毕竟做法偏激过头。想一口吃成个胖子,并不符合人的全面发展规律,也不符合治学的科学规律。长此以往,不仅知识学不好,身体也会被搞垮。为此,学校和系里多方做工作,引导学生搞好学习和生活。首先是严格起床、熄灯、课间操等作息制度,杜绝"开早车"和"开夜车"现象,以保证足够的睡眠和休息;第二是加强体育活动,强调每天至少要保证有一个小时的体育锻炼时间,把"三点一线"变成"四点一线"(即在图书馆、宿舍、食堂这"三点"之外,再加上运动场这"一点");第三是规定每周至少搞一次文娱晚会,使学生的校园生活更加丰富多彩。这样的指导思想及要求、措施的落实,都是十分及时而又富有成效的。

(五)特色"佳肴"

为了活跃和浓厚校园的学术氛围,除日常上课外,还组织和安排有丰富多彩的学术报告会和各种科学讲座。在学校和各系的报告栏以及图书馆、教学楼的入口处常常会有学术报告和专题讲座方面的告示和通知。有全校性的,也有分系、分年级的。报告人、主讲人有本校、本系的,也有外校、外系的。大多在周末或晚间举行,多是自愿选听。有时同一时间安排多场报告和讲座,师生可各取所需,选择自己最感兴趣的去听。听众非常踊跃,经常是报告场地的座位占满了,就坐在过道或窗台上,有的还挤在门口处或走廊里,人再多,则要设分会场——只听报告声,不见报告人。即使如此,也常常是人满为患。

这些活动,大大开拓了师生的知识视野和求知思路。而且,由于报告人、主讲人所讲的都是他多年的研究成果和治学经验、体会,都是最"拿手"、最实在、最前沿的课题,且多是当时学术界讨论、争鸣的"热点",因而都极具特色。人们每听一次报告或讲座,都会有不同寻常的收获。如同享受了一次极具特色的风味佳肴,得到了极大的精神满足。印象最深的如李何林、李霁野二位教授(前者为中文系系主任,后者为外语系系主任,均为鲁迅研究专家)关于鲁迅所处的时代、生平、事迹以及思想、业绩的报告,王达津教授关于汉魏六朝山水诗的报告,孟志荪教授关于杜甫研究的报告,张怀瑾先生关于浪漫主义与现实主义相结合创作方法的报告,北京大学吴祖湘教授关于中国古典小说创作方法的报告,现代作家方纪、刘真关于小说创作的报告,等等。我在五年大学日记中,曾多次记录下听学术报告和专题讲座的情景和信息。现摘录两则如下:

63(年)4(月)13(日)　星期六　阴　雨

到底不愧有名(的)教授,仅仅用三个小时的时间,讲中国古典小说的创作方法,内容极丰富。可贵的是人家能提出自己的一套看法,并从具体作品入手,不是干巴巴的(地)讲理论,因此也就格外地有说服力。我觉得讲得是很有水平的。而且听过之后,对于治学方法,也有很大启发。我觉得在理论上,我们未必比他们这些老先生相差太远,因为他们系统地学习理论,也还没有太久的历史(笔者今按:尽管当时指的是新中国成立后的一些新的理论体系,可也显出了笔者的无知与盲目自大)。然而他们有丰富的实践知识,他们一接触到作品,就能看出好处来,他们谈得极细,他们会品味,这一点都是要我们努力追赶的,而且也是不大容易赶上的。可是要想搞学问,也就非要学到这一手不可。

(1961年)6月14日　星期三　晴

晚七点来钟,有王达津教授关于六朝山水诗的学术报告。现在学术界对这个问题(笔者今按:指关于山水诗成就、特色和意义)讨论正热闹,在报纸及刊物上见到一些这样那样的说法,觉得这个问题确实很有深入讨论的必要,并且自己有许多地方是模模糊糊的。究竟那(哪)一派的说法正确呢?虽然自己有一定的倾向,但没有充足的理由来说明、证实它;也更没有理由去驳倒别人的意见。所以早就想听听这样的报告呢。又明天仅有古代汉语一门课,不太重,而且也准备好了(按:指做了相关的预习、复习工作),这就更使我不能不去(听学术报告了)。

报告会的地点是在主楼111室,挤满了一屋子的人,有本系的,也有外系的,还有(天津)科学院、《新港》编辑部及其他高校的来宾,人多得挤不下了,索性就在门外(听),还好,今天不算热。

王先生的报告很生动,材料也很多,挺(能)说明问题。首先讲到山水诗出现的原因,我觉得说的还是较全面的,特别是引证了大量的史料,就更有说服力。下面就讲到山水诗的内容倾向,这一部分也谈得不错,特别是对一些山水诗渗透着阶级性一说,很具体、很实际、易懂。当然也还觉不足。如他对自然美的客观性解释得还不够说服人,要不就是我的理解能力太低,总之是还没彻底明白。下星期还是要进行讨论的,一定再来听。

听了学术报告和专题讲座,可以察觉自己和他人的知识差距,可以吸收借鉴他人的研究成果,可以学习他人的治学经验,又能激发自己的学习兴趣,调动自己的智力潜能,去深入探索学术的未来世界,实在是获取知识、提高学业的一条重要而便捷的途径。这些学术报告和专题讲座,又是课堂教学的必要延伸和重要补充。许多在课堂上讲不到,讲不透,讲不具体而又需要了解和掌握的知识和信息,可以通过这个平台得以展示,一次次的报告,恰似一道道极有特色的美味佳肴,满足着不同口味、不同嗜好的求餐者。

(六)学术争鸣

南开大学鼓励独立思考和学术创新,坚持学术民主和自由争鸣。为此,还经常就教学、科研的实际和当时学术界的一些热点问题组织多种类型的研讨会和座谈会。有课堂讨论,也有课下讨论;有口头讨论,也有书面讨论;有以系和年级为单位的大型讨论,也有按班、组、寝室进行的小型讨论。这些讨论,对活跃学术氛围,深化教学成果,培养具有独立思考能力的创新型人才,是极其有益的。

印象中安排讨论最多的是哲学课。教材中的许多内容都是自学讨论为主,教师讲授为辅。特别是像《实践论》、《矛盾论》、《关于正确处理人民内部矛盾的问题》、《共产党宣言》等马列、毛泽东著作的学习,主要是靠自学讨论。在充分讨论的基础上,再由教师做适当的梳理归纳和补充讲解,形式活泼,效果不错。特别是那些激烈争论的场景,现在回忆起来,仍是那么清晰,那么感奋。就连谁谁在争论时特有的语气、表情、动作还都历历在目:有的慢条斯理引经据典,俨然学究;有的似机枪扫射,哒哒哒哒,不给别人插嘴的余地;有的似重炮发威,瓮声瓮气,一字千钧……讨论到高潮处,不仅闹不清谁是主持人,而且不等"彼伏"就"此起",七嘴八舌,乱作一团,根本就闹不清谁在说什么。坐不住了,就站起来,"言之不足"就指点推挡,大有一触即发、大战来临之势。这种局面,只有局外人过来"干预",才极不情愿地"休战",但并不"言和"。各自又去查找论据,搜索"炮弹",以备再次"开战"。就这样,整个讨论就成了互通有无、互相批判、取长补短、彼此促进、共同提高的过程,深受大家欢迎。

记得有一次宋元文学史课进行课堂讨论,中心议题是如何看待和评价《西厢记》的结尾。讨论前,任课教师推荐了一批已经公开发表的相关论文和资料,要求大家在认真研读的基础上写出详细的发言提纲。我因准备不充分,本没打算发言,只想借机多听他人见解,以开阔眼界,长点知识。但在讨论过程中听大家的发言，不知不觉地便进入了角色，情不自禁地参加了辩论。辩论中形成观点鲜明对立的两派：一是"否定派"，认为在封建社会里，《西厢记》所描绘的"大团圆"的结局是不真实的，它没有反映出封建社会阶级压迫和阶级反抗的本质，不仅没有揭露封建社会的罪恶，而且是为封建社会唱了赞歌，因而应予否定。另一派是"肯定派"，认为"大团圆"的结局不仅表现了封建社会中社会地位不同的人们的生活状况，也表现了封建意识、等级观念对人民大众的禁锢和毒害，人们尚不能突破千百年封建意识的束缚而找到真正革命的办法去改变不合理的社会现实，即使像王实甫那样伟大的剧作家也不能例外，这是阶级的局限，也是历史和时代的局限。"大团圆"的结局正好艺术地反映了这样的社会现实，不仅真实，而且深刻。这样的结局不仅应予充分肯定，而且应予高度评价。两种意见相持不下，争论不休。在老师的指导下，大家再把兴奋点转移到对马克思主义理论的学习，用历史唯物主义的观点去分析社会历史现象和古典文艺作品，最后终于统一了认识，也从"分歧"、"对立"而达到了"大团圆"。通过这样的讨论，不仅在如何认识和评价《西厢记》结尾这样具体的问题上统一了认识，而且大大激发了大家学习理论、掌握科学武器的积极性和运用科学理论分析评价具体问题的自觉性，使大家受益终生。

还有一次是讨论如何看待历史上清官和赃官的历史地位和社会作用。也是针锋相对的两派意见：一派认为清官爱民，他们惩恶扬善，替老百姓作主，对经济发展和社会进步起了进步作用；另一派则说：清官也是官，说到底是封建统治者的帮凶，他们的善举也是为加强和延续封建统治服务的。而赃官的贪赃枉法，鱼肉百姓，则正好能激起人民的反抗情绪，进而奋起造反，能促进封建社会的瓦解和灭亡。因而赃官要比清官好。这种认识的片面性和极端性是显而易见的。可如何将其驳倒，也确实需要些理论水平。为了找到正确答案，就要进一步地学习，钻图书馆，学哲学，学历史，学社会学，人人主动学习，而一旦有了新的认识，同时也就获得了极大的喜悦和满足。

这种开放、自由的讨论，在南开大学已成为一种良好的风气和氛围，即使老师不做安排和布置,也会随时随地见到讨论的场面,听到争鸣的声音。我在 1961 年 5 月 28 日的日记中曾有如下的记载:

　　这几天宿舍里特别活跃,每到晚上,常常是争论不休,以至别的宿舍提"抗议"。大多争论些功课上的问题,比如关于(《诗经》里的)《卷耳》一诗中主人公是否劳动人民? 意见不一,各抒己见,百家争鸣。就为这事,我甚至兴奋的(得)没睡好觉——总是做梦,而且总是在梦中想这个问题。第二天清晨头还是昏沉沉的。还好,因为有冷水浴的习惯,刺激一家伙就没事了。总之吧,这一段的学习,尤其是文学史的学习,争论是很多的。如何解决呢? 也只好通过争论。这争论决不是乱七八糟的胡来,而是要以理服人。因此不能感情用事。因为感情用事不掌握材料,有时不免出笑话。这(出笑话)还是小事,主要的是求知要认真,主观不得,要踏踏实实,不能浮浮躁躁。所以多争论是有好处的。

　　是的,在学术上——争论是必需的,更是有好处的。

2010 年 1 月 12 日草就

2010 年 7 月 8 日修改

可贵的政治热情

在我上大学的 1959 年至 1964 年间,教育战线受"左"的思潮影响日趋严重,南开大学当然不例外,从政治思想教育到专业教学,都有十分明显的"左"的印记,这当然应当认真反思、总结,并予以纠正和杜绝。然而广大师生热爱党,热爱祖国,热爱人民,决心好好学习,用实际行动报效党、报效祖国和人民的高涨的政治热情,则不仅不能否定,而且应予以充分肯定和大力弘扬。

(一)坚定信仰

南开从她诞生的那一天起,就和多难的祖国同命运、共呼吸,就和时代脉搏同跳动、共强弱。而"允公允能,日新月异"的校训和办学宗旨,又使她无时无刻不处在政治风云和社会变革的风口浪尖。因而在南开校园里,政治氛围一直是浓厚的,理想、信念、道德教育永远是南开育人的重要内容,"爱国、敬业、创新、乐群"则是南开教育一以贯之的永恒主题。特别是新中国建立后,这种理想、信念、道德教育就自然而然地转化为共产主义理想信念教育和热爱党、热爱社会主义祖国以及发愤图强、报效祖国和人民的教育。

那时学校的政治活动比较多,大家关心政治,关心时事,关心国内外大事。国际国内的政治经济形势报告以及英雄模范人物动人事迹的报告,是很受师生欢迎的。党、团组织活动也十分活跃,主动向党、团组织靠拢,积极要求进步,成了广大师生自觉的思想和行动。记得刚入学不久,我曾写过一份思想小结交给班上的党组织(那时年级有党支部,班有党小组),在1959年10月27日的日记中记录了这件事,这天的日记还写道:

我知道,作为一名共产党员是一件很了不起的事情,尤其是我这个条件差得很远的人。但是我坚信,只要有为共产主义事业奋斗到底的决心,就一定能实现自己的理想,共产党员是特殊材料制成的,是人民的好儿女,她的理想是伟大的。在日常生活中一个个普普通通的共产党员的行动都在感动着我,他们对工作的高度责任感(例如大班长、班长等),他们对公物的爱护,他们对同志的真诚态度……处处都值得我学习。我想(向)往着美好的共产主义,我更想(向)往做一个从事共产主义事业的人——用自己劳动的双手,为更多的人造福,这是人的最大幸福,这是共产党人的职责。我要用我的行动来证明我的决心。

记得当时班上仅有四五名党员,而要求入党的人又非常之多。我的这个迫切愿望,直到改革开放后的1982年才得以实现,用了太长的时间,虽遗憾,也庆幸!

那时学校在每个学期都要组织几次英雄模范人物先进事迹报告会,每次听这样的报告,都会在思想上受到极大的震动,都是一次心灵的净化和精神的洗礼。我在1960年8月9日的日记中,曾记下了听志愿军二级战斗英雄报告后的思索和感悟:

二级(战斗)英雄讲的是朝鲜战场的几次战役。志愿军们都是祖国的优秀儿女,这位二级英雄只是无数英雄中的一个,他是14岁参加革命(军队),从沈阳打进天津、北京、桂林、广州、海南岛。(几乎)走过了整个中国,历尽艰难,好(不)容易打垮了国民党反动派,正要建设美好的新中国,然而美帝国主义又发动了侵朝战争,为了保卫祖国,他又出国去朝鲜打帝国主义。他们蹲在雪洞里,在轰隆隆的炮声中,他们嚼着一把炒面,塞在嘴里一把被炮火打黑了的雪,他们七个人打退了敌人几百人的进攻……

我们是大学生,我们能在这样好的环境里上大学,不正是无数先烈们抛头颅、洒热血换来的吗?我们能当家作主,不就是烈士们和敌人殊死搏斗的结果吗？我们能躺在这舒适的床上，不正是英雄们蹲雪洞换来的吗？我们吃着香喷喷的馒头，不正是英雄们一把炒面一把雪换来的吗？为了我们的今天，有多少好同志献出了他们宝贵的生命？我们应当怎样珍惜这幸福呢？应当怎样才对得起英雄们呢？

这样的感受和思索，陪伴了我的大学生活，也陪伴了我几十年，直至如今，仍不时萦绕在我的脑海之中。

那时，大家还特别注重政治理论学习。除列入课表的哲学、政治经济学和科学社会主义理论课外，文科生还特别重视对马克思主义经典作家理论著作的学习。尤其是对毛泽东著作的学习，热情极高，用"如饥似渴"来形容是最恰当不过的了。我至今仍清楚地记得那次"抢购"《毛泽东选集》第四卷时的动人情景。

那是1964年4月底的一天，听说第二天新华书店开始零售《毛泽东选集》第四卷，当晚一夜没睡好，第二天比往常早得多就起床了，匆匆洗漱，连早饭也没吃，7点就赶到了八里台新华书店。书店是10点开门，原以为自己来得已经很早了，不料那里早已有大几百人在排起"长龙"了。我按序排了六百多号（在三年困难时期，因印刷原料紧张，各种书籍也供不应求，每次发售新书，常出现拥挤、混乱情景。按号排队，已成了大家自觉遵守的规则了），工夫不大，我后面便又排了五六百人，等待购书的队伍在书店前七拐八绕，又一直向南延伸到十字路口，再往东向佟楼方向拐去，已闹不清到底有多少人了。大家都迫不及待、忐忑不安而又不得不耐心地等啊等，直到十点钟，书店准时开门。于是人们比肩接踵，人头晃动，"长龙"缓缓向前蠕动。

到11点左右，我终于挨进了书店门口。屋里人虽多，但秩序不错。那售书处，有人专收款，有人专递书，每人限购一本，算账也极简单，不少人都是按定价如数备款，不用找零，所以速度还是不慢的。书源很充足，我买完后，仍有那么多人在排队，估计要卖到午后去了。

这一天，许多同学都买到了渴望已久的《毛泽东选集》第四卷，那欣喜之情真是难以言表，我在当天的日记中曾有如下一段记载：

我拿到了一本放着金光的《毛选》，这是（时）喜悦的心情真是无法形容，我翻过来调过去地看着，摸着，小心谨慎地拿着，生怕搞脏或弄坏。我很满足，但是我知道，更重要的不在于有了《毛选》，更重要的是要仔细地、认真地学习，用以改造自己的思想，指导自己的学习和工作，更重要的是在于应用。

——摘自 1961 年 4 月 30 日日记

我想，这可能也是当年许许多多购到《毛选》的人的共同感受吧。

（二）胸怀祖国　放眼世界

关心国内外大事，是南开师生生活中的一项重要内容。那时我国还不能生产电视机，绝大多数国人还未见过电视。为了使广大师生能及时了解国内外大事，除了学校广播社及时转播中央人民广播电台的新闻外，在校园里还设多处阅报栏。在教学楼、宿舍楼入口处也有阅报架，备有当天或隔天的《人民日报》、《河北日报》、《天津日报》以及学校自己编印的《南开园》，也有当时尚属内部刊物的《参考消息》。人们对这些新闻媒体都十分关心，饭前饭后或课间休息，报刊栏（架）前总是围拢了不少人在争阅新闻。要想获知更多的新闻，还可去图书馆的现代报刊阅览室，那里备有全国的以及各省、大中城市乃至一些外国的报纸和刊物，即使整天钻在那里，也只能读过其中的一小部分而已。

为了促进大家学好时事，各班、团小组或寝室还时时组织以时事学习为内容的游艺晚会、座谈会等。记得刚入学不久，班里组织了一次时事竞赛晚会，抽签答题。我抽中一道题是："我国对美国飞机侵犯我国领空，已经发出了多少次严重警告？"正确答案是 73 次，我不知道，便瞎蒙，可不知怎么就鬼使神差地蒙了个 130 次，真是语出惊四座，听众始而目瞪口呆，继而仰天大笑，弄得我十分尴尬，很长时间一提起这事就脸红难堪。打那以后，我开始重视时事政策的学习，竟也上了瘾。在一次虚拟的中华人民共和国外交部召开的中外记者招待会上，我扮演一名罗马尼亚记者，揭露和抨击美帝国主义利用西藏问题粗暴干涉我国内政的种种行径，有理有据，义正词严，表达了世界人民、特别是社会主义国家人民的正义心声以及对我国的热情支持。这位"罗马尼亚记者"的表现赢得了大家的热烈掌声和高度赞誉。

大学五年,养成了我关心时事、天天听广播、天天看报纸的好习惯。几十年来,只要条件允许,一直坚持不懈。记得参加工作后,花的第一笔"大钱"(十块钱)买的第一件"奢侈品"就是一台手掌大小的半导体收音机。不论多忙,每天早晨准时收听中央人民广播电台的新闻节目。有时时间紧了,就一边收拾床铺或一边洗漱甚至一边如厕,一边听新闻。常常是干活儿、听广播两不误,还能与他人"共享",可谓一大幸事。后来,电视普及了,无论开初的黑白电视,还是靠后的彩色电视,乃至现如今的平板电视,每晚央视的新闻联播,是非看不可的,可谓几十年如一日。现在有了电脑,信息量大多了,每天起床后的第一件事就是打开电脑,了解国内外新闻,这已成了我的家庭生活中雷打不动的"保留节目"。

在 20 世纪 50 年代,虽然我国的国力还不强大,但始终把支持世界革命当成自己的重要责任,即使在三年困难时期,也不例外。这中间既有"左"的教训,也有可贵的经验。

那是在 1961 年国庆节前,时任古巴总统的多尔蒂科斯(古巴共产党员)要来天津访问。古巴是个小国,是美国"鼻子底下"的社会主义国家。为了表示对多尔蒂科斯的欢迎和对古巴人民的支持,天津市安排了极为隆重的欢迎仪式。南开大学在头一天晚上便做了动员:第二天停课一天,组织两支欢迎队伍上街,一支是"南开民兵师",要求"军容整齐,全副武装,威武雄壮";另一支是"文艺大军",要求"身着盛装,手持鲜花,载歌载舞"。全校师生连夜准备服装,制作花束,擦拭军械,直忙了大半夜。

第二天早五点起床,洗漱,吃饭,列队。至八点,两千多人的欢迎大军浩浩荡荡走出校门,按要求"民兵师"直赴天津火车站(东站),"文艺大军"去皇家花园处。我被编在了民兵师中的手枪连,到了火车站,那里已是人声鼎沸,从车站出口周围到沿海河大道两边,一边是民兵大军,一色的蓝学生装,个个昂首挺胸,手握钢枪,精神饱满,气壮山河。而另一边则是文艺大军,着五颜六色的节日盛装,个个浓妆艳抹,在震天的锣鼓和乐曲声中载歌载舞,喜气洋洋。夹道欢迎的队伍从火车站一直排到河北宾馆。

　　11点多钟,贵宾到了。欢迎的场面立刻成了沸腾的海洋。多尔蒂科斯由董必武副主席陪同,乘轿车前往宾馆,真是一路鲜花一路舞,一路口号一路歌。任务完成后,我们从火车站赶回学校,已是午后一点多了。吃过饭,大家仍兴奋不已,纷纷在回顾、述说那激动人心的场面,就像那口号、那歌声、那舞姿都已飘洋过海,传到古巴,传到美洲,传遍全球,而令我们的朋友欢欣鼓舞,令我们的敌人胆战心惊了似的。现在看来,支援世界革命固是天经地义,但从指导思想到具体途径方法,都应更加实事求是才好。

(三)从小事做起

　　从大处着眼,从小事做起,是南开人的共有品格和自觉行动。

　　写日记是当年许多学子所具有的良好习惯。其中文科学生居多,中文系学生尤多。晚饭后或晚自习时,或晚自习后至熄灯前,坐在灯下静静地回忆一天的经历和所思、所感、所悟,并将其记录在日记本上,文字自由,有话则长,无话则短;内容五花八门,无拘无束,可记重大、严肃的政治事件,也可记轻松愉快的趣闻嬉语;可写书、影观后的感言收获,也可写花前月下的切切私语;可抒发壮志豪情,也可倾诉悲愁哀怨……一天天地坚持写下来,那一篇篇、一本本的日记,是自己人生经历的足迹,也是自己思想感情的火花,更是自己主动适应社会进步、自觉反省和检讨自己的真实写照。《论语》中"吾日三省吾身"的自我修养要求,在南开学子的言行中得到了很好的继承和光大。

　　遵守公共场所秩序,维护集体环境卫生,也是南开学子的自觉行为习惯。在教室、实验室、图书馆等学习、工作的场合,绝无大声喧哗,更无随意打闹的情景——说话轻声轻气,动作轻手轻脚,屋门轻开轻关。最后离开的人一定记得把电灯关闭,把门窗栓好。

　　那时的教室和宿舍楼里,不记得有打扫卫生的清洁工人,这些事由学生自己做——按班、组、寝室轮流做。宿舍楼的走廊、楼梯、洗漱间、厕所,除用笤帚清扫外,还要用湿拖布拖,犄角旮旯儿一处不落。脏活儿、累活儿如倒垃圾、擦厕所等,大家都抢着干。

室外的公益活动也很多。记得在三年经济困难时期,为改善师生的伙食,学校开辟园地自己种菜。学生们参与锄地、浇水、施肥、收储、运输等农活儿。为多施肥,不少学生利用课余时间,以寝室为单位或自由结组到校外去拾粪。那时市内的运物工具多是马车,也有牛车。为保证市容和街道整洁卫生,有关部门要求凡进市的大牲口都要备粪兜儿。可并不是都能做到,有时牲口粪便弄到马路上,既不卫生,又不雅观。同学们仨一群,俩一伙,手持铁锹、筐篮、笤帚、簸箕,将其打扫干净,运往菜地,可谓一举多得。偶有车把式见牲口粪兜儿里的粪满了,便主动停车,把那粪倒入同学们的筐、篮。当同学们或背或抬、或挑着那满满的"战利品"返回校园时,个个满脸笑容,那兴奋、自豪的心情真是难以言表。因为坚持得好,每天下午五六点钟,在卫津路上便有三五成群的南开学子在拾粪,这已成为那特殊年代里特有的一道城市景观,周围的人从惊异到习以为常,拾粪的学生从不好意思到嬉笑愉悦。南开人扎实做事的作风和艰苦奋斗的精神面貌,由此可见一斑。

过好每一个节假日,也充分地体现着南开学子丰富多彩而又积极向上的精神状态。每遇国家法定的节假日或传统的民俗节日,如"三八"妇女节、"五一"劳动节、"五四"青年节、"七一"党的生日、"八一"建军节、"十一"国庆节、新年以及春节、元宵、清明、端午、七夕、重阳、中秋等传统佳节,都要精心地安排些活动。至少班里要"有动静",食堂要"有表示"。而这特殊当口开展的活动,无疑又对学子们的思想和感情产生积极的不可替代的影响。

记得1961年的中秋节正好赶上星期天,食堂安排两顿饭,上午十点开饭,比较简单;下午四点开饭,是以寝室为单位搞会餐。从食堂打回饭菜,有鱼有肉有粉条豆腐菜。由于在很长一段时间内食堂搞"增量法"和"瓜菜代",这次会餐竟如此丰盛,大家吃得特别高兴,记忆也特别深刻。我在这一天的日记中,曾有如下记载:

> "每逢佳节倍思亲",这句话是对的。其实就是在平时,谁不时刻在想着自己的"亲"呢?但毕竟是在"佳节"思得厉害些。思谁呢?我只是思念我的年迈多病的母亲和(远在东北)哥哥。我想这也可能就是所谓的"人

之长情"吧。但(今天)坐在这里想来,确实有比这更亲的。我在想,我活了二十多个年头,"八月十五"这样的佳节也过了不少了,但以前那些都是怎样度过的呢? 我不能完全记得了。可却清楚地记得那时也是月亮圆圆的夜晚,别人(家)杀猪祭祖,吃月饼、苹果,而我却依在母亲的怀里在咽眼泪。饽饽铺里点心堆成山,我却只能用眼睛看一看而已。别的不说,"钰成厚"(一家饽饽铺的店名)那肥头大耳的掌柜的样子是记忆犹新的。而今天,你看,大家一起吃到鱼、肉,每人半斤大月饼,一斤水果……这些都是谁给我们的呢? 我舍不得把这些都吃掉,想把它们带给病中的父母,使他们也跟我一样地体会到"每逢佳节倍思亲"这个"亲"字在今天又增加了新的含义。

——摘自 1961 年 9 月 24 日日记

我相信,在这种特定环境里唤起的"人之常情",在同学们中是很有普遍性的。

1961 年的 7 月 1 日,是个星期六,适逢下午没课,共青团支部便组织大家去校南门外的"水上公园"游玩。为了使活动更具中文系的专业特色,活动中安排了一个诗歌朗诵会。要求每人朗诵一两首诗,最好是自己创作的,也可以是古今中外的名篇。可以一个人单独朗诵,也可以自由结组联合朗诵。记得那天的天气十分理想,淡淡的薄云下是广阔的水面以及岸上抢眼的绿树红花。湖面浩荡,远近有别致的曲栏和如虹的小桥。公园里游人不少,主要是戴着红领巾的少先队员以及青年学生,也有在岸边垂钓或在石桌下棋的老者。游船上不时传来欢乐的说笑声和悦耳的歌声。我们先是三五成群地自由游览,然后按规定的时间到一处树下草坪聚集围坐,开始朗诵诗歌。

首先由团支部书记朗诵了一首诗作为"开场",接着便自由朗诵——不设主持人,不排先后顺序,不论题材大小,不限篇幅长短。大家争先恐后地朗诵那一首首情真意切而又独具韵味的精彩诗篇,不时响起阵阵喝彩和掌声,以至许多游人也围拢过来,观赏这场别致的"演出"。由于没有主持人,往往两三个人同时立起张嘴出声,这时多是互相谦让。可也有的不仅不谦让,而且还不客气地"命令"别人"等一会儿",偏巧有人又不服从这"命令",双方都"先张口为强",于是就出现两人同时朗诵不同诗篇的情景。朗诵者全神贯注,声情并茂,似乎并未注意到对方也在朗诵,或者明知对方也在朗诵而偏要以自己的声音将其压住,闹得听众什么也听不清了,看着两位认真投入的样子,大家都笑得前仰后合。朗诵完了,竟也响起了热烈的掌声。而此时的两位当事人,才觉得既滑稽又尴尬,才又互相谦让地"重来一遍",全场气氛好不热闹!印象最深的是由三位同学联合朗诵的叶永烈写的革命回忆录《在烈火中永生》一书中的片段(这是一本反映共产党人和革命者在渣滓洞的英勇不屈斗争生活的纪实作品,后来作者在此书的基础上创作了长篇小说《红岩》。这两本书,在 20 世纪 60 年代,红遍了神州大地,在全中国特别是在青少年中产生了极大的影响)。作品的悲壮内容和三位同学的深情朗诵,使人们看到了在黎明前的黑暗中反动派的凶狠和残忍,看到了革命者为迎接新中国而做出的英勇斗争和壮烈牺牲。朗诵现场的寂静沉郁氛围与整个公园的明亮美丽的环境形成了极其强烈的反差。人们强忍满腔怒火,不少人眼里滚出了悲愤的泪珠。三人朗诵后,那种争相朗诵的场面便自发地变成了谈感想、找差距、抒壮志、表决心的座谈交流会,大家谈心里话,表真情,毫不掩饰,痛快淋漓,那感人至深的场景至今仍历历在目。

2009 年 11 月 20 日草就
2010 年 5 月 23 日修改

学习社会

上个世纪50年代末至60年代初,开始泛滥的"左"的思潮也波及高校,其突出表现就是政治运动和社会活动过多,学校正常的教学秩序和教学活动每每受到冲击,得不到切实的保证。这确实给国家的教育事业造成很大的损失,教训是沉痛的,错误的做法也不应当重犯。可对其中一些必要的、有益的安排和活动,也不应一概否定,如适当地参加些社会活动和生产劳动,了解工厂、农村及广大人民群众的生产生活情景等。学习社会,学习工农群众,对学生的健康成长,不仅是必要的,而且是必需的。只是这样的安排和活动,不能过多过乱,不能影响科学而正常的教学秩序罢了。

我是在1959年8月29日报到入南开大学的。没多久,学校组织师生参加天津市"河网化"劳动。具体任务是到天津郊区开挖一条"赤龙河",以疏通水系,便利分洪和灌溉。这是一项系统工程,到底有多少单位、多少人参加,我闹不清,只知我们学校负责的一段,是按系分任务,又分批次前后打"接力"。我们中文系接的是历史系。

刚到工地,见先期劳动的师生已挖出一条自北向南的长河轮廓,深浅不一,但宽窄一致。河岸尚未形成,只是河道两旁的乱草丛中东一堆、西一堆地摊了不少的泥土。我们系的任务是接替历史系在十天内把百多米长的一段河挖好。在明确了各年级、各班的具体地段后,当天下午便进行了适应性劳动,第二天正式打响挖河大战。

1959年初冬,南开大学组织师生参加天津市"河网化"劳动。这是中文系59级1班同学完成开挖赤龙河任务后,在河堤坡上的合影。第二排戴帽蹲者为本书作者

　　对于体力劳动,我一点儿也不怵。一是自幼在家里干过农活儿,上小学、上中学也经常参加各种体力劳动;二是身体结实、健壮,有使不完的劲儿,禁折腾。这次劳动前,心想,挖河嘛,不过是从河底往河岸运土,车推也罢,肩挑也罢,无非多装快跑,甩开膀子干就是了。可真的干起来才知道,这活儿并不如此简单。

　　天津这地面,水皮子浅,有许多地方只要挖下两三尺就往出渗水。我们所挖的赤龙河那里,就是如此。为了及时地把渗出的水排出,必须要在待挖的河床两侧各先挖一条一尺多宽、两三尺深的排水沟,这沟依地势由高向低一段一段形成"梯沟",使待挖的河床与两岸隔开形成"平台","平台"浸着的水便能渗到两边的"梯沟",并顺势流向下游,这时再挖"平台"(河床),就不至形成泥水塘。"平台"每深挖一层,都要先把两边的"梯沟"挖好、连通。所以挖起来必须是"全河一盘棋",统一指挥,既分段挖掘,又协调配合,保证下游比上游、下段比上段快半拍,早一步,这就要根据各段

工程进度的快慢,随时调配人力,以免窝工误时。

由于开赴工地前,各班都开了誓师大会,到工地又都开了战前动员会,所以开工的号令一下,工地即刻沸腾。大家劳动热情极高,唯恐自己负责的这一段落在别人后面而影响了整体的进度,都想自己先完工再去支援别人。无论抬筐还是推车,自始至终都是一溜小跑。特别是河床挖深了,河堤的坡度也陡了,从河底往河岸运土,越来越费劲,只有一跑一冲,一鼓作气冲上堤顶才省劲,才痛快,才过瘾。劳动量大,人们吃得也多。那时还不到经济困难时期,吃粮不定量,吃饱为止。常常是午饭吃得顶了嗓子眼儿,猫不下腰,可一干起活来,不到下班的时候肚皮就瘪得贴到了后脊骨,已经饿得呛不住劲儿了。就这样,我们在赤龙河大战十天,出色地完成了任务。一条几十米宽的河道已静静地躺在我们的脚下。河的两岸(河堤)是平坦宽阔的公路,路两旁整齐地栽上两行白杨树,河堤的内坡有如刀削一般齐整。每段堤坡上,都有用不同颜色的石块儿砌成的文字口号或图案。河里的水缓缓地流动,荡着层层细浪。大家饱览着不同寻常的美景,呼吸着湿土及河水散发的甘润的空气,心里美啊,舒坦啊,自豪啊! 那河岸堤坡上用白色石块嵌成的两句标语:"党领导征服自然,众英豪划地为川",真实地记录了当时的壮观场景及劳动大军的昂扬激情,令人终生难忘。

1960 年 6 月,也就是我入大学第二学期末,学校曾用四十多天组织师生投入天津市工业战线掀起的"双革四化"热潮。这"双革"和"四化"的具体内容早已忘得无影无踪了,但在那不同寻常的日日夜夜所得到的思想启迪和感情升华,则是我终生铭记的。

我和同班的几位同学被派往天津市油漆总厂的制罐车间。车间的任务是用机器把各种不同型号的钢(铁)板冲压成装油漆用的筒、罐。大的可达半人高,小的如同茶碗水杯。车间的工人师傅多已年龄偏大,但他们情绪乐观,待人热情,工作认真。令人惊诧的是他们几乎每人手腕上都带手表,多数人上下班骑着崭新的自行车。这对刚刚翻身不久的普通工人来说,可算是相当高档的奢侈品了。不用说一般农民比不了,就是我们这些大学生,也都羡慕不已。记得当年我们年级 100 多名学生,连一辆自行车也没有,仅几个高干子女有手表。制罐车间这些师傅能买得起手表、自行车,据说是因为他们工龄长、工资级别高的缘故。在渐多的接触中,我们还有一种另外的发现:几乎每个人的手上都有这样那样的残疾,多是手指残缺,干活儿、吃饭等凡是用着手指头的时候,都显得十分别扭和艰难。我们虽好奇,可不愿意也不敢轻易去问个究竟,生怕伤害了人家的自尊心。

在一次全车间人员参加的技术革新动员大会上,工会主席孙师傅在发言时,突然高举起缺了两个手指头的手悲愤地说:"解放前,我就在这个车间干活。那时资本家为了多赚钱,根本不管工人死活,冲压机器破旧了也不更新,缺少安全保证。我这两根手指就是干活儿被机器轧掉的。当时疼得我大声呼叫,工友们忙去找厂主,可厂主来了后连看也不看我一眼,而是先看机器还能不能用。说机器若坏了,还得让我赔。"他还说:"我的遭遇绝不是个别的,全车间的老师傅们共二十多人,有谁的手指头是全的?"他一边说,一边朝在场的人们问:"有吗?"全场一片寂静,只听到人们的叹息,也有的人在擦拭脸颊的泪水。片刻,他话锋一转接着说道:"今天,上级号召咱们大搞技术革新,目的就是改造不合理的工艺流程和旧的机器设备,确保安全操作和提高产品质量,增加产量。咱们一定要开动脑筋,多提合理化建议,积极投身到技术革新的高潮中去!"会上,还有其他师傅发言,有领导讲话,各小组表决心,下"战表",既务虚,又务实,热烈而隆重,效果很好。这天夜里,我久久不能入睡,似乎孙师傅那只残缺的手,总在我眼前晃动,那深沉的话语一直在我耳边回荡。这一夜我才明白了工人师傅们为什么对共产党、对毛主席、对新中国、对社会主义感情那么深,为什么工作热情那么高,为什么干劲那么大……

1960年9月上旬,也就是二年级的第一学期初,学校根据上级"保粮保钢,大搞增产节约"的部署,安排用一个月左右的时间支援"三秋",即"秋管"、"秋收"、"秋种"。全校二、三、五年级共两千多人,组成四个营。我们中文系和生物系及外语系为第四营,下乡地点是河北省任丘县,离天津一百多公里。那时交通不发达,大军出发后,光在路上就花去将近一天一夜的时间。记得那天是夜里十一点钟起床,急行军到大红桥码头,早晨七点钟,乘九条大货船沿大青河(也有说是子牙河的)而上,中午一点多钟到了水天一色浩无边际的文安洼(现在想来,那极可能就是白洋淀了),在大洼里又走了大半天,直至天黑才靠岸,下船后,又步行十多里地,于晚九点多才到目的地。有老乡到村口迎接,把我们领进打扫干净的屋里住下。第二天便开始投入"三秋"大战。

我们的主要任务是参加农田劳动。劳动量非常大。说的是"秋收"、"秋种",实际上是"抢收"、"抢种"。大片大片的成熟庄稼还都站在地里,人手少,顾不过来收割,而收割不完,又要影响新粮下种。为了不误农时,我们这些年轻学生就像突如其来的神兵天将,个个生龙活虎,人人奋勇争先,无论运送粮食、粪肥,还是拉犁耕种,边叫着号子边一溜小跑,浑身的汗水根本顾不上擦,嗓子干得快冒烟儿了,也舍不得停下来喝口水。那时国家正是三年困难时期,吃粮已开始定量。粮食不足,就集体挖野菜。吃的最多的是马齿苋菜,几十斤野菜放入大锅,一着热就抽抽成了一锅绿汤汤,再搅进些玉米面而成菜糊糊,每人一喝就是几大碗,肚子撑得鼓鼓的,尿特频,不多会儿就又饿了。副食和油水根本谈不到。有时改善伙食,也只是用盐水煮一大锅从淀子里打上来的一寸多长的小鱼崽儿,既不退鳞也不掏鳃,只用两手捏住鱼的头和尾,向中间用力一挤,挤出五脏六腑,放入大水盆中,用木棍子猛搅一阵,捞出来再下锅放盐,连煮带蒸,老远就能嗅到那馋人的鱼鲜味儿。开饭时,由大师傅掌勺,每人一勺,那勺子大,一勺就有大半碗。名义上是鱼,实际多无鱼形,早已烂熟成了泥了。吃起来咸中带苦,可毕竟是鲜货,而且营养丰富,比那又酸又涩的马齿苋,不知要好吃多少倍。可就是不能多吃,吃多了上火,口干舌燥,有的还流鼻血,甚至便秘。

说到便秘,又不得不说几句那里的蚊子了。还是学校开动员大会时,领导便介绍说要去的地方水多、草多、蚊子多,说那里的蚊子个头大,咬人厉害,要求大家有蚊帐的一定要带上。可蚊子多到什么程度,厉害到什么地步,总也想象不出来。直至出发那天行船到大洼中,见到远处芦苇塘里有缕缕黑烟,原以为是渔家在烧火做饭,及至近处,才看出那竟是一团团的蚊子在狂飞乱舞,这一下真让大家吃惊不小。后到了村里,虽然不见黑蚊如烟,但在污垢和腐臭物上,也总是懵着一层黑黑的蚊子。有时从一滩牲畜便旁走过,也会忽地一下惊起一群蚊子。那时村里的厕所多是露天的或是"连茅圈"(即厕所和猪圈相连,粪便直入圈中),那是蚊蝇集中的地方。白天苍蝇成堆,晚上蚊子猖獗。太阳一落山,大家都不愿或不敢去如厕,尤其发怵去大便。因为即使用大蒲扇不停地扇着,身体裸露处也会被群蚊叮得伤痕累累,若再便秘,可就要受大罪了!

尽管生活条件艰苦,劳动强度大,但那里的老乡们对我们特别好,他们把向阳、通风、干净的北房腾出来让我们住,自己却去住低矮、潮湿的偏房。每晚他们都为我们烧好一大锅热水,让我们擦澡泡脚解乏。他们还悄悄地把我们穿脏的衣服洗净、凉干、叠好,放在我们的炕头。那时老乡家吃粮非常紧张,为了减少老乡的负担,我们并不在老乡家开伙吃饭,可他们却常常把刚煮熟的老棒子硬塞给我们"强迫吃下"……

经过三十天的紧张战斗,支援"三秋"任务如期完成,劳动大军高唱凯歌返回校园。一个月的劳动锻炼,我们走近了农村,贴近了农民,了解了国情,付出了辛苦,也获得了思想的丰收和情感的升华。这些都是可贵的,也是终生难忘的。当然,费了时间和精力,影响了专业学习,也是不争的事实。至于从这年12月份开始用4个月的时间去参加农村的整风整社运动,其"左"的色彩和影响就更为显著了。这和全国的"大气候"密切相关。作为当年的践行者和如今的"事后诸葛亮",确有许多东西是值得全面总结和深入反思的。

2010 年 1 月 16 日草就

2010 年 6 月 8 日修改

艰苦奋斗

不畏困难,艰苦奋斗,是中华民族的传统美德。南开大学在建校、办学和发展过程中,始终秉承了这一光荣传统,培养了一批又一批既有革命乐观主义精神,又踏实苦干,勇于并善于克服任何困难的优秀人才。艰苦奋斗,成了南开人性格特征的一个重要方面。

(一)民以食为天

民以食为天。在我国三年经济困难时期,南开师生的吃食也实实在在地成了大问题。尽管党和政府对知识分子和青年学生有政策上的关怀和照顾,但"勒紧腰带过日子,精打细算吃定量"仍是每个人都必须面对的实际困难。

那时买东西不仅要用钱,而且要凭票证,许多日用品都是定量供应。粮食当然更不例外,无论城市和农村,吃粮都按定量。城市居民的定量要比农民高,而学校师生的定量又比一般市民高。就这样,大多数师生仍不能吃饱,常常要"以稀代干"。在定量的粮食中,还要按比例粗细粮搭配,落实到人。记得当年供应红薯(有的地方叫白薯、山药、地瓜),是一两粗粮折四两红薯,四两粗粮给一斤半红薯——要除去一两的伤耗。为了保证不亏不盈,上千人的食堂,开饭时竟要一份一份地过秤,虽要排长队耐心等待,却也很少有怨言,大家用这排长队等餐的时光边闲聊胡扯,边慢慢地向前蹭移。也有相当一些人借此机会看书报、念外语,形成了与周围环境十分不协调的"一景儿"——不过倒也没人觉得特殊和另类,也是习以为常了吧。

1962年4月的一天下午,学校召开大会,由一位副校长传达两项关于生活的决定:一是动员和要求师生吃红薯干儿;二是暂停向城市居民供应食用油。原因是粮食紧张,油料作物更紧张。大学校长在全校大会上动员师生吃红薯干儿,号召大家少吃油、不吃油,足以说明当时人们的"肚皮问题"实在成了极大的"政治问题"。记得当时的"任务"是每人每月的粮食定量中,要包括三斤红薯干儿,连供四个月。吃的方法或蒸或煮,有时是白水煮,有时是和玉米面儿一起煮。这红薯干儿原本应是灰白色或淡红色,但因晒时遇连阴天或雨水淋过,往往发霉而变得有了黑点、黑斑甚至整个变成了灰黑色。而一着水煮也就"鱼目混珠",都变成了黑乎乎的,煞是不雅。这东西煮起来很费火,时间短了煮不透,吃的时候,那红薯干儿表面是软的,里面是硬的,咬下一口后,可清楚地见那半圆形的缺口处,留有月芽白茬儿。牙口差的人吃起来很困难。质量好的红薯干儿吃到嘴里是甜丝丝、面面的,质量差的吃着就发苦,有股发霉的味道,着实不大好吃。可谁也舍不得吐掉,对策就是别细嚼慢咽,好歹嚼碎,匆匆吞下了事。

至于食油,从开会的当天就开始停供。只能吃以往食堂节余的。副食以熬、煮为主,即使有炒菜,也用油极少,能见点油星儿就得。那时每人每月供应三两肉,无论集体食堂还是自家里开伙,买肉时都要千方百计地选肥膘厚的,都不要瘦肉——瘦肉吃油,油少了还不香,而肥膘则可出油,就连炼油剩下的油渣,也舍不得丢掉,和蔬菜一起剁成馅儿包包子,吃起来那叫个香,甭提多解馋了!谁还管它胆固醇高不高,好不好消化!

那时,大家普遍发怵的是吃高粱面儿窝头。这物件刚出笼时又烫又粘,用手一拿粘得满手都是黑乎乎的,张嘴一咬稍不注意就粘在上颚和牙龈上,常常把上颚烫得起泡脱皮。太凉了吃也不行,它往往硬得像块木头,硬而稍有弹性,到肚子里极不易消化。绝大多数人吃了都便秘,憋得肚子像面鼓,吃泻药也不管事。来自农村的同学说同吃胡萝卜管用,一试,果然灵。那时街上倒是有卖胡萝卜的小贩,平时没人舍得去买,可只要食堂一吃高粱面儿窝头,胡萝卜就成了畅销货——写到这儿,不知怎的,我突然联想起电视广告中的"脑白金"了,那"脑白金"有"伴侣"。其实,早在四十多年前,我们南开学子就已经发现胡萝卜和高粱面儿窝头是餐饮目录中的最佳"伴侣"了。

那年月,由于粮食定量不足,蔬菜匮乏,许多人因营养不良而患浮肿病。轻者脑门儿上、小腿正面处,用手指一按一个坑,很长时间不能复原;重者则全身浮肿,两眼眯成了一道缝儿,两腿重似千斤,站立发软发颤,走几步就气喘吁吁,浑身大汗淋漓。政府和学校对此极为重视,制定了一系列政策,采取了许多措施,来改变这种状况。诸如适当减少教学时数以减轻师生的学业压力;减少体力劳动和体育活动的运动量;加长休息和娱乐时间;创造条件组织开展多种趣味运动和文娱活动等等。记得在 1960 年的最后一天,召开全校师生员工大会,由学校领导做关于劳逸结合的动员报告,说是"劳逸结合",其实针对当时的情况,主要是讲"逸"。为使大家"逸"好,学校大抓伙食、取暖、水电等生活问题。学校领导亲自带队外出为师生采购,亲任伙食管理委员会主任去抓伙食。为使大家充分休息,养精蓄锐,新年除按惯例放假外,还增加五天作为休整时间,丰富生活,提合理化建议,加映电影,开辟师生游艺室等等。对已患浮肿病的,每人增供二两红糖,半斤红枣,半斤黄豆(白水煮熟);对重度浮肿者,则还特供炖羊肉和清蒸鱼等等。我那时是轻度浮肿,所供的半斤红糖舍不得吃,悄悄地存起来,等寒假时带回家孝敬爸妈。而那红枣和黄豆,前者是打持久战和消耗战——一天吃两三个,后者是打速决战和歼灭战——一次消灭干净。那煮黄豆由于不放盐,吃起来面面的,二两煮豆下肚,再喝一碗玉米面儿粥,那是一顿高质量的晚餐! 至今印象尤深。

生活虽艰苦,可师生的情绪还不错。大家互相关心,互相帮助。为了使病号居住条件好一点,同学们自动调整寝室和床位,把向阳的房间和方便的床位让给病号们,还主动地为他们打饭、打水、洗碗、取药、洗衣服,帮助因病缺课的同学补课,补听课笔记等等。大家都小心谨慎、尽心尽力地营造着一种适宜休息、养病的住宿环境和氛围。就这样,浮肿病不仅没把大家压垮,反而更加凝聚了人心,拉近了感情。大家情绪乐观,和谐相处,小集体也更加温暖了。

(二)促学"三宝"

南开学子有随身"三宝":坐垫、碗袋和书包。

在大学校园里,学生们身背书包来来去去,司空见惯,并不稀罕。书包是学生必备之物,不仅因为上课需要带课本、笔记本以及相关文具,而且因为下课后还要自修,要带必要的参考书和课外读物。为了节约时间,学生们多在前一天晚上便把第二天要用的书籍和文具准备好,一带就是满满的一书包,可以保证半天内不再为找相关书籍而在教室、阅览室以及宿舍之间来回奔波。于是书包就理所当然地成了学生随身携带的"一宝"。那时学校尚没有、更不时兴"双肩背"以及各式各样的高级箱包,只有单带肩挎式或双带手提式的,也有把双带制作得足够长,既可手提,也可肩挎的。这些书包多为布制的,式样极不一致。有买现成的,也有自己缝制的,能装书、结实就好,多是又大又笨,不甚讲究。除用以装书籍、文具外,上街就是购物袋;劳动上下班就是衣物袋;周末看电影时,许多女学生还用以装毛线和织针,以便抽空织些毛活儿。不过,无论何时何地,里面总会装有供随时翻阅的书籍或报纸杂志,这是它的"正业"和"本行",也是它的主人身份的表征——在学校生活中,它总是形影不离地和主人在一起,受到主人的钟爱。

南开学子日常随身携带的,除了书包之外,还有两样东西——碗袋和坐垫。无论男生女生,无论年级高低,大家身背书包,手拎碗袋,腋下挟着坐垫,或来去匆匆疾步行走,或悠然漫步朗朗诵读,成了南开校园里亮眼的人文景观,令许多外来人甚感新奇,甚至不解。殊不知,这碗袋、坐垫也和书包一样,是与学习密切相关的两件"宝贝"哩!

那碗袋是用五颜六色、各式各样的布料缝制而成的。内装碗、筷、勺等餐具,袋口处系带。或挎在肩,或套于肘,或拎在手,或系于书包带上,走起路来往往叮当有声,虽不甚悦耳,然有一定的节奏,倒也不甚难听。悦耳也罢,难听也罢,反正是习惯了,无所谓了。

之所以要随身携带这么个不伦不类的劳什子,主要是为了节约时间,为了在食堂、教室和宿舍之间少走冤枉路——吃完饭不必回宿舍存放餐具，便直奔教室或图书馆，下课后又不必再回宿舍取餐具便直奔食堂。不仅节省了路上花的时间，而且节省了因晚到而排长队的时间。尽管食堂也备有存放餐具的橱架，但因数量有限，且就餐人员过于集中，存取也不便，再加有时取错或丢失，所以多数人宁肯将其带在身边多个累赘，也不把它放在食堂的橱架上。何况有时课业紧张，为了"加夜班"、"开夜车"，还可在里面装入馒头、窝头或咸菜，以备不时之需。

另一个原因就是餐具进袋随身比较讲卫生。冬可挡尘沙，夏可防蝇虫。不与他人交叉存放也可避免病菌相互传染。真是一举多得，何乐而不为！

和书包、碗袋结伴的还有坐垫，也是学子们随身携带、不可或缺的一"宝"。那坐垫也多是布做的，大小约一尺见方，也有长方形、圆形、椭圆形、桃形、棱形的。那布有同一种颜色的，有两面颜色深浅不一的，为的是颜色深的一面朝下，耐脏，而颜色浅的一面朝上，不脏衣服。在制作上，有夹的，也有夹层中间絮棉花的，也有直接用旧棉毯或毛毯改做的。个别人还有用带毛的羊皮或狗皮包上一层布的。女学生们好美，心也细，她们的坐垫不仅选料鲜艳、悦目，还多有艺术装饰：或缝缀着印染图案，或刺绣生动花鸟，还有的则是用各种各样质地和颜色的小碎布块，按一定的尺寸剪裁成小的几何图形，再按一定的规律把它们连接缝制在一起。虽属废物利用，但多种色彩、多种布料、多种图形、多种风格凑在一块儿，既生动活泼，又新颖别致。至于男生们的坐垫，就单调、呆板多了，很少有什么花样和装饰，然朴实、大方、厚重、耐用，彰显了一种男士的风格和阳刚之气。艳丽也罢，朴实也罢，各具特色的坐垫们，都会得到各自主人的钟爱。个中原因，在于它们为主人的学习生活提供了诸多的方便，做出了无私的奉献和牺牲。

北方的冬天，风沙大，一夜过后，教室里、阅览室里的桌椅上常常落上一层厚厚的灰尘（那时建筑物的门窗也没有如今这么科学，关不太严，常常跑风漏气），贸然坐下，裤子上就沾上灰尘，两臂往桌子上一伏，手上、胳膊肘上也粘了一层。所以落座前，先要处理掉桌椅面上的灰尘。办法不少,可又多不可取:用书扇或用嘴吹吧,一是弄不干净,二是闹得尘土飞扬,使空气更加浑浊,三是把灰尘吹到别处,损人利己,不道德;用手绢擦吧,每擦一次手绢便沾满灰尘,就得洗一次手绢;用废纸擦吧,一是纸不柔软,擦不干净,二是擦完了还得把纸扔到垃圾筒或废纸篓里去,不方便。而用坐垫平铺在桌椅上,只轻轻一抹,即无声又擦得干净,还不影响他人。擦完后将坐垫脏面朝下,在低处轻轻抖几下,上面的灰尘就被抖落在地上。这样一个坐垫可用上一两个月,太脏了就洗一洗,晾干了继续用。

夏天,天热,坐在椅子上时间一长,往往汗水、裤子和椅子面粘在一起,猛地一站起裤子离开椅面时甚至会嘶嘶有声,裤子的臀部还会留下一片极不雅观的汗渍。而在椅子上铺上坐垫,便可避免此类尴尬。如再"讲究"些,在坐垫上再附一小块凉席儿,当然就更舒适了。

有时在室外看书或学习,无论是在露天的椅凳上,还是在湖边树下的草丛上,只要把坐垫一铺,便可随意坐下,静心埋头看书,时间可长可短。站起后把坐垫轻轻一抖,裹上书,挟在腋下,抬腿便可离去,自由而随意。偶有坐得时间长了,累了,还可把坐垫当成枕头小憩。若是在夏天,就找浓郁的树荫下干松平整的地方,铺上一张报纸,用坐垫裹几本厚一点的书枕在头下,顺势一躺,闭上眼,静听树上的蝉声或花草间的虫声,呼吸那浸肺的草花香,真如到了仙境一般。若是在冬天,则躺在那向阳背风的坡地的枯草丛中,身下是厚绒绒、松软软的"草梦思"床垫,身上有暖烘烘的阳光覆盖,用一本翻开的书遮住眼睛,四仰八叉,全身放松、再放松,说不定不一会儿就能进入美好的梦乡,那可真是旷世难得的一种享受啊!

坐垫还有一个用处:在滴水成冰的严冬,走在室外,常被凛冽的寒风夹裹着小沙粒儿打得脖子、脸生疼,这时便可将坐垫挡在脸侧,以挡风沙。而在夏天遇雨,则可将坐垫顶在头上挡雨。至于极个别的情况下,有人洗完脚而身边又没预备下擦脚布,往往委屈坐垫当了"下放干部"(干布),实为不得已而为之,而坐垫却仍能老老实实、无怨无悔地为主人服务,难怪学子们对这看似极普通的坐垫竟有如此难以割舍的情结啊!

（三）劳动欢歌

大学期间，除参加过一些大规模的社会公益性劳动外，还在校内上劳动课以及参加校、系、年级临时安排的或同学们自发的体力劳动。这些劳动多与改善校园环境、优化办学条件或师生切身利益密切相关，诸如清理校园，垦荒植树，开阔和平整操场，到食堂帮厨，为建楼舍推土运砖，到农场浇水、施肥、除草、收割等等。参加这些劳动，不仅了解和学习了相关的劳动技能，而且锻炼了身体，培养了不畏困难、艰苦奋斗的思想和热爱劳动、热爱劳动人民的感情。南开人不怕苦，有毅力，富于团队精神而又珍惜劳动成果，讲究勤俭节约的优良品格，是与学校一贯坚持使学生适当参加体力劳动大有关系的。

记得在大学一年级时，有一次上劳动课，男同学是从"西伯利亚"（校园最西北角处的上百亩荒地）往教学区运土建楼。两地有小窄轨铁道相通，平常人要走40多分钟。运输工具是行走在窄轨铁道上的"轱轳马"（车），两个人包一辆，连装带运带卸。那"西伯利亚"原就是一片洼地，再加长年取土，其实已变成了一个大坑，以至人们习惯上就称之为"西大坑"。从坑底取土装车后返回教学区时，首先要经很长一段坡路从坑底"爬"上来。装满车的"轱轳马"至少有一千多斤，两个人推不上来，至少要四个人，还得铆足了劲儿，一鼓作气，中间不能停，一旦停下，再想起动就难了，四个人也推不动。而且，因为这"轱轳马"是在铁道上行走的，只要有一辆停住，后面的也就无法行进。为了确保不"抛锚"，就要搞"两两合作"，即四个人联合，先把一辆推上坡，停住，用石块或木棒挡在车轱轳下"打掩儿"。再下坑去推另一辆，推上坡后，再两个人一组各推各的车直到目的地。爬坡时即使是四个人推，仍要齐心协力，一鼓作气，嘴里哼着号子，脚下踩着节拍，猫着腰，闷着头往上推。胳膊酸了，手腕儿疼了，就改用肩膀头往上顶，脖筋憋得老高，大汗像泉水样地往外冒，豆大的汗珠子顺着脑门子、眉稍、鼻尖、耳垂滚落，扑簌簌砸在地上，直至把车推上坡才敢松一口气。只有此时，对"团结就是力量"、"心往一处想，劲往一处使"、"人心齐，泰山移"一类的豪言壮语才有了更现实的体会；只有此时，对付出辛苦、克服困难后取得胜利、达到目的的欢愉和自豪才算有了更深切的感受。

在平地推"轱辘马",无论是轻车还是重车,就都轻松多了。只要一起动了以后,凭车子的惯性,再稍加些力就可以匀速前行了。有时为了"耍飘",就猛劲推跑起来后,身子迅速跨上车沿,可冲溜老远一段,显得惬意而潇洒。推空车下坡时尤其自在,不仅不需用力推,而且还时时要刹住闸,以免车溜速过快而发生事故。两个人各跨在"轱辘马"的一侧,一边享受那嗖嗖的凉风,一边开心地说笑或引吭高歌,用"得意忘形"来形容是最恰当不过了。有时候是五六辆车连在一起组成一长列,轰隆隆呼啸而下,身后甩下一片欢笑和歌声,那"一车泥土一身汗,一身汗水一车歌"的感受真是舒坦、美妙极了。而车子溜到了坑底停住,大家迅速跳下车,又开始挥锹掘土装车,新一遭的"多装快跑"的"较劲"就又开始了。最先装满车的两人便会得意洋洋地甩闲话,刺激别人:"唉!怎么这么快就装满了?还没觉得使劲呢!""咱们还是先睡一会儿吧,反正前边的车装不满咱也走不了!""哪辆车需要帮忙?说一声啊,不要不好意思嘛!"别人则会毫不相让地回敬道:"怪不得人家装得那么快,原来是装半车呀!""能装半车就不错了,这可是人家的诀窍啊!干嘛哪壶不开专提哪壶哇!"逗得大家都开心地笑了。不过说归说,笑归笑,合作还是要搞的,因为这活儿原本就特别需要一种团结、合作的心气儿和干劲儿。

即使是收工后,这些劳动活动的集体性特征也还有相当的延续,使人一见就知道这些人是刚参加了体力劳动的。首先是从工地回到宿舍区,大家不进宿舍楼而是先去浴室冲个痛快澡,冲去满身的汗水、泥渍和一天的疲劳。浴室对上劳动课的同学是免费的,看门的工友也不向大家收费,连问也不问,一看那浑身汗渍以及那疲惫的神态就统统放行。大家蜂拥而入,动作麻利,往水喷头下一站,打开水龙头,温水便刷刷地喷洒下来。几十个喷头还不够用,有的一个喷头下挤两三个人,有的捞不到固定喷头,就打"游击",四处乱挤,见缝插针,一时间,水流声、抹擦肥皂声、说笑声、拍打声混成一片,偶尔地还能听到虽不悦耳却充满豪气的歌声以及滑稽、怪异的吼叫声,搞得整个浴室欢声鼎沸,热闹非凡。

　　浴室虽热闹,但又因饿着肚子,人们并不在这里恋战,多是三下五除二,匆匆了事,便奔下一个目标——食堂。这些人由于劳动量太大,体力消耗过多,饭量也大得惊人。好在那时吃粮尚未定量,可以敞开肚皮吃,二两一个的馒头一吃就是四五个,再加一碗粥和一份菜。在食堂里,只要见到一手端着一碗粥,另一手端着一碗菜并攥着一双筷子(或勺、叉),那菜上摞着两三个馒头,筷子(勺、叉)上面还叉着一两个馒头的,不用问,一准是刚刚参加了体力劳动的同学。说来也怪,虽然劳动强度大,体力消耗多,可病号却少了,什么感冒啦、胃病啦,不用吃药就都被赶跑了。最为明显的是患有失眠症的人,也能躺倒就睡着,一觉睡到大天亮,这也是参加体力劳动的一项意外收获吧。

2009 年 12 月 19 日草就

2010 年 8 月 10 日修改

其乐无穷

　　南开大学不仅重视课堂教学，而且十分重视学生们的课余生活。那丰富多彩、有滋有味的课外活动，给了我无穷的乐趣，使我获益匪浅，终生难忘。

　　在课余，同学们去得最多的地方要算是图书馆了。那里是书的世界，是知识的海洋。在那知识的海洋里畅游，其乐无穷。

　　图书馆每天上午、下午和晚上开放三个单元，借阅厅里总是人流不息，而阅览室则总是座无虚席。上午没课时为了在阅览室争得一席座位，许多人都是身背书包赶到食堂，呼噜噜吞进一碗稀饭，又急急忙忙抓起一个馒头，边咬边慌里慌张地颠到图书馆占个"风水宝地"落座，这时才开始找到咀嚼馒头那种甜丝丝、香喷喷的感觉。图书馆有六七个大阅览室，每室可容三四百人，一开门，人们便鱼贯而入。人虽多，但秩序极好：室内走路轻且慢，出入轻轻拉门，慢慢送门，绝不发出撞击声响。彼此说话多是耳语。有谁不慎将书或笔碰到地上，那声音也会使人一惊。看书的、整理笔记的、写文章的、计算公式的、翻译外语的……各自专注，互不干扰。锁眉的、微笑的、挠头的、晃脑的……千姿百态，神情各异。真是个静寂的天地和思索的王国，那场景和氛围令人心清气顺，久坐而不忍离去。偶有"聪明者"，为在下个单元仍能来此，就用坐垫占个座位，却常被工作人员将其收起，堆放于入门处。"聪明者"来后见此情景，表情难堪，然绝不与任何人理论，只是悄悄拿起坐垫再去寻找座位。如已坐满，也就只好轻轻地离开阅览室,到教室或是湖边树下自寻他处了。这里毕竟是知识的殿堂,有公认的道德和觉悟在维护她的神圣和尊严,容不得任何不文明、不谐调的行为。

在南开读书,强调和落实德、智、体全面发展,文体活动自然是同学们的一大兴奋点。每天早操和晨练是必须坚持的,而下午第二节后,操场上便空前活跃起来——各类球场上人潮起伏;田径和体操场地则欢声不断;长跑者沿着四百米跑道绕成长龙;短跑者在百米跑道上飞奔似箭。严冬,滑冰场上呼啸欢腾;盛夏,游泳池内水花飞溅……到处是生机勃勃、涌动的身影。大家跳啊、跑啊、喊啊、闹啊,有使不完的劲,有流不尽的汗。那时锻炼身体都十分自觉,遇到下雨或风雪天气,室外活动不方便,就在寝室里两个双层床之间架一横杠练习引体向上,在床上练俯卧撑、仰卧起坐和双臂曲伸。那时还搞象征性长跑,比如从天津到北京,间距按 240 华里计,计划一个月跑完全程,每天约跑 4000 米,即绕四百米跑道跑 10 圈。如每天跑的距离长,就可以提前到达"终点",每天跑的距离短,也可以晚些达到"终点"。根据个人的具体情况制定进度计划,并以寝室为单位,在走廊里列表公布。每人每天填写自己所跑的距离,不用人监督,也没听说有谁弄虚作假,全凭自觉。到全班每一个人都跑完全程后,开总结表彰会,"向天安门广场上的国旗致敬,向毛主席报喜",人人激情澎湃,场面红火异常。为了广泛激发大家参加锻炼和比赛的积极性,我们还针对系里男生多女生少的状况和个人自身的体质特点,组织异性异程混合接力赛。即按男女一定比例的相等人数分组,给每个人都规定不同的跑程,全组接力跑完全程,统一计时排名次,比赛起来也十分热闹。既比速度,也比热情,更比团队精神。不仅参赛者倾心尽力,助阵者也积极主动。这组跑完,那组又跑,大家既是参赛者,也是拉拉队员;既是观看者,也是被观看者。还有敲锣打鼓的,挥动小旗的,打竹板的,喊口号的,各有绝招儿,互不相让,赛事紧张热烈,现场没有闲人。

校园的文娱活动,也十分丰富活跃。每周末必放映电影。校内没有影院,就在大礼堂后面的广场上,高高地树一放映架,挂上银幕,可以从正反两面看。当然都是黑白片,放新片就收五分钱(每人),也常有不收钱的时候。那时南开大学和天津大学之间虽有界线,但没有隔离障碍,师生可以随意穿来走去,看电影就更可以交叉选择。因为观看的人多,每次都得演两场(有时是同一部片子,有时是不同的片子)。积极者往往是晚饭后就三三两两地拿着方凳去占"有利地形",虽离开映尚早,但正可借此谈心、看小说杂志、念外语什么的,也有不少女同学则边聊天边织毛衣,时间并不浪费。一学期总得看上十几部电影,至今印象深刻的如《红旗谱》、《五朵金花》、《革命家庭》、《女理发师》、《小兵张嘎》、《林家铺子》、《乡村女教师》、《霓虹灯下的哨兵》、《牛虻》、《伊凡从军记》、《周信芳舞台艺术》、《为了六十一个阶级弟兄》等等。即使是冬天下大雪也不停映。倒是夏天有时刮大风下大雨,银幕挂不住了,才不得不停映。那时学生很少有雨伞,偶遇下雨停映,只得迅速跑回宿舍。为了免于挨淋,女同学就在头上顶着坐垫或盖块手帕,双手抻着,边跑边喊;有的男生则脱下上衣裹起书本挟在腋下迅跑;有许多人把方凳翻过来四腿朝天顶在头上。风声、雨声、雷声和人们的喊叫声以及噼哩叭啦的脚步声汇成一片,形成校园内一道独特的景观——即使是"狼狈逃窜",也尽显勃勃生机,好生热闹而开心!

大大小小的歌咏比赛、文艺晚会则是经常不断。记得有一年搞全系歌咏大赛,我们年级参赛的节目是一百多人出演的诗歌联唱《祖国颂》。可谓声情并茂,气势非凡,唱出了对伟大祖国的深情,唱出了新中国主人翁的壮志。演出过程中多次博得观众的热烈掌声,用现在时兴的说法叫"震"了,着实"火"了一把,实在是"牛"得很。使得高年级的师哥师姐们,不仅在体育比赛中甘拜下风,而且在文艺舞台上也得为1959级翘大拇指。时至今日,那排练时的有趣花絮,那演出时的轰动场面,仍历历在目,让人陶醉,令人骄傲。

记得在一年级第二学期,学校曾组织学生参加天津市一些工厂的"双革四化"技术革新活动,为期近两个月。返校后,在全校搞文艺汇报演出。中文系参赛的节目之一是自编自导自演的相声舞《锣鼓喧天颂奇迹》,反映和歌颂那段"双革四化"生活。由四个男生说相声,十几个女生穿插表演歌舞。那时我是班上的体育委员,每天要组织大家出早操和开展体育活动，经常"出头露面"，不怵场。再加上嗓门大，普通话讲得也凑合，便被安排说相声。领导说"这是一项光荣的政治任务"，开过动员会后就开始紧张排练了。正式演出是在学校大礼堂里，临放暑假，天气闷热得像蒸笼。我在后台脱下半袖衫和长裤，穿上相声演出服——长抵脚面的大褂，化妆，出场。由于是自编自演，内容新，形式也引人，演出很受欢迎，效果十分火爆。节目说的是以往工厂车间里劳动条件不好，特别是在夏天，车间没有降温设备，人一进去就是通身大汗，工人师傅们都是光着膀子干活。"双革四化"期间安装了电扇（那时还没有听说有什么"空调"），改善了工作条件。节目里有句台词："只要一把电钮按，春风飘洒满车间。"说相声的演员在说这句台词时，有一连串的规定动作：伸出手指按"电钮"；猫腰；用双手抻着大褂的前摆；边直腰边把这前摆往上一撩；紧接着双手上下抖动，使撩起的大褂如水纹似的飘动起来；同时碎步快速向侧面移动；台词念完，动作停止。就像有股春风吹来，给人一种凉爽、舒适的感觉，创造一种轻松、欢快的效果。那天演出时，这句台词刚说到一半，动作也刚刚开始，突然台下爆发出震耳欲聋的掌声和叫好声，许多人边鼓掌边笑得前仰后合。我们在台上被这突如其来的场面和火爆效果给震蒙了，险些忘了后面的台词。好在这"热烈"的场面延续的时间挺长，我们才得以缓过神儿来，总算没砸在台上。后来才知道，突然火爆的真正原因是我在撩起大褂儿时，露出了里面穿的运动短裤，两条健腿被台下看个正着。这虽说不上是有伤风化，但在舞台上毕竟有伤大雅。用眼下的话说，就颇有"作秀"和"裸演"之嫌了。不过当时还不时兴这样的"词儿"，只是觉得长褂和短裤实在极不协调，表演极其滑稽可笑罢了。这次演出后，我的"知名度"也大大提高了。后来还被吸纳为学校文工团员，多次到工厂、农村为工人、农民和在那里参加社会活动的师生演出。还不止一次地到市里参加全市大学生文艺汇演，在民族文化宫和中国大戏院那样高档的舞台上都演出过。相继的编写、排演和演出，不仅大大丰富了我的生活内容，学到了一些演出知识和技巧，而且使我结识了本系的乃至外系的不少文娱活跃分子，有的还成了极为要好的朋友。这些难登大雅之堂的所谓演出经历，不仅激发了我对文艺的兴趣，甚至对我后来从事的文艺理论教学和研究工作也颇有裨益。

文体活动之外,还有许多十分有益有趣的活动。如系里经常组织赛诗会,请外系、外校专家来做学术报告,安排军事知识讲座和民兵训练,组织学生到食堂帮厨,听时事报告,参观,游园等等。有许多自发结成的各种兴趣小组,还结合专业特点办有文学期刊《中文之声》和《马蹄湖》。也有不少寝室利用屋门背面约半平方米的地方张贴"内部刊物",记得我们212寝室办的是《门后艺坛》,隔壁214寝室还成立了"哼诗社",也是在门后"出版"了社刊《一家春》。这样的门后刊物主要刊登本室成员的稿件,也向外室约稿。大家积极性很高,每学期都要出几期。至于喜欢不同课程的人,则多以课代表为首,形成颇有向心力的小集体,几个人互相帮助,探讨学问,非常活跃。这在五年的大学生活中,也是很有特色的"闪光点"。

五年,在历史的长河中只是微不足道的一瞬,但在人的一生中却也可忆可恋,可圈可点。尽管那些年国内"左"的倾向已日趋严重,并已给国家和我们个人都造成了很大损失和不良影响,但五年的大学生活确实有许多的人和事值得我们留恋和怀念。那五年中,我们学得了知识,增长了才干,开始懂得治学和为人之道,坚定了热爱党、报效祖国和人民的信念。那是我们成长的五年,也是极其美好、难得而又难忘的五年。

感谢哺育了我五年、使我受益终生而又一直令我敬仰、爱恋和魂牵梦萦的母校——南开大学!

2007 年 5 月草就
2010 年 7 月修改

和谐温馨的小家庭

我在校时,南开大学的学生宿舍主要集中于图书馆和新开湖以西至小引河,北邻大操场,南靠大中路这一片地方,有十来栋"工"字型楼,不高,两层或三层,每栋大约住三四百人。之所以不建高层,我想一是那时候地皮并不紧张,二是楼层越少,造价越低,三是学生集体进出方便。这里是一片学生生活区,除宿舍楼外,还建有食堂和浴室。为方便学生开展体育活动,在楼间空地还辟有小型体育活动场地,如排球场、羽毛球场和不少水泥制的乒乓球台子,以及一些零星的运动器械,如单杠、双杠、垒木架等。

那时,中文系和外语系同住学生第二宿舍,这里去图书馆、食堂、浴室都极方便。南面临一条小河,过小桥可上大中路,区位极好,"风水"亦佳。在这栋宿舍楼里,我先后住过 212 室、207 室、208 室,来自不同省市的 8 位(207 室是大寝室,住 12 人)同学就组成了一个和谐而温馨的小家庭。这小家庭没有家长,最高"行政长官"是室长(或称舍长)。这是全体室员真正民主推举的,不像级长、班长、组长乃至课代表有那么浓重的政治色彩和业务成分。在室内,成员间彼此称呼也与在正式场合有别:有的寝室按年龄大小称老大、老二……或称大哥、二哥、三哥……和大姐、二姐、三姐……有的则直呼一些难登大雅之堂的绰号如阿胖、瘦猴、老太婆、二老怪、张大嫂、老夫子、黑子、小山东等。

全室成员和谐相处,活动自由而又互相包容;或静心看书,或专注作业,或闲聊神侃,或琴棋娱乐,或扑打蚊蝇,或同治臭虫,或围被取暖,或半裸图凉,或呼噜山响,或梦话不断……大家谁也不回避谁,谁也不嫌弃谁。可以说,这里是校园内最为宽松、最为活跃、最少约束、最富人情味儿的场所了。然而这里又绝不同于一般意义上的家庭,也不同于社会上的招待所和旅馆。除休闲、娱乐外,学校安排的许多政治、业务活动,也是以寝室为单位开展的。如时事学习,组织生活会,必修课的讨论和图书的借还,结互帮"对子",开展体育锻炼和比赛,排演文艺节目,清扫楼道和厕所等等。为了全室的荣誉,大家团结一致,努力奋斗,互相帮助,共同奋进,可以说,这里又是一个极富凝聚力和向心力的小集体。

周末晚上,是寝室里最为热闹的时候。因为一个星期里,只有这一个晚上的活动可以不受熄灯时间的限制。至九、十点钟,看电影的、逛街的、猫教室的、遛公园的……都相继回到了寝室。然而并不就此入睡,而是活跃多彩的寝室周末活动刚刚开始——打扑克的、下象(军)棋的、神聊的、唱歌的、弹琴吹笛的,还有看书报杂志的、洗脚的,可谓各施所好,红火热闹。这些活动中,最有意思、最有影响力、最能调动人们积极性的要算是下象棋了:最初是两个人嘻嘻哈哈地挑战,一面摆棋子,一面互相取笑,互相贬损。待到"当头炮"、"把马跳"几招儿过后,便开始安静沉默了,这是暗暗地在斗智、较劲。虽说无语,但那大脑细胞的活动运转却是空前激烈的,而手下棋子的划动、碰撞的声音则不绝于耳,到关键时刻,一方手持棋子高高举过头顶,铆足了劲,五雷轰顶般地砸向对方的棋子,"咣"的一声,通盘的棋子都惊恐地为之一跳。这时,进攻者又用拇指和中指把被砸在下面的对方的棋子猛地一抽,又是"啪"的一声用食指把自己的棋子稳稳地按在抽走的对方棋子的位置上。这突如其来的动作和"咣"、"啪"两声巨响,往往令对方目瞪口呆,防不胜防,会不自觉"嗖"地站立起来接"招儿"。一时间,看报的,吹笛的,唱歌的,神聊的便都拥了过来。那洗脚的,连脚也顾不得擦,鞋顾不得穿,"叭唧叭唧"挤过来观战。七八颗人头把个小小棋盘严严实实地盖住,这个喊"出车",那个叫"飞相",第三个让"拱卒",又有的吼"架炮",简直乱作一团,也闹不清谁是赛手,谁是观众了,更有甚者则越俎代庖,边喊边抓起棋子向对方冲击,有的则拽住他的胳膊高喊:"不行,不行,那是步臭棋!"有的干脆把赛家拱向一边,自己取而代之,嘴里嘟囔着:"你不行,看我的!"弄得两个下棋的人既尴尬,又无所适从。热闹、激烈的战况,常常把其他寝室的成员也吸引过来,介入这场鏖战。最好笑的是观战者介入后,互不服气,不仅与对手较劲,而且与同伙分争,也顾不得"观棋不语"的规矩了,不仅"动口",而且"动手",不仅动手动棋子,而且动手相互推拉,竟至闹翻了脸,把个好端端的棋局给"搅黄了"。顿时棋局变成了"吵局"、"闹局",这时不知谁将棋盘一掀,"哗啦",棋子飞溅一地,双方才各自收兵罢战。可心里还是互不服气,胡乱收起棋子,虽强行熄灯,可躺在床上还在"舌战"——不必担心,大家绝不会彼此结仇。第二天清晨,会准时起床互相嘲笑打闹着去教室上课。而下一个周末,同样又会摆起一局,战个"你死我活"。

寝室不单是休息和娱乐的场所,也是按专业要求进行集体讨论以及自学、自发交流、互帮互学的好场所。晚自习后,大家回到寝室,常常把自己感兴趣的问题和学习中的新收获公之于众,引起大家的共鸣和讨论。记忆较深的如关于电影《达吉和她的父亲》思想内容的争论,关于戏剧《西厢记》结局意义的争论,关于《水浒传》结构特点的争论,关于清官和赃官在历史上所起作用的争论等等。印象最深的要算关于清官赃官在历史上的作用的争论了。起因是吴晗的《论海瑞》的发表及相关言论的公开。一些人认为,在封建社会里的清官,主要是维护封建统治,缓和并调和阶级矛盾和阶级斗争,归根结底是维护封建统治、延缓社会变革进程,从总体上看是阻碍了历史的发展的;而封建社会的赃官,因其横征暴敛,欺压百姓,激化阶级矛盾和社会矛盾,迫使人民群众起来造反,推翻封建统治。这些赃官,是封建社会的败家仔,他们的所作所为,客观上加速了封建社会的瓦解,推动了社会的发展。这种赃官好于清官的观点颇为"新颖",又着实有些耸人听闻,引来众多越来越强烈的反对声,以至熄灯铃声响过很久了,寝室仍是"熄灯不息声",直到周围寝室多次敲门"抗议",才不得不"偃旗息鼓"。可又互不服气,有的竟又摸出书本,到洗手间或厕所里去查找"理论依据",那里是彻夜不熄灯的。可那里蚊子多,常常被咬得遍体鳞伤,饱尝皮肉之苦,却也能享受学有所得之乐。

　　为了营造专业特色和文学氛围,在宿舍走廊里辟有专人负责编辑的"文艺园地",属壁报性质,所刊均为手写稿,以诗歌、散文为主,也有小说、文艺短论、文艺常识等,附插图及编者按语。印象深的有《中文之声》和《马蹄湖》,是按内容及版面设计要求,先把稿件贴在长方形的大硬纸板上,美化好后再挂(钉)在楼道有照明灯处,投稿者和读者都非常踊跃。特别是每更新一期时,人们争相围看,连楼道也被拥堵得难以通行了。

　　不少寝室也有自己的文艺"社团"和"室刊"。室内地方有限,就把屋门的背面也利用起来,记得我们寝室贴在门后的室刊叫《门后艺坛》(笔者在以往的文章中,曾误记为《门后论坛》,经查当年日记正之),而隔壁寝室成员组成"哼诗社",也在门后出版"社刊"《一家春》。这些自生自长的难登大雅之堂的门后出版物,其实就是全室成员交流所学所得的峰会论坛,全室成员既是策划者,又是作者、读者和评论者。记得在《门后艺坛》创刊号上,曾收入我的两篇小稿:《漫谈作品中的事件》和《怀古》诗一首。在第二期上发表有李某的《也谈结构》一文,是针对创刊号上王某的《谈结构》一文而发的异议。可见,刊物虽小,办得却认真、活跃、民主。有的室刊的编辑"政策"还挺开放,除本室成员供稿外,还欢迎外室成员"赐稿"。近查当年日记载隔壁的《一家春》创刊时,我曾应邀献上小诗祝贺:

> 古来作诗诗成河,
> 我辈岂能干评说?
> 且放歌喉挥大笔,
> 再添今朝福与乐。

　　　　　　＊　＊　＊　＊

> 雕虫小技不足慕,
> 铺采摛文更不攀。
> 唯学主席心胸阔,
> 哼句成诗何怡然!

　　　　　　＊　＊　＊　＊

> 棵棵白杨株株杉,
> 挺拔秀丽冲云端。

刺破青天莫垂首，
须知天外还有天！

　　这哪里是诗啊？构思平平，文词不美，更谈不上艺术形象和诗的意境，唯一可予肯定的倒是那可贵的热情和无知的胆量。不知这几句顺口溜在《一家春》刊登了没有，日记中没记载，也毫无印象了。

　　在寝室里还有"一景"，就是在床头或墙壁装有自造的书架。本来，每个寝室均配有一个大案桌和一个不小的书架，但八个人共用一个书架，实在太挤了，何况还要腾出书架的一层放水壶、水碗乃至饭碗之类。刚入学时大家书少，还能将就，慢慢地连借带买，人们的书籍多了，书架放不下，就只能摞在枕边，摞多了，大大小小，摇摇晃晃，既不方便抽取，也不美观。于是便在床上打主意，让众多书籍顺势在靠墙的一侧床边列队站立成一排，虽占去一条儿床面，倒还不大影响睡觉和休息。书再多，则只能向空间开拓属地了。一种是在两张床对头的小空间或床头床尾顶墙处的小空间档起木板，用细绳或细铁丝将其束牢，少者档两三层，多者可档五六层，能放不少的书。另一种则是在床侧贴墙造"悬吊书架"，即在墙上适当的位置，先平行钉进两个铁钉，在铁钉垂直下方约一尺处再钉入两个更大的铁钉（越长越好，如有铁条，则更好），长钉上横档窄长木板，木板不靠墙的一侧也钉两个小钉，缠上细铁丝，分别与墙上方的两个钉子紧紧地系在一起，这样，一个悬挂在墙上的小书架便诞生了。其优点是不占床面，充分利用空间，其缺点是长钉子不好找，"施工"也稍复杂。再有就是夏天影响床上挂蚊帐。不过，毕竟是一个颇有成效的办法，不少人都相继效法，于是寝室里就又有了这么一道新的风景，也成了学生寝室里的一种颇有创意的标志性设施。

　　寝室的风景特色鲜明，寝室的氛围和谐亲切。而最值得称道和回忆的则是那亲如兄弟、情同手足的人际关系。全室成员，来自不同地域，说着不同方言，有着不同习俗，加之脾气禀性不同，体质嗜好各异，但为祖国和人民而学的共同目标把大家凝聚在一起。大家互相团结，互相关心，互相爱护，互相帮助，真成了一个和谐亲切的小家庭。谁有了进步，全室共喜，谁有了错误，全室同悲，谁遇到了困难，全体都帮。记得有一次临近期末考试,我因吃喝不注意再加着凉,闹起肠胃炎,一天如厕十多次,上不了课,睡不好觉,面临期末考试,又急又无奈。这时全室同学都向我伸出了援助之手,有的背我去校医院看病,有的去排队挂号、取药,有的为我洗衣服鞋袜,有的为我打病号饭,有的为我补写课堂笔记……最感人的是一位湖南籍的周赞廷同学,为我买来了一包点心——那是在1961年,正值我国三年经济困难时期,市场物资匮乏,几乎什么都讲定量,除粮食外,棉、布、油、肉乃至肥皂、糖、纸张……都是定量凭票(证)供应。点心当然更不例外。记得那时每月每人凭点心票和粮票供半斤点心,那可是难得的高级营养品啊,平时大家都舍不得吃,千方百计地把点心票攒到期末,好多买一些,带回家去孝敬老人。可赞廷同学却把这样的点心送到我面前,我深知这份点心的不同寻常的份量,无论如何不肯吃。赞廷同学急了,竟把焦黄泛油的桃酥掰开揉碎搅到粥里,不吃也得吃。我望着那端起的粥碗,望着那举到我嘴边的小勺,望着同学那恳切的目光,我鼻子酸了,眼睛模糊了……

　　五年的大学生涯中,大约有少一半的时间是在学生宿舍度过的。如今,四十多年过去了,而那不起眼的二层小楼,那楼边的一路一水,一草一木,特别是那"小家庭"里的一景一物,一人一事,仍然记忆犹新:那粗鲁的吵闹和朗朗的欢笑,那案头的一抹阳光,那灯泡上用报纸糊的灯罩,那自造的书架,那床下堆挤的鞋袜,那充满生机的"室刊",那一碗冒着热气的香喷喷的病号饭……还都在我脑海中闪着神异的光彩,每每默默地回忆起来,都令我感到无限的温馨、和谐、欣慰和自豪。

2009年2月12日草就

2010年5月10日修改

三、师恩似海

一束小草
——献给中文系原系主任李何林先生

这是一束素朴无华的小草,献给我终生敬仰与爱戴的李何林先生。

(一)

三十年前,我高中毕业。面对桌上的一份高考志愿书,我郑重地、毫不犹豫地填写了"南开大学中文系"。

因为,还是在念小学的时候,老师告诉我:中国有位伟人、大文豪,他就是鲁迅。而到了中学,老师又告诉我:南开大学中文系有位系主任、鲁迅研究专家,他就是李何林教授。

——南开大学和李何林的名字,很久以前就深深地印在我的心中了。

(二)

二十五年前,我大学毕业。面对桌上的一份毕业分配志愿书,我郑重地、毫不犹豫地填写了"服从分配"。

因为,还是在我考入南开大学中文系的迎新会上,李何林先生就要求我们:"努力学习,掌握为人民服务的本领。"而在毕业分配的动员会上,李何林先生又要求我们:"好男儿志在四方!"他还诙谐地说:"是骡子是马,拉出来看看。"不久,我便打点简单的行装,和几位学友一起,告别了哺育我五年的母校,愉快地来到了河北师范大学。

从那以后,李先生这两句朴实而深刻的话,便一直回响在我的耳边。

骡耶,马耶,我不敢妄称,那应让实践和历史来回答。

(三)

在史无前例的十年浩劫中,"臭老九"更是在劫难逃。刚刚走出校门两年的我,竟能荣受"小三家村"、"反动权威"的"殊誉"。这对现实真是极大的讽刺,而对我则是天大的打击——"臭"而且"反",还谈何为人民服务? 还有何脸面见"江东父老"? 我彷徨了,苦闷了,失望了……

然而我毕竟没有绝望。当听说李何林先生竟也成了"牛鬼蛇神"而被关进了"牛棚"时,我一方面感到极大的愤慨,一方面又从这大愤慨中悟出了一点令人欣慰的道理来——李先生也成了"牛鬼蛇神"? 可见这"牛鬼蛇神"之类不仅不是什么坏物,反而正是好人。羞耻吗? 悲观吗? 绝望吗? 不! 君不见,在南开,"牛鬼蛇神"们被剃了"阴阳头",造反派们想把他们的"杰作"拍照下来以请功取乐。面对这种人格的侮辱和恶作剧,李先生却偏敢直面造反派和他们手中的相机,挺胸昂首,怒目而视,豪气冲天,气度非凡。那是何等的"牛"劲,又是何等的"神"气!

先生的一言一行,都在实践着他的人生哲学——正直地活着,清白地做人。这,不正是我所应效仿和学习的吗?

(四)

1973 年夏天,李先生要来石家庄作学术报告了。消息传来,先生的在石弟子无不欣喜若狂,奔走相告。大家多想尽快地见到敬爱的李先生啊! 但是,为了不影响先生的休息,大家商定:报告前一律不去打搅他老人家。

报告后的这天晚上,我们先后赶到招待所去看望敬仰和想念的李先生。

在南开时,我除听先生讲课外,单独和他接触并不多,只是有几次与三两同学登门求教过。我还曾报考过他的研究生,然而没能如愿。我不是他所熟悉的学生,更不是他所满意的学生。可时隔九年,当我们相见时,先生竟能准确无误地叫上我的姓名,而且说我比在校时瘦了许多。我百感交集,却什么也说不出来,只深深地给先生鞠了一躬,而两行热泪却已泉涌而出了。

先生和我们谈天说地,论事业,拉家常。尽管先生头上的白发增多了,但他的发式还是那么平整,他的目光还是那么深邃,他的思维还是那么敏捷,他的语言还是那么简洁。大家在先生身边度过了一个愉快而难忘的夜晚。

最后,先生要我们每个人把自己的姓名、工作单位、工作性质写在他的一个小笔记本上。写完,先生戴上老花镜,就像当年给我们批改作业时那样认真地看了一遍,可能是没有发现潦草的字迹吧,先生满意地笑了。然后,轻轻地合上小本,深情地说:“这是件极好的纪念品。”后来,我还时时为那次没让先生给签个名或题几句话而感到遗憾。不过我又想,先生的风格、人品、情操和学识,不是早已深深镌刻在我的心中而给我留下了永久的纪念么?

(五)

前年(1987年),从北京传来个不幸的消息——李先生重病住院了。在石学子怀着沉重的心情辗转相告,大家都想去京看望先生。为此,我们几个在河北师大工作的校友反复琢磨,并征得在石市工作的其他校友的同意,决定派孟双全学长代表大家,带着慰问信和营养品,专程赴京看望先生。我们还郑重商定:大家集资,每人三元,为的是表达每一个人的心意。通知发出后,有专程来校送款的,也有通过邮局汇寄的……为了更好地表达大家的心意,我们又认真地商量了买什么营养品,并逐字逐句地推敲了由刘绍本起草的慰问信,最后,由孟双全带着在河北工作的几十名南开中文系毕业生的心愿登程了。

孟双全返石后,向大家详细地讲述了先生的病情,以及他在先生病榻旁服侍先生的情景。先生病情很重,这使我们每一个人的心头像是坠上了铅块。当我们知道先生一边听孟双全念慰问信一边涌泪时,我们深深地感到,先生的心是和我们相连、相通而且相贴的;当我们知道先生尝到了我们送的营养品时,我们感到了极大的满足和安慰。我们深知先生的病情很难好转了,但仍孩子般地盼望他早日康复。

（六）

　　1988 年 11 月 9 日,李先生和我们永别了! 尽管此前已经知道他将不久于人世,但这噩耗仍给我们带来了极大的悲痛!

　　今天是 1989 年 2 月 5 日,阴历腊月二十三,是"小年"。晚上,远近的爆竹声不住点儿地响个不停,时不时地打断我的思路。我索性打开屋门走上阳台,去欣赏那满眼的花炮闪光和孩子们燃放花炮的欢乐情景。看着看着,我忽然联想起《祝福》中的祥林嫂,倏而又联想起为我们讲解《祝福》、《故乡》、《阿 Q 正传》和《野草》等鲁迅作品的李何林先生。啊! 先生离开人世已经三个月了,他那在天之灵还是那样一刻也不离开鲁迅著作吗? 还是那样深情而感人地讲述着昔日的鲁镇和祥林嫂吗? 他在九泉之下,能否看到他所倾情的铺满大地的野草呢? 能否碰到鲁迅先生在《祝福》里写到的那些歆享了人间的牲礼和香烟,醉醺醺地在空中蹒跚的天地众圣呢?

　　在这"小年"之夜,我强烈地感到非向先生说些什么不可了,于是便伴着过年的鞭炮声和烟花的闪光,写下了这些文字。我编织不了精致的花环,就献上这么一束素朴的小草吧。我知道,先生是喜欢草的。

　　愿这束素朴的小草能给先生带去一点点的愉快和欣慰。

1989 年 2 月 5 日草就
2010 年 2 月 15 日修改

　　（按:此文曾收入文化艺术出版社出版的《李何林纪念文集》）

师恩永驻学子心中

——李何林先生铜像捐资铸造纪实

（一）

作为百年南开暨南开大学建校 85 周年系列纪念活动之一,南开大学文学院 2004 年 10 月 14 日组织师生代表,在范孙楼一楼大厅内举行了李何林先生铜像揭幕和生平图片展剪彩仪式。文学院党委书记兼中文系主任乔以钢教授主持仪式,南开大学常务副校长兼文学院院长陈洪教授作了激情洋溢的讲话。专程从北京赶来的鲁迅博物馆馆长孙郁教授和专程从石家庄赶来的石家庄南开校友会理事长曹桂方教授相继讲话。李何林先生的长子李豫先生和长媳朱红女士,也专程从北京赶来,并和陈洪、孙郁、曹桂方一起为李何林先生铜像揭幕,为李何林先生生平图片展剪彩。整个仪式简短朴实而又庄重热烈,一阵阵热烈的掌声充分地表达了与会者对中国现代文学和鲁迅研究专家、著名教育家、南开大学中文系原系主任李何林先生的无比崇敬和热爱之情。此时此刻,作为已从中文系毕业四十年的学子,我们感到十分欣慰与自豪! 这不仅因为我们在中文系读了五年书,多次聆听过李先生的教诲;而且因为毕业四十年来,我们在石家庄仍在频频领受他的师泽。尤其因为由我们石家庄校友发起的为纪念何林先生百年诞辰捐资铸造先生铜像的活动,在北京、天津和各地校友的热情支持下,终于如愿得以实现。如今,当我们置身于揭幕仪式现场,看到覆盖在铜像上的红绸徐徐揭下,听到那随之响起的热烈掌声时,我们已是热泪盈眶,深深地沉浸在极大的幸福之中。

南开大学中文系校友为铸造李何林教授铜像捐款名册

(二)

捐资为何林先生铸造铜像的活动,起始于 2003 年初。那年刚过元旦,何林先生的长子李豫和先生带过的研究生田本相教授一起来到石家庄,与河北教育出版社联系出版《李何林全集》事宜,并将田本相撰写的《李何林传》一并交付出版。得此信息后,在石校友感到十分高兴。

我们在石家庄的南开中文系校友,有个很好的传统或不成文的约定,即当母校来人或外地校友到来,大家总要尽可能多地聚集在一起,向"娘家人"汇报自己的工作、学习和生活情况,了解母校的发展变化。大家一起回忆往事,沟通现实,畅想未来。这往往是我们最高兴、最开心的时刻。此次李豫和田本相同来,无疑是校友一次极好的相聚机会。正是在这次聚会时,大家议论 2004 年正是南开大学建校 85 周年,而且适逢何林先生百年诞辰。届时南开大学文学院乃至全校定会举办有意义的纪念活

在李何林先生铜像安放仪式上。左起：南开大学文学院党委书记乔以刚；本文
作者；李何林先生长子李豫；南开大学常务副校长兼文学院院长陈洪；北京鲁
迅博物馆馆长孙郁；南开大学文学院院长助理张铁荣

动。我们虽然远离母校，也应参与其中，为之做出自己的贡献。做些什么
好呢？大家七嘴八舌，各抒己见，议论不休，莫衷一是。这时，有人提出为
何林先生铸造铜像的设想，立即得到热烈的响应和赞同。有人当场便要
掏钱并出面请石家庄知名的雕塑家动手设计。经深入讨论，大家觉得此
事应再广泛征求校友意见。为避免有"官方"下达指令之嫌，也为免给母
校院系领导添麻烦，决定采取"民间"形式：历届受业中文系的毕业生自愿
捐赠款项，为何林先生铸造铜像。由在场的从药汀、孟双全、刘绍本、曹桂
方等二十多位不同年级、不同届别的校友作为发起人倡议此事，并议定由
从药汀、刘绍本、曹桂方等三人立即起草倡议书，尽快向各地校友寄发。
并争取把捐资铸造铜像事宜纳入母校举办的何林先生百年诞辰的纪念活
动之中。

　　2003年2月9日，在北京新原里的中国艺术研究院音乐研究所四楼
会议室召开了一次筹备会议。参加这次会议的除由石家庄赶到的刘绍

本、曹桂方外,还有从母校赴会的文学院院长助理张铁荣和刘家鸣;北京校友会的张定远、吴匡俊、张圣节和田本相、宋宝珍;北京师范大学中文系副主任刘勇和王富仁、李岫;鲁迅博物馆副馆长孙郁(后为馆长)和王德厚等。还有李何林先生长子李豫、次子李云等到会。这次会议讨论了对何林先生百年诞辰可以组织和举办的诸多纪念活动。当议论到石家庄校友发起的为何林先生捐资铸造铜像的倡议时,大家一致表示赞同和支持,并就捐款事宜做了具体安排。原拟各地校友先把捐款汇集在本地校友会,再进一步集中使用。可是北京的南开校友会中文分会还没有公章和财务账号;而在天津的中文系校友因守着母校并没有成立校友会。这两地如何组织活动并收集捐款呢? 于是便商定以石家庄南开校友会和北京南开校友会中文联络委员会的名义发出书面倡议,各地校友捐款都直接汇至石家庄南开校友会。尽管这样做并不是石家庄南开校友会的初衷,但考虑到实际情况,既要把事情办好,又不给母校添麻烦,也就愉快地接受了这样的安排。

在这次会上.大家还同意李豫、李云同志的推荐:由著名雕塑家、中央美术学院雕塑系张得蒂教授夫妇负责铜像的设计和制作,并要求铜像在何林先生诞辰百年纪念会前完成。

这次会后,捐款铸像事宜便正式启动。原拟在 2003 年 5 月底结束,不料因“非典”等原因,校友间联系诸多不便,捐款截止日期便拖至同年 8 月初。共有 184 位校友捐款,计 42000 元。特别应提出的是,何林先生担任北京师范大学中文系博士生导师时的同事和博士生、硕士生等十位,捐款三万元。两项合计得捐款 72000 元,足够铸造铜像的费用。

2004 年 3 月 14 日,河北教育出版社在北京鲁迅博物馆举行《李何林全集》首发式。到会人员有河北教育出版社社长王亚民,综合编辑室主任孟保青,《全集》编辑司亚军等;有北京鲁迅博物馆馆长孙郁,研究员王德厚等;有北京师范大学文学院副院长王一川,李岫等;有南开大学文学院副院长王立新,院长助理张铁荣等;有北京校友会的孟伟哉、张定远、田本相等;有石家庄校友会的陈慧、刘绍本、曹桂方、张圣洁等;还有何林先生的长子李豫、次子李云、长媳朱红。与会专家学者纷纷发言,指出何林先生的论著对中国现代文学研究和鲁迅研究的历史贡献与学术地位,充分肯定《全集》出版的学术意义。

借此机会,石家庄校友会的代表汇报了捐资情况和铸造铜像的过程,与会校友根据所捐款额和铸像开销,议定加铸两座铜像,并拟定三座铜像分别献给南开大学文学院、北京鲁迅博物馆和中国现代文学馆。与会校友还参观了雕塑家已完成的铜像大样,并提出修改意见,以臻传神,能够较为完美地展现何林先生的风采。

2004 年 4 月 17 日,由北京鲁迅博物馆、北京师范大学和南开大学联合举办的李何林先生百年诞辰纪念大会在北京鲁迅博物馆举行,赶制成的何林先生半身铜像并两个"副本"与到会校友见面,大家都为能向母校恩师表达满腹衷情而感到欢欣鼓舞。

(三)

为何林先生捐资铸造铜像的活动. 由最初酝酿动议,到操作实施,再到铜像铸就并安放到位,总共经过了一年零十个月的时间。这期间的工作是十分具体、细微甚至十分复杂、繁琐的。尽管有时也听到这样那样的议论和说法,令人感到困惑和不悦,但是整个捐资过程中广大校友所表现出的巨大热情和高尚的思想境界,着实令人感动不已。

还是在捐资发起阶段,在石校友积极谋划,不少人多次冒着严寒风雪,或骑车或"打的",相聚一起,出主意想办法。议定采取分年级"包干"的办法,为把捐资造像的信息通知在京、津、石以外的更多校友,满头白发的 75 岁高龄的从药汀老学长,自己一个人就给 20 多位校友寄发了《倡议》。他还关心自己所熟悉的其他年级校友的情况,为了弄清各位校友的工作单位或住址,光联系电话就打了无数次。为了寄《倡议》,他亲自写信,跑邮局,贴邮票,仔细认真,一丝不苟。这样,就使得远在新疆乌鲁木齐市的 54 级校友王启贵,远在海南海口市的 54 级校友陈士民等校友闻讯后,立即汇寄捐款。从药汀为大家带了一个好头儿。

在筹备会议上讨论捐款铸造铜像的具体实施办法时,有人提出捐款要不要提个参考金额的问题,担心一旦操作起来,所捐款额多了不好处置,少了更不好办,万一捐资不够,那将是十分尴尬而被动的局面。当即,何林先生的博士生王富仁教授表示,万一不够,他将设法补齐所缺款项。后来,他和北京师范大学中文系的教师、校友和博士生等十位同志一起,捐出了 30000 元人民币,成为捐资的"大户"。

2003 年 6 月 9 日,石家庄南开校友会收到中国农业银行昌平县支行回龙观分理处转来的一笔 2000 元的汇款,署名魏爽。然而这魏爽到底是哪一年级哪一届的学子?工作单位或家庭地址何处?是在职还是已退休?所问到的校友没有一人能知道。这就难以登记造册。后经遍查姓魏的校友逐一判断,并经电话联系,才真相大白:原来当时正值"非典"期间,57 级校友魏亚田、陈义敏夫妇身处病情隔离区,不能到外面银行或邮局汇款,便多次打电话嘱其女儿魏爽从昌平把捐款汇出。当我们和魏、陈校友电话联系时,他们还抱歉地说:此事大好,真应该做!但因信息受阻,一时活动不便,捐款已逾《倡议》规定的时限。他们还担心错过这次捐款的机会呢。

2003 年 8 月初,我们按照修订后的工作进度,把编印好的捐款名册和专门印制的捐款纪念卡分别寄给各地捐款校友。几天后,在河北师范大学任教并已退休的 58 级校友金耀堂老师,突然找到石家庄校友会秘书长宋立贤老师(化学系 59 级学生),说自己刚得到这一信息,虽知早已过了捐款时限,但仍坚持捐款。宋说:"捐款名册和纪念卡已分寄各地,不好再补办了。再说所捐款额已足够铸造铜像,你们心意我们收下并负责传达相关人员,至于款项就不必捐了吧。"可金耀堂校友坚决不干。他说:"名册可以不列(我),纪念卡也可以不要,但这钱,一定要捐!"说完,留下 200 元人民币,转身就走了。我们只好从几份余存的名册中,选出装订最整齐、册面最洁净的一本,用钢笔把他的名字补列在最后。当我们把这本名册送到他家并向他表示歉意时,他异常激动地说:"这真是一件极为珍贵的纪念品。"又说:"虽然我与何林先生无多接触,但敬仰先生的品格和学识,捐款只是为表达这份师生之情。至于列不列入名册,真的无所谓!"这朴实的语言,托出的是一颗真挚的心啊!而道出类似朴实话语、具有同样真挚之心的,又何止耀堂校友一人呢?这次参与捐资的校友,除在北京、天津、石家庄者外，还有内蒙、吉林、辽宁、山西、陕西、河北、湖南、湖北、江苏、浙江、广东、海南、新疆、上海、香港等地的校友，尽管大家身处祖国各地，毕业年限不一，但与母校和恩师却有着千丝万缕的精神联系，有着扯不断也砸不烂的师生情结啊！

（四）

何林先生的人品和学识，不仅教育和感化了一大批学子，而且许多与先生素不相识的人，得知有关情况后，也都深受教育和感动。这里，就讲一讲捐资纪念卡制作过程中的一点情况吧。

按照原来的设想，捐款结束后，我们将为每位捐款的校友寄上一本捐款名册和一件纪念卡。名册由我们自己编排，交印刷厂印制即可。但这小小的纪念卡却难住了我们：既不能买现成的，也不能简单草就；既要有纪念意义，又要有精美的艺术价值。为此，我们特意向河北师范大学广告传播学院求援，学院领导对我们这次为恩师塑像之举极为称赞，并立即推荐一位年轻热情而又很有专业水平的程元刚老师。我们原想，程老师是专门搞这一行的，设计制作这个小小的卡片，还不是轻车熟路、小菜一碟吗？

与程老师接触并讲明意图后，我们希望他一周内拿出设计初稿。他微微一笑，答应一定抓紧时间，尽快完成。并要我们尽量详尽地提供何林先生的有关资料，以便认识这位没有见过面的老先生，尽快进入创作环节。此后，他一次次地骑车从十几里地外的住处来找我们，每次见面，先讲看过那些资料后的感想和收获，接着又详细询问有关情况．而闭口不谈设计纪念卡片的事。二十多天过去了，等得我们实在沉不住气了，便委婉地提醒并催促他。他不好意思地笑笑说："原也以为这是件很简单的事情，看过有关资料后，才感到这事绝不简单。思想上压力很大，唯恐表达不好学子们对老师的一片深情。其实我已设计了几个草稿，可连自己都不满意，怎么往出拿呢？"后来经多方征求意见，多次修改，终于确定了设计方案并付诸制作。这是一张相当于扑克牌大小的纪念卡，卡片正面主体图案是一白色竖杠和两个并列的白圈，组成"100"状，表明何林先生诞辰 100 周年；在"1"字上端印有南开大学校标，表明先生在南开从教。在第一个圆圈内印有何林先生头像和白色半圆，以及旁边一圈圈的树干年轮，象征先生在阳光照耀下奋斗一生，为祖国培养了一批又一批栋梁之才。第二个圆圈内是在蓝色背景上印有先生手书的鲁迅语录："随时为大家想想，谋点利益就好。"象征先生作为革命者、教育家和鲁迅研究专家，有蓝天一样博大的胸怀，有大海一样丰厚的学识，更有鲁迅一样坚硬的脊梁。他一生学习鲁迅，宣传鲁迅，捍卫鲁迅，终生实践鲁迅的教导。他是当之无愧的革命知识分子和鲁迅研究的红色专家、教育家。纪念卡片的背面，除仍突出"100"等寓意外，还在有勃勃生机的绿色背景上，标出捐款校友的姓名和所捐款额以及捐款日期。这真是一件极富内蕴的纪念品！真没想到程老师的设计如此令人满意和赞许！

李何林先生铜像捐资铸造纪念卡

此后，程老师又多次跑制作厂家，选材料，定工艺，谈价钱。凭他的诚心和热情，特别是凭他向对方介绍事情的原委，硬是感动了厂商，把价格从十元一张降至了只收成本价，六元一张。当人们拿着这张看似平常的小小的纪念卡时，有谁能想得出，它熔铸了设计者多少真情和才华啊！当我们向他提及劳动报酬时,他却一脸严肃,坚决不收分文。他说:"通过这次活动,我的收获已经很多了。我知道了李何林老先生的人品和文品,知道了学子们为什么那么崇敬他、爱戴他,知道了人应当怎样才能活得更有意义。"又说:"是你们给了我这次学习人生的机会,得好好地谢谢你们啊!"这可好,付出了那么多的精力和心血,不仅不要报酬,反倒真诚地向我们致谢! 这也说明,何林先生崇高的思想和人格精神富有多么巨大的感染力啊!

感谢我们的母校南开大学和中文系! 感谢我们的恩师何林先生! 愿母校青春常在! 母校师恩,永驻学子心中。

2004 年 11 月底于石家庄
2010 年 8 月修改

　　(按:此文由我撰写,刘绍本教授修改加工。曾以我俩署名收入南开大学出版社出版的《李何林教授、李霁野教授百年诞辰纪念文集》。此次又做修改并征刘绍本教授同意,收入本书)

一种永久的精神享受

——怀念我在南开大学中文系上学时的几位老先生

我于 1959 年考入南开大学中文系。丰富多彩的五年大学生活,是我人生道路上至关重要的一程,给我留下终生难忘的印象。而今虽已年届七旬,然每每回忆起在南开的日日夜夜,总使我感奋不已,激动异常。特别是回忆起在课堂上听几位学识渊博、德高望重的老先生讲课的情景,更使我深深地沉浸在一种极大的幸福之中。听他们讲课,不仅能获取知识、增长才干,还是一种难得的精神享受和心灵启迪。时过四五十年,这几位老先生已先后作古,但他们讲课的身影和风采,还时时浮现在我的眼前,是那么的清晰,那么的亲切,那么的迷人,那么的令人怀念……

系主任李何林先生是著名的现代文学研究和鲁迅研究专家,为我们讲现代文学史基础课和鲁迅研究专门化课。先生总是踩着上课铃声走进课堂。他中等身材,夏天穿短裤白色半袖衫,冬天总是中式棉袄罩蓝色对襟罩衣,春秋天则多穿灰蓝中山装,领口儿和兜盖儿的纽扣总是系得整整齐齐。走路腰直目平,不算太密的头发左多右少界限分明,总是梳理得十分平整。两眼不大却炯炯有神。无论何时都是那么整洁利落,透着一股勃发的精气神儿。讲一口带南方口音的普通话,抑扬顿挫,响亮而悦耳。先生的板书纲目清楚,重点突出,特别是那一手端庄、秀丽而又颇具风骨的粉笔字,更令人赞佩不已——一笔一画,横平竖直,绝无连笔。字体方方正正,从无歪斜变形。一堂课讲完,黑板上也就写满了白粉笔字,那简直就是一幅清新、醒目、素雅而又隽美的艺术品。

　　先生教学强调"三基"(基本知识、基本理论、基本技能),讲课文时多是让学生自己阅读原文,先生简要介绍作品产生的社会背景和作者的经历、思想以及他人对作品的评价,再表达自己的观点。对于一些众说不一、歧义较多的作品,先生的"妙着儿"是把作者"请出来",即介绍作者的自我评价,让大家听听作者是如何讲的,使大家在众说纷纭、莫衷一是的困境中突然有"原来如此"、拨雾见天的发现。对于一些深奥难懂的篇章,如鲁迅的散文集《野草》和一些杂文,则是逐字逐句地讲解,有时甚至连标点符号也要认真分析。先生讲课有条不紊,慢慢道来,娓娓动听,引人入胜。就像磁铁吸聚铁屑一样,把大家的注意力都吸引到所讲述的作品之中,不知不觉地得到了思想的启迪和艺术的享受。先生讲课言简意赅,绝无拖泥带水。教风从容,亲切而不失幽默。记得先生在讲解鲁迅《野草》中《我的失恋》这篇散文时,曾结合作品的思想内容和同学们的思想实际讲了一句明白得没法再明白的大实话,启发同学们珍惜五年的大学时光,好好学习文化科学知识,而不要急于谈恋爱:"世上三条腿的蛤蟆难找,两条腿的人有的是。"逗得大家都会心地笑了。而正是这句大实话,在引导学生树立正确的恋爱观、人生观方面,却可以胜过千言万语的说教,让人受益终生。

　　邢公畹先生是著名的语言学家,教我们语言学基础课和专门化课。先生也是中等身材,鼻梁上架一副近视镜,走路身子略向前倾。穿戴总是西服革履,"皮鞋擦得亮得照得见人"(先生讲语法课时举的例句之一),用现在流行的网络语言来说就是"酷毙了"、"帅呆了"。给我们上课时先生已被定成了"右派",尽管我们这些刚入学的小青年由于受"左"的氛围的影响而对先生怀有很高的政治警惕性,但却无法挣脱他那渊博知识和高超授课艺术的吸引。先生能把一般人认为枯燥无味的语言、语法、修辞课讲得生动活泼,妙趣横生。记得先生在讲述汉语修辞的特点时,曾举过这样一个例句:"有两碗面条,你吃大碗,我吃小碗。"先生说:这里的"大碗"、"小碗"绝不是字面意义上"大的碗"和"小的碗",而是指大碗和小碗里的"面条"。否则,谁能把那陶瓷碗吃到肚里啊!他一边说,一边向前探着身子,伸着脖子,瞪大了眼睛,突然顺手指向一位同学问道:"你能吗?"大家先是一愣,接着便是哄堂大笑。他却不笑,话锋一转,说这就是在特定语境下汉语在修辞上的替代现象。他还把汉字音义结合的特点和西语拼音文字的特点进行比较,举例说:"'马克思'是按声音翻译过来的人名,不能理解成一匹马去克服一种什么思想。"(后来在批判先生时,还有人提到此事,说先生是恶意污蔑无产阶级革命导师)在讲到学习和推广普通话时,先生说中国不仅各民族有自己的语言,而且不同的地域也有自己的方言。比如北方有的地方念"一个",南方有的地方则念成"一根(gēn)";北方有的地方念"一间",南方有的地方却念成"一干(gān)"等等,如果没有大家都懂的普通话,就难以交流和交往了。这些举例,既通俗易懂又生动形象,让人一辈子也忘不了。大学毕业后,我到河北师大中文系从教,曾给外语系学生讲课,在说到外语系的学生应先学好汉语时,就举了先生讲过的这些例子,引起了学生的极大兴趣,很有说服力。

孟志荪先生是古典文学特别是古典诗词研究专家,教我们古典文学基础课和毛泽东诗词研究专门化课。先生虽五十多岁,可头发却几乎全白,然留平寸头,则不仅不显老态龙钟,反而显得年轻精神。先生讲课的一大特点是十分投入,激情澎湃。嗓音虽有些沙哑,可绝不影响讲课气势,是典型的高喉咙大嗓门的高音教学。记得在讲杜甫的《兵车行》时,先生高声朗读"车辚辚,马萧萧,行人弓箭各在腰"。一口天津话,把最后一个"腰"字读成"又"(yòu),随着"又"字音的出口,先生用右手"啪"地往腰间一拍,仿佛那里正挎着弓和箭,绘声绘色而又有动感,一下子便把同学们带到了作品所描绘的生活情景之中了。在读到作品最后"君不见青海头,古来白骨无人收,新鬼烦冤旧鬼哭,天阴雨湿声啾啾"时,声音缓慢而悲愤。稍停片该,突然长叹一声:"真惨(读为 zhèn cán)啊!"眼圈也已发红。那情景,真像是亲历了那场强行征募百姓从军的悲惨场景一样,感人至深,刻骨铭心。

陈介白先生是诗经研究专家,为我们讲授先秦文学和诗经研究专门化课。先生高度近视,戴的近视镜酷似两个厚厚的玻璃瓶底儿,估计能有一千度。读课文时鼻尖几乎触到书本,和同学们谈话或交流感情时,总要低头,目光从眼镜框上边射出。单从外表和气质看,年龄似乎比前几位先生要大不少。先生讲课一丝不苟，像是自言自语而又极具魅力。为了更好地理解作品的思想内容和艺术成就，先生极为重视考证工作，哪一字含义是什么，哪句诗应如何理解，他能列出从古至今许多文字依据，相互印证比较后，择其善者而从之。既不人云亦云、随波逐流，更不简单臆断、妄下结论。《诗经》中"风"、"雅"、"颂"三部分的主要篇章，特别是国风中的大部分诗作，先生多是逐篇为我们讲授，使我们获益匪浅。现在一想起先生给我们上课的情景，耳边似乎又听到了那雎鸠的"关关"鸣叫声和那河边"坎坎"的伐檀声，而诗中所描绘的距今两千多年的一幕幕社会生活情景，也就历历浮现在眼前了。中华文明之博大精深，由此可见一斑。

朱维之先生早年曾倾力于中国文艺思潮的研究，后因工作需要又专务外国文学的教学、研究和翻译工作。先生对欧美、亚非文学极熟，对希伯来文化、犹太文化、圣经等均有深入研究。先生讲课很少看讲稿，总是笑眯眯地一个接一个地给大家讲外国文学作品中的故事，自己还根据故事情节，变换着充任其中的不同角色，胖胖的身体还做着各种滑稽动作，故事讲完了，再用极简洁的话语对作品进行评价。而故事是不能白听的——要大家课后到图书馆借来原著研读，下一次上课时，则要能复述作品大意并讲述读后感。这样的教学方法，使不少对外国文学不熟悉、没兴趣的同学有了很大的转变，极大地激发了大家学习外国文学这门课的积极性。

华粹深先生是俞平伯先生的得意弟子，是戏曲研究和红楼梦研究专家，教我们红楼梦研究专门化课。先生身材挺高，也挺瘦，患较严重的心脏病。由于身体的原因，先生多是坐着讲课，他随身带一小暖瓶热水，暖瓶盖儿就是个小水杯，讲课过程中可随时喝水。我们的教室在图书馆四层，每次上课，先生总要提前不少时间到图书馆，在同学的搀扶下慢慢地登上楼梯。每上一层楼，都要小歇一会，喘喘气，有时还要喝两口水，然后再继续登楼。上课时，先生讲一会儿就抿一两口水，润润嗓子，然后用白绸手绢蘸蘸额头的汗珠，再继续讲课。这种敬业重教的精神实在令人感动和敬仰。每次华先生上课，准有学生主动等在楼梯口，搀扶先生上楼。见华先生上楼，大家都主动让道，帮先生提包儿、拿水，就连喊喊喳喳的说笑声也顿时消失了。而在教室里的讲台上,一准是摆好了一把椅子。先生一落座,一准有学生上前为他斟好半杯热水。为了使先生在板书时尽量少走动,少吸粉尘,又一准有学生及时上前把并不很多的板书轻轻地擦得干干净净,并在墙角把黑板擦儿轻磕几下,震落粘附在上面的粉尘。先生对《红楼梦》熟到很多章节都能背过。给人印象最深的是先生讲述宝玉挨打的场面和过程,特别是贾府内不同身份的人对宝玉挨打的不同态度和表现,真是个性鲜明,活灵活现。尤其是讲到黛玉"两个眼睛肿得桃儿一般,满面泪光",以及她抽抽噎噎地说出"你可都改了罢"时,先生的语气、眼神、表情、姿态和动作,真是惟妙惟肖,俨如一位演技高超的艺术家——作品中的人物活了,情节活了,场面活了,思想也活了。

王达津先生是古典文学专家,教我们古典散文和古代文学批评史专门化课。先生身材不高,干瘦,穿着也不甚讲究,然他学高而谦谨,平易而潇洒。先生讲课就像拉家常,绝不受讲稿束缚,也不大在意教姿教态,热情澎湃,不拘一格,兴之所至,神采飞扬。常于丰富的联想和贴切的比喻中迸发出智慧的火花,多有化抽象为具体、解艰深于浅易的神奇效果。如先生在讲授刘勰的《文心雕龙·风骨》篇时,说这里的"风"是指作品有感化人的思想内容,它表现作者的情志和气质。而"骨"则指作品有支撑和表现思想内容的骨架和文词。说到这里,突然话锋一转:"我虽瘦小,可也得有骨架子支着啊!"边说边把身子立得笔直。话锋又一转,高声说道:"骨头是硬的,宁折不弯。"说着手拿粉笔十分用力地在黑板上把"骨"字夸张地写得见棱见角,坚硬无比。接着又夸张地把"风"字写得飘逸潇洒,特别是那第二画的一横一拐一甩一勾,写得又大又长,手在写,嘴里则模拟刮大风的声音:"呜——"可能因用力过猛,这"风"字的甩画写到一半,"啪"的一声手中的粉笔断了,先生稍一愣神,紧接着说:"风太大,把粉笔给刮断了。"一句话把大家逗得前仰后合,先生也孩子般天真地哈哈大笑起来。而"风骨"的含义也就在这朗朗的笑声中,深深地印在了同学们的脑海之中了。

……

以上是我在南开大学中文系听几位老先生讲课的零星记忆和切身感

受。给我们讲过课的老先生不仅这几位，而且还有不少很有才干的中青年教师也给我们讲过课，都给我留下了深刻而美好的印象。限于篇幅，不能一一列举。至于还有些著名教授尚未给我们讲过课，则只能是我们终生的一大憾事了。尽管如此，在南开中文系的课堂上，我们毕竟领略了一些老师的仪态和风采，受到了老师们学识的润泽，并开始领悟了为学之道。老师们那种敬业重教、爱生育人的崇高精神，则在不知不觉之中影响和激励着我们，这又是我们人生中的一大幸事。毕业后，我一直在河北师范大学从事教学工作（后为教学和行政"双肩挑"人员），而今虽已退休，然还多有学子相联系，每当听到他们对我的感激的话语时，我的第一反应就是：感谢那些言传身教、教我知识、教我做学问、教我做人的可敬可爱的老师们！是他们，给了我一种永久的精神享受。

2007 年 5 月于石家庄

2009 年 6 月 8 日修改

语言学家·诗人·性情中人

——为刘叔新老师七十寿辰而作

人生七十古来稀。这是老话儿了。而今,人生七十不仅不"稀",而且从宏观年龄结构来看,七十岁的人也只能算是老年群体中的"小青年儿"而已。尽管如此,当南开大学汉语言文化学院王泽鹏老师为编辑刘叔新教授七十寿辰纪念文集而向我约稿时,我还是欣然地答应了。这不仅因为七十岁毕竟是人生历程中的一个重要阶段的标志,而且因为我在南开大学的五年学习期间乃至毕业后的整整四十年,一直深受刘叔新老师的教诲、关心和帮助。在迎来这位老师、挚友和兄长七十岁寿辰的时刻,我着实有话想说。

(一)

我于 1959 年考入南开大学中文系。当时叔新老师已于南开大学中文系毕业留系执教两年。他先后给我们 59 级开现代汉语课和语言学概论课。他身材不高,却精干帅气,衣着朴素而整洁,举止稳重而潇洒,讲课有板有眼而又妙趣横生,板书遒劲而又流畅 。虽是南方人,却讲得一口相当标准的普通话——第一堂课下来便让人觉得这是一位很有朝气、极富才气的青年教师。

当时同学中有不少人不大重视语言学课程,尤其不重视现代汉语课,觉得它不过是现代国人交际的一种语言工具而已。人们整天在说它、听它、写它、看它,能有什么好学的? 也值得开设一门课? 还占那么多的课

天津东风1964

在南开大学毕业离校前夕，与恩师刘叔新（右）合影

时，纯属浪费时间。可没过多久，叔新老师讲的现代汉语课，竟然牢牢地把大家吸引住了。就连我这个自以为使用汉语没啥问题，讲普通话更是拿手好戏的北京人，也开始察觉到自己对现代汉语其实知之甚少，普通话也讲得很不规范，也不得不对这门课刮目相看，并渐渐地也对它产生了兴趣，开始下功夫学了。时至今日，有的年轻人见我虽已年过花甲，但坐在电脑前能敲击键盘打字写文章，打开手机能编发短信，便说："这个老头儿，用汉语拼音这么熟练，真不简单。"他哪里知道，这还是四十多年前在现代汉语课堂上，叔新老师教会我们的一种"基本功"啊！

　　四十多年过去了，当年那个十分帅气的、教现代汉语课的青年教师已进入从心之年，已是国内外知名的语言学专家、教授了。他教过的学生一届接一届，一批又一批，有本科生、硕士生、博士生，有国内的、国外的，难以数计，可谓桃李满天下；他的语言学学术论文一篇又一篇，专著一本又一本，可谓著作等身。他的学识和成就是有目共睹的，大家认可的。作为他的学生，我为此感到由衷的高兴和自豪！

在南开大学上学期间，在恩师刘叔新寝室内看书

（二）

　　叔新老师倾力语言学，却又爱好广泛：在艺术领域，他对音乐、美术、书法、文学等，均有浓厚的兴趣，且有相当的造诣。

　　在音乐方面，他喜欢交响乐，爱听协奏曲、小夜曲，长于演奏小提琴。他那专注而优美的演奏小提琴的身影，早已在许多人的脑海里定格。在他的书房中，音乐的磁带、光盘和书籍也占有一席之地。而客厅里摆放的钢琴，是他极好的艺术伙伴。在学习和工作之余，他常常陶醉于美妙的音乐节奏和旋律之中不能自已，情之所至，便操琴演奏起来。他能谱曲，懂乐理。曾与人合作出版《民族乐队编配简说》这样十分专业的音乐著作，也写过有关音乐欣赏方面的散文，用自己的实践和感受告诉人们"音乐世界不难走进去"。他还擅长乐队指挥，在南开大学纪念毛泽东百年诞辰的活动中，曾指挥中文系教职工合唱队演唱毛泽东诗词。在他专注而精到的指挥下，队员精神饱满，歌声嘹亮，演出极为成功，博得听众的热烈掌声和好评，给人们留下了深刻难忘的印象。他还钟情于美术和摄影，参观美展、欣赏美术作品和照片，是他业余生活的重要内容。在他的诗词创作中，就有多首是以美术和摄影作品为吟咏对象的。在诗集《韵缕——亚欧吟草》插印的六幅绘画作品中，素描《列宁在一九一七》和《郭沫若先生肖像》，就是他自己的习作。我不懂美术，这两幅素描的艺术水平到底如何，我不敢妄加评论，但那画中人物形象的神态和气质，我是分明感受到了的。他喜欢岭南画派的新型国画，也喜欢油画，但不太喜欢以神话为题材的画作，说那少有现实感，少有真实的生活写照。他不喜欢那些不食人间烟火的神怪。

至于他的书法作品，除了礼送友人外，还为《中华翰墨名家作品博览》、《全国当代书画名人名作精品集》等出版物所收。我于书法是外行，但喜欢。我觉得叔新老师的书法有特色，一看就知道是他的手笔，可算是有独特的风格了，至于是什么风格：清秀？端庄？厚重？飘逸？我说不清。我想就称之为"刘体"，大约也是可以的吧。

其艺术爱好中相比较而言，叔新老师似乎更钟情于文学中的诗词欣赏与创作活动。他酷爱古典诗词，也倾情于现代新诗，常"于忙中稍憩之际，诗兴每每涌起而不可抑"。已有诗词集《南北咏痕》和《韵缕——亚欧吟草》问世。在前不久刚刚出版的、作为南开大学文学院学者文丛之一部的《语言学和文学的牵手——刘叔新自选集》中，也收印了诗词创作一百多首。诗如其人，叔新老师的诗，多为即景抒情之作，人们说他的诗作自然而流畅，超脱而隽永。这样的评价自是中肯而深刻，但我还觉得他的诗还有深沉、厚朴、凝重的一面。即：自然而不随意，流畅而不流俗，超脱而不虚妄，隽永而不飘浮。他写的景（事）真实，他抒的情浓重，不作无病呻吟，不施空洞说教，不要雕虫小技。他的诗是思想的闪光，是感情的激荡，是美的呼唤，令人陶醉。他获"优秀诗词艺术家"的荣誉称号是当之无愧的。

（三）

叔新老师治学态度认真严谨，倾力创新，力图驻足学术前沿并攻占学术制高点。凡是和他接触较多的人，都有这样的共识。即使不曾和他直接接触，只要认真研读他的论文和专著，也不难得出这样的结论。甚或只要看一看他那些学术论著的题目和目录，也会有一种扎实感、新异感，让人眼前一亮，顿觉耳目一新。他的论著，不单是坐在书斋里或钻进图书馆潜心思索研究的成果，还是一种理性的开拓与实地调研相结合的产物。他常为某个课题而多次到工厂、农村乃至边远山区做切实的甚至是艰难的调研，即使累病了，发着高烧也坚持不止。他的理论是建立在实践基础之上的，他的科研成果有理有据，令人折服。

仅从最近出版的《语言学和文学的牵手——刘叔新自选集》，也可以清楚地看出叔新老师这种认真严谨、倾力创新的治学态度和工作作风。这本书的书名就十分新颖，再看那内容，既有语言学专业的学术论文，又有极富文学色彩的散文、随笔、序跋，还有多种样式的诗歌创作。这是"一本综合了语言学和文学两种内容的集子"，初看似乎是怪模怪样、不伦不类的大杂烩，仔细研读才知它绝不是两个学科生拉硬扯的凑合，而是二者有机的结合。这正体现了作为语言学家而又长期在文学海洋里畅游的叔新老师看问题所独有的视角和全新的思路。这本书的价值不仅在于它道出了学科交融的现实依据和规律，指出"语言知识、语言分析为文学分析和文学创作所必需，同时典范文学作品又为共同语提供规范的形态和依据"；而且在于它"一头同文艺学结连，一头跨进语言学领域"，试图"研究和解决""对于文学和语言学具有重大作用或深刻影响的问题"，它们是把语言学和文学融作一体去研究和观察的。如其中的《中国诗歌文化的语言条件》、《汉语诗句和习用语中的意合法》、《词语的形象色彩及其功能》、《语言风格、语言功能变体和文学体裁》等论文，谈的既是语言学问题，也是文学问题；既不是纯粹的语言学问题，也不是纯粹的文学问题。它是从语言学的角度谈文学问题，也是从文学的角度谈语言学问题，是二者交叉的问题，是甲中有乙、乙中有甲的问题。这种观察研究问题的新视角，新思路，正是叔新老师倾力创新的精神和风格的具体写照。

这种倾力创新的精神和风格，同样体现在他的诗歌理论和诗歌创作之中。他针对诗歌创作的时弊，曾指出"旧体诗词和新诗，只要逐步改革或改进，互相靠拢，都会有美好的发展前途"。他还分别对旧体诗的改革和新诗的发展，提出了自己的设想，尤其是对"既比较适应于表现现代人的生活和感情，又充分保持传统诗歌的优雅、含蓄"的特点的"新词"体，更是热心推崇，积极实践。这不正是对诗歌改革和发展的实实在在的促动吗？

认真严谨是学术研究的基石，改革创新是研究的动力和目标，有此二者，学术研究就能永葆青春活力，研究成果就会不断涌现。

（四）

叔新老师是专务理论的，又是酷爱艺术的。他是语言学家，又是诗人和多项艺术爱好者。而这两者又是如何能统一于一身的呢？我曾将其归结为他自身的天赋和勤奋，这固然不无道理，但仔细想来，又绝不仅在于此。那深层的原因，是否在于理论与艺术之间的相连、相通之处呢？如果是，这相连通的纽带和通道又在哪里呢？我想，这大约就在一个"情"字吧。

理论和艺术，尽管范畴不同，但其出发点和归宿却无异，即都是以人为本——理论是人的理论，艺术是人的艺术。"人秉七情，应物所感"，叔新老师既有扎实的理论功底，又有丰富的感情世界；既有国情、党情，也有亲情、友情；既有奔放豪情，也有委婉柔情。他是带着满腔的激情去从事学术研究，去实践艺术创作，去待人接物的。和他接触得多了就会知道，他不仅是语言学家、是诗人，还是一位真真切切的性情中人。

还是在我刚参加工作不久的时候，曾以工作队员的身份去农村搞"四清"。那是一个冷得出奇的冬天，农村的取暖条件又差，我没有御寒的棉衣，在城市里上学的时候尚不觉得冷，可在乡下就不行了：白天冷得瑟瑟发抖，夜里则冻得睡不着觉。那时我的工资收入只有四十几元钱，除自己吃用，还要接济老家的父母。添件棉衣谈何容易？就在我发愁如何能熬过这难耐的一冬时，突然收到叔新老师寄来的一套棉衣，这是我无论如何也没有想到的。那棉衣厚且软，真是穿在身上，暖在心头。这不仅使我真正感受到了什么叫"雪中送炭"，而且也使我对叔新老师有了进一步的认识：我本不是他的得意学生，甚至在学校期间还有点"调皮捣蛋"，有时还耍犟脾气，也顶撞过他。即使在他所教的语言学课程的学习上，也并不令他满意，甚至有时使他失望，惹他生气。可他不仅不嫌弃我，不疏远我，而且始终如一地关心我、开导我、指教我，甚至在我毕业后还惦记着我这个不争气的学生。这是怎样一种真挚而高尚的师生情啊！毕业四十年来，我们联系不断，交往益深。他关心我的生活、学习、工作和身体，给我写信、寄书、捎营养保健品，甚至专程到家来看我。这使我这个做学生的何等的感动和惭愧啊！

叔新老师每有佳作玉著，总能及时地给我寄来。其中有和我所从事的教学科研工作关系密切的，有关系不密切甚至没有什么关系的。我深知老师的良苦用心——他是在用自己的实绩来激励和鞭策我。有时我在生活中有所感悟，也曾写过一些顺口溜似的"诗"，自知浅薄，缺少诗味儿，不敢示于他人，却常呈送叔新老师。而每送一纸都能收到他的"回音"：或宏观评议，或具体修改，而且还讲明修改的理由，使我心悦诚服。他还不时屈笔相和，使我获益多多。

今年（2004 年）10 月，我有幸应邀参加百年南开暨南开大学建校 85周年的纪念活动。叔新老师知道后非常高兴。尽管母校已为我们外地来的校友安排了舒适的食宿和优质的服务，可他仍坚持要我到他那里去住，为的是一早一晚可以多聊一会儿。当时虽是初冬，但暖气未供，晚上尤显清冷。为让我休息好，他亲自为我腾床，铺上洁净的床单，连被褥也为我铺展好。接着又为我拉下窗帘，摆好台灯，并找出几本闲书让我浏览。还特别嘱我夜间去卫生间一定要穿好衣服，注意不要滑倒……简直把我当成个孩子。当我钻进那特意从床箱里取出的、里儿面儿全新的被窝时，我竟久久不能入睡了。而第二天起床后，我见叔新老师盖的仅是薄毛毯和旧毛巾被时，我的喉咙哽咽了，鼻子发酸了……

叔新老师对我可谓关心之至，体贴入微。这不正是他那认真搞学问、热心搞创作的情怀在待人接物上的一种反映吗？我深知，他不仅对我如此，和他接触稍多或是看过他的诗歌创作就不难发现，他对党，对祖国，对父老，对兄弟姐妹，对师长，对同学、同事、学生，对农村的大叔大妈，乃至对家乡的山山水水，对异国的风情建筑，对学术和艺术，对一切人和事，都充满着或爱或恨、或喜或忧、或褒或贬、或庄或谐的激情。"无情未必真豪杰","感人心者,莫先乎情"。感情充沛,这正是叔新老师精神世界的一个十分重要的闪亮方面。

新开湖畔,坐者为恩师刘叔新教授

我非常崇敬叔新老师的学识和才干,我尤其崇敬他的为人。

衷心地祝愿叔新老师健康长寿,青春永驻!

2004 年 1 2 月草就

2010 年 8 月修改

(按:此文曾收入中国广播电视出版社出版的《刘叔新先生七十华诞纪念文集》)

两位只知其姓不知其名的外语老师

上个世纪 50 年代,正是中苏友好的最佳时期。在教育上,从中学到大学,兴起了学习俄语的热潮。南开大学当然也不例外。那时中文系开的外语课就是俄语,由外语系(或公共外语教研室)的老师上课。因为不是本系的老师,师生没有更多的接触,似乎显得不那么"亲"。以至跟着老师学了好几年,却只知其姓而不知其名。教我们年级俄语的路老师和林老师,就是这样,可能全年级百分之八九十的学生对这二位老师都是只知其姓氏,不知其名谁。

(一)

大学的前三年,由路老师给我们上俄语课。路老师当年五十岁左右,中等偏高的身材,瘦瘦的,头上已见少量白发,两眼深邃而有神。他穿戴整洁,讲话不紧不慢,极富教学经验。记得我们年级刚入学时,外语水平相差悬殊,有的从高中,甚至初中就开始学俄语,已有三至六年的俄语"语龄",掌握了相当的俄语单词甚至能进行简单的日常用语会话;有的则还从未接触过俄语,连一个俄文字母也不认得,是纯脆的"俄语盲"。给这样的一班人上课,常常会出现一部分人"吃不饱",一部分人"吃不了"的局面,进而影响全体人员学习的积极性。而路老师面对这种情况,却有自己的"绝招",他上课既能激发刚刚接触俄语的同学的兴趣,让他们慢慢地进入"角色",也能使有一定基础的同学不感到浅白无味,每堂课都有新的收获。所采取的办法就类似以往在农村上小学时的"复式班"——由于生源和教室的制约，从一年级到四年级都在一个教室里，由同一个老师给上课。学生的知识层次虽不相同，但在同一课堂上都能学有所得，谁也闲不住。这样的教学，如没有相当的知识水平，没有足够的教学经验是绝对胜任不了的。而对路老师来讲，倒像是轻车熟路，驾驭自如。

路老师讲课，经常结合教学内容穿插一些个人的学习经验和体会，甚至会插入一些相关的小故事，使人听来顿觉耳目一新，往往在会心的笑声中接受了所学的知识。如针对学生们反映外语单词难记的问题，他介绍了两种方法：一是结合词组、例句和课文记单词。就是要背词组、例句和课文，把单词放到一定的语言环境中去记，放到"左邻右舍"中去记，放到一定的词语关系中去记，而不是孤立地背单词。二是利用俄语和汉语中的一些谐音现象，把生疏的俄语单词变成熟知的汉语词汇或短语。这两种办法确实灵验，效果也明显。比如俄语中的"星期日"是"воскресéнье"，根据谐音可记成汉语"袜子搁在鞋里"；俄语中的"炸弹"是"Бóмба"，记成汉语的"嘣—叭"，类似爆竹二踢脚的爆炸声；俄语中的"单人沙发椅"是"крéсло"，就记成汉语的"可怜死了"，除谐音外，本来坐在沙发上是很舒服的，却记成它的反义"可怜死了"，对比强烈，记忆深刻。采用这种方法，有的单词只随意念一遍，就会终生不忘。只是有些谐音仅近似而并不准确，不规范，在会话中，一定要严格按照俄语的发音标准和会话习惯，而在书写俄语时，不要把相应的字母写错或丢掉就是了。

作为一名外语教师，路老师还善于在教学中融入有效的思想工作，使学生在学得知识的同时，不知不觉地得到思想的启迪和认识的提高。记得当时有些同学，特别是有些立志于学习和研究古典文学的同学，觉得自己一不打算研究外国文学，二不打算出国，外语学不学两可，学了也没什么用处，白耽误时间。路老师知道这种情况后，便在一次辅导课上对大家讲：外语不仅是一种交际工具，还是一种文化，是人生在世应当接触的一片新的天地。这里有你尚未发现的五彩缤纷的奇妙世界，这个奇妙的世界，别人能看到，能在其中徜徉、享受，你却不能，该是多大的遗憾！说着，他便顺手从讲台桌上拿起厚厚的一本俄语书翻了翻，便深情地朗读起来，

声调或慷慨激昂,如大河奔腾;或柔情细语,似小桥流水。他完全陶醉在
作品之中了,那神态,那表情,那声调,那语速,严然一位演技高超的说书
人,全身心地创造着感人的艺术形象。朗读告一段落,他深深地换了一口
气,满足而神秘地说:"多好啊……"当时我们虽不知他朗读的是什么内
容,却被他所创造的艺术氛围深深地打动了,真有一种非常神奇的感觉。
后来才知道他朗读的是19世纪俄国伟大的积极浪漫主义诗人普希金的
抒情诗《致大海》。就这样,一些原以为学外语没什么用处的同学,都纷纷
打起精神,怀着渴求而好奇的心情,步入了外语这一片新的天地、新的世
界。

有的同学向他讨教学外语有没有什么诀窍? 他笑笑说:"要说诀窍,
也有也没有。说有,是指有些规律性的东西和经验可供借鉴;说没有,是
指不下苦功夫不行。"接着他向大家介绍了两条经验:一是要"零敲碎打",
然后积少成多,不可能一口吃成胖子;二是反复实践,多读多写,多听多
说,"不能三天打鱼,两天晒网"。在老师的启发下,不少同学每天起床后
的第一件事就是要到室外念一阵子外语,然后再洗漱。为了便于"零敲碎
打",不少同学用白纸订一个比手掌还小的本子,上写满了俄语单词或词
组、短语,有的则是将印刷厂切下废弃的碎纸条,稍加剪裁叠成厚厚的一
沓儿,用猴皮筋缠上一头,每一页可写两三个单词。放在口袋里,课间、走
路、等待图书馆开门、甚至上厕所时,都可拿出来看几眼、背几句,其效果
比集中一两个小时去死记硬背要好得多。

为了培养和提高同学们对外语的听说能力,在二、三年级,特别是在
三年级时,路老师在课堂上无论讲解还是提问,多用俄语。有时大家听不
懂,他宁可说慢点,甚至不厌其烦地重复几次,也不轻易讲汉语。他鼓励
大家大胆张嘴大声说,不怕出丑,不怕别人笑话。他常说:"在学习的过程
中,出点丑很正常,不可笑,更不可怕。可怕的是为了不出丑就不去大胆
地学。"在老师的鼓励和带动下,同学们放下思想包袱,大胆实践,不仅在
俄语课堂上,而且在课下、在寝室、在操场、在食堂,乃至在路上,经常听到
俄语会话声。这些会话,有的流畅,有的生涩,有的则连说带比划,更有的
则是俄语、汉语混杂运用——形成汉中有俄、俄中有汉、亦汉亦俄、非汉非

俄的语言交际现象,旁人听不懂,觉得好笑,然而会话双方说者认真,听者明白。就这样,既营造了学外语的氛围,又活跃了校园生活。不少人感到学外语不仅不是令人发怵的负担,反是满有情趣的乐事。大大激发了学外语的积极性,学习成绩也有了相应的提高。

(二)

到了四年级,可以选修第二外语,也可以继续学习俄语。考虑到课程紧张且精力有限,我选择了后者——想把俄语学得稍好一些。这时给我们上课的是一位年轻的林老师。这位林老师三十岁左右,北京大学俄罗斯语言文学系毕业,南方人,他曾在南开校刊上写诗自称生于"沱江之滨"。虽年轻,可看上去身体并不健壮,且头发稀少,已显"谢顶"。他穿着朴实,注重仪表。文绉绉的气质,显得十分儒雅,却不失年轻教师所共有的热情和朝气。

可能是到了四年级,外语有了一定的基础了吧,林老师为我们上课并不特别注重课文的讲授,多是把课文中的难点疏通后,就把更多的时间和精力放在了相关的课外阅读材料和知识上。这比读课文要复杂得多,问题相对也多了。于是,不仅在课堂上,而且在课外,经常有学生要登门向老师求教。林老师对这些"不速之客"从不反感,总是视为上宾,热情接待。

记得1962年冬的一个大雪天,我为看俄文版的《文艺理论问题》时遇到的问题去林老师家讨教。当时他虽正闹病,可仍热情地帮助我解决了难题。此后和他的接触便多了起来。这年除夕,我去他那拜年,并以一首小诗《教师赞》奉送:

　　您在灯光下全神备课,
　　把身影印在柔静的窗帘;
　　您在黑板前娓娓地讲说,
　　把知识的种子播撒在学生心间。
　　劳动的汗水把它滋润,
　　智慧的阳光把它温暖。

相信吧——

园丁身旁那株株幼苗，

定会开出鲜花满天。

他看过后，一方面鼓励说："诗写得不错，有真情实感。"一方面又十分谦虚地说："我可承受不了这么高的赞誉，只能是心向往之，努力为之吧！"

这年暑假，我看一本语言学方面的俄文原版书，遇到两大段文字无论如何也弄不懂。就又去请教林老师。那时他住在校园东北角的北村。进他家后也没注意有几间房，也不知道他家有几口人，也没顾得寒暄打听，开口便请教问题。林老师接过书看了看原文，又斟酌了一会儿，便耐心地给我讲解。可讲来讲去，我仍是不明白。适逢来了一位客人，林老师见我一时难以想通，便要我把那本外语书留下，约定周六再去他那一趟。而在星期五晚上熄灯前，他却突然到学生宿舍找到我，说他明天有事，接待不了我，让我后天中午再去。说完也没多做解释，便匆匆离去了。这件小事给我印象极深，也很使我感动。按说，因有特殊情况不能践约，在门上贴个纸条说明情况也就可以了，这也是一般人常用的方法（当时的自行车还是一般人难以拥有的高档交通工具，而电话还只是办公用品，对于学生宿舍和一般教师家更是可望而不可及的奢侈品）。而林老师却从北村至学生第二宿舍，步行二十来分钟找我，并再次约定，改换时日继续为我辅导，这对学生是何等尊重，何等热情，对工作又是何等认真，何等负责啊！

我如约在星期日中午赶到他家。一进门，见他身着背心、短裤，汗流浃背地正在倒弄什么，床上地上堆放得乱七八糟。见我进门，他一边腾出一把椅子一边不好意思地说："对不起，太乱了。"并说他正在收拾东西，已买好火车票，今晚要乘车回南方老家。又说临走前，一定帮我把那两段外语弄明白，以免一耽搁就是一个假期。还说为了把问题解答得更明确、更容易理解，他还特地请教了另一位老师。边说边迅即从案头拿起我留下那本书，一面扇着折扇，一面耐心细致地为我讲解起来。费了不少劲，终于帮我啃下了这块"硬骨头"。我高兴，他也欣慰。而令我没想到的是，正当我沉浸在茅塞顿开的满足和喜悦之时，他却说："因为要回家，有些事情还没准备好，实在没时间给你笔译成汉语了，真对不起！"听了这些，我周身立即涌起了一阵暖流，激动得几乎落下了热泪，也不知该说什么好了。只是觉得他既像长辈又像一位大哥哥，把我当成孩子或小兄弟，关爱、指教、帮助我成长。我想，自己不过是一名极普通的学生，既不是俄语科代表，也不是俄语学得多么好的学生，跟他更非亲非故，他能如此对待一个普普通通的求教学生，这该是怎样的一种胸怀和境界啊！只是那时年幼无知，竟没有问问林老师回家带的东西多不多？拿得了不？更没想到要帮老师拿些东西，往车站送送老师。现在想来，不光失礼，简直不通人情，真是追悔莫及！至今，仍不知那天林老师是如何手提肩背地从学校到八里台汽车站、从八里台到天津火车站，又如何历经劳顿而回到南方老家的，也不知林老师怪罪我这个愚钝的学生、这个不懂事的孩子不……

1963 年除夕，我曾给林老师送上一张贺年片（现在叫贺卡），是学校自己印的，极简朴，明信片大小，印有学校的景点，如新开湖、图书馆、马蹄湖、教学楼、小桥流水等等，上面留有写贺词及祝福语的地方。我在上面写了一首小诗，当天的日记中记下了这件事。那诗写的是：

去岁披雪夜登门，灯光笑影氛暖人。

除夕漫话丰收景，元旦再跨跃进门。

一年一度时易逝，一度一年情更深。

而今又逢除夕日，且看琼玉罩桃林。

诗意谈不上，可情感还是真实的。那晚林老师和我聊得非常开心，已经很晚了，不仅没有散意，老师还非要给我做饭吃不可，我执意不肯让做，相持不下，只好互相都做了让步——喝了几杯白酒，吃了些现成的下酒菜。老师酒量不大，两口酒下肚，脸也红了，本已"解顶"的脑门儿更亮了，话也更多了，直至过了午夜，方才"散宴"。那真是一个轻松自在十分开心的夜晚！

林老师教了我们一年俄语，后虽然不再给我们上课，但遇到难题还常常登门讨扰，每次都能得到热情而满意的指教，获益良多，印象深刻。

不过，尽管我曾多次到他家去，多次谈到学习、校园乃至社会上的诸多问题，但对于他的小家庭，却从未谈起，也没见过他的妻子和其他家人。

他没说，我也没打听过。至今我也不知道当时应不应该打听这方面的情况，现在想打听、想知道则早已时过境迁了……

毕业后，由于很快参加农村"四清"运动，紧接着又经历"文革"劫难，长时间中断了与林老师的联系。后来尽管我多方打听，终因时隔久远，加上仅知其姓，不知其名，至今也没有联系上，也不知今生还能否联系上，该是多么的遗憾！

2009 年 1 月草就
2009 年 3 月 28 日修改

恩师　兄长　挚友　榜样

　　我和刘叔新老师的第一次相见,是在考入大学后第一学期的"现代汉语"课堂上。那时我还是个稚气未脱的毛头小子,而长我 6 岁的叔新师则已是名牌大学的教师了。五年的大学期间,他除了在课堂上传授给我语言学的基础知识、基本理论以及相关的学术研究信息和成果外,还从多方面关心、指导我的学习和成长。他是我敬重的恩师、可亲的兄长、无间的挚友和学习的榜样。在校期间乃至毕业后到如今的几十年里,我一直对他怀有深深的敬意和拳拳感激之情。

(一)

　　上个世纪 50 年代的南开大学中文系,正规的全称是"南开大学中国语言文学系",包括"文学"和"语言"两个专业。其中的文学专业又分中国文学和外国文学,而语言专业则仅含汉语。我们这些刚刚来到中文系的大学生,绝大多数都是冲着"文学"而来的,对语言专业既不熟悉,更不重视。以至于对开设"现代汉语"课也很不理解,觉得学外国语和古代汉语很有必要,因为要接触和学习外国文学和中国古典文学,没有足够的外语水平和古汉语知识是很难进行的。可学习现代汉语又有什么必要呢?我们不是每天都在说着、看着、写着、用着现代汉语吗?干嘛还要列为一门专业课程去学呢?我也正是怀着这种不解和反感的情绪走进教室去听第一堂"现代汉语"课的。

为我们讲"现代汉语"课的正是这位英姿勃发的刘叔新老师。那时他留校(南开大学)任教了几年,去北京大学进修了一段时期又返回南开不久。正是通过叔新老师讲授的"现代汉语"课,使我知道了现代汉语绝不仅仅是说汉语、写汉字而已,它更是包含有语音、语法、词汇、修辞、逻辑、语言史、语言理论等丰富内容的专门学科,是与社会的政治、经济、文化以及人们现实生活密切相关的一门学问。掌握好现代汉语,是学习和研究中文系其他课程的基本条件,也是中文系学生必须具备的"看家本领"。刚接触到这门课时,觉得它枯燥无味,不感兴趣,但经过叔新师的讲解,几堂课下来,却渐渐地不反感、有兴趣以至有些着迷了。这固然取决于这门学科自身所具有的魅力,但在很大程度上也取决于叔新师的讲课艺术。尽管当时他还只是走上讲台不久的青年教师,但讲起课来很有自己的风格。主要表现是:思维敏捷,表述准确,条理清楚,逻辑性强。概念、命题、观点交代得清清楚楚,一是一,二是二,毫不含糊。而语言表达则是简明中充满幽默而又绝无夸夸其谈。他还特别善于调动学生的积极性,常用大家在日常生活中熟知的实例,来说明一些抽象的定义和道理。记得在讲解同义词、近义词和反义词以及怎样才能使语言变得生动活泼这样的问题时,他先让同学们议论并说出人的"笑"有多少种表现形式。大家不用举手更不用起立,就在座位上争先恐后地发言了,你一言我一语,课堂气氛十分活跃。不大一会儿,就相继讲出"微笑"、"大笑"、"狂笑"、"傻笑"、"冷笑"、"暗笑"、"奸笑"、"狞笑"、"假笑"、"笑哈哈"、"笑眯眯"、"笑呵呵"、"笑嘻嘻"等大家都十分熟悉的"笑相"。随着发言频率的减慢,渐渐地教室平静了下来,可大家的脑子却一直在紧张地运转着,搜索着。宁静中突然冒出一声"笑里藏刀",大家先是一愣,紧接着就是哄堂大笑。这笑声未落,不知哪里又冒出了一声"笑面虎",这下大家笑得更厉害了。而正当这笑声渐消,人们搜肠刮肚再也想不出新"词儿"的时候,座位上忽又喊出了一声"皮笑肉不笑",逗得人们笑得前仰后合,好一阵也消静不下来。这时,叔新老师才开始讲解:这多种"笑"中,哪几个是"词",哪几个是"语";什么是同义词,什么是近义词和反义词,哪几个是同义词,哪几个是近义词;它们之间的区别和联系在哪里,它们各有什么用处等等。大家很容易就理解了,而且记得牢固,终生难忘。

除上课外,批改课堂笔记和课外作业也是指导和帮助学生学习的重要手段。我那时很贪玩,记笔记和做作业不认真,字迹也潦草,老师看过后,上面总是留有多处红笔改过的地方,不仅点评实事求是,恰到好处,令人信服,就连那些批改的文字,也都极其工整,一笔一画,绝无连笔;端庄沉稳,绝无歪斜。对照我那些连自己也往往认不出的"狂草",真是脸红得无地自容。有老师的"样板"在,哪里还敢再"龙飞凤舞"?

叔新老师对我的指教,又不仅局限在语言专业方面。特别是彼此熟悉了以后,我还经常把自己写的散文或读后感、短论什么的给他看,请他指教。他不仅不嫌麻烦,而且总是欣然允诺,每次都看得既及时又认真,批评意见既准确又深刻。即使是一两万字的长文如学年论文和毕业论文(都是文学理论类的),从论题的立意到主要观点的阐述,都曾征求过他的意见。文章写成后,他都认真看过并提出中肯的修改建议。除文章的思想内容外,还特别注意文章的组织结构以及语言的表达技巧,使我获益良多。

他还结合自己搞科学研究和撰写学术论文的经验和体会,教我如何选准课题,如何积累资料,如何提炼观点,如何学习和借鉴他人的研究成果,如何突破创新等等。虽不是长篇大论,也不求体系完整周严,但具体深刻,极有针对性,我听来就像久旱逢甘露,十分解渴、管用。他的教导激发并提高了我的理论钻研兴趣和逻辑思维的能力,使我受益终生。

为了指导和帮助我的学习,叔新师还经常向我推介一些课外读物和相关信息,使我了解某些学科领域在历史上和现实中的突出研究成果,大大开阔了我的知识视野,强化了我的求知欲望。那时他虽只是个青年教师,但却有满满好几书架的图书,就连床边、案头甚至窗台上都码放着一摞一摞的书籍。我每次到他住处去,总要把他那几个挤满书籍的书架浏览一遍,看的次数多了,就连哪一类书在哪一书架哪一层的大体位置,都能准确地记得。这些书籍,主要是语言学类的,也有相当一些是哲学类的,文学类的,史学类的,还有不少是艺术类的。所有书籍,只要不是他当下正用着的,我都可以任意翻读、借阅。有时他见我特别喜欢某一本书,还慨然相赠,或是特意到书店再买一本给我,令我惊喜而感动。我至今仍喜欢读书和买书,那兴趣,可以说是在叔新师的影响下逐渐养成的。

(二)

我从青年时期在大学课堂上和叔新师相见,到后来的相交、相知,于今(2010年)已是第51个年头。半个世纪来,不管是在南开园那五年的青春年华,还是在以后几十年的漫长岁月,他都像一位可亲的大哥哥一样关心、帮助我,而且就像他做学问、写文章那样地周到和细心。有不少关于我的事情,我早已荡然忘却,他却清楚地记得;有不少我应做到却连想也未想到的事情,他想到了,便提醒我去做,而且还常和我一起做。这种关心和帮助,用"细致入微"来形容,是最恰当不过了。每念及此,常使我既感动钦佩,又惭愧自责。

1963年寒假后开学的一个周末的晚上,我在图书馆看书至十点多钟图书馆关门,却一点困意也没有,便决定到叔新师那里去接着再看一会儿书。因为我知道,每逢周末,他同室的老师外出,屋里仅剩叔新师自己,而十二点前他是绝不休息的。见我到来,叔新师十分高兴,并问我为什么不早点来。弄清情况后,便埋怨地说:"好容易到周末了,应好好休息才是,还看什么书嘛!"我见他那认真而又有些微怒的样子,便顺手指指他桌上仍打开着的书和书旁的笔记本,以攻为守地说:"你不是也在看书吗?"他立即机敏地答道:"我看的是闲书,看闲书也是一种休息。"其实,我知道他看的并不是闲书,可并没予以"揭穿",便又理直气壮地反守为攻:"我也是在看闲书,在休息呀!"他知道我是强词夺理,便不再和我计较,只是笑眯眯地说:"那好吧,咱俩今晚谁都不要再看书了,好好轻松一下吧。"只见他顺手打开窗户,从外面窗台拿进一个铝制饭盒,一边打开盒盖儿一边说:"你先把这个吃掉!"我一看,啊!竟是几片炸馒头片儿。那年月,这可是多年未见的高级食品了,焦黄焦黄的,散发着馋人的油香,加之已是夜里十点多,晚餐入肚那点"瓜菜代"的汤汤水水早已耗尽,一嗅这焦香,肚子竟咕噜噜地叫了起来。看着我惊异的傻样儿,他忙解释说:"正月十五元宵节,食堂改善伙食,供应炸馒头,每人四两。我吃不完,给你留了一半。

好几天了,屋里有暖气,我一直放在窗外,唯恐它变质。"边说边令我吃下。我知道细粮在一个人的粮食定量中所占比例很小,纯白面的馒头,一周也只能吃一次而已。叔新师是广东人,对北方的粗粮本来就吃不惯,好不容易供应一次馒头,还舍不得都吃掉(哪里是什么"吃不完"),却留一半给我,而且竟然精心留了好几天。看着那炸得焦黄焦黄的馒头,我愣住了,竟然不知到底该吃还是不该吃。而叔新师则一再催促,不吃不行,吃不完也不行。见他真的要生气了,我才半被迫、半自愿地吃下。他静静地看我吃完了,现出了满意的微笑。炸馒头酥且香,印象极深,然而印象更深的则是叔新师那急而欲恼又转为开心惬意的表情——是那么的真挚,那么的恳切,那么的不容置疑!

1964年1月下旬,进入了期末考试阶段。一天下午,刮着西北风,格外的冷。我在寝室正准备躺下休息一会儿,忽有笃笃的敲门声,一开门,原来是叔新师来找我。为不影响他人休息,他并未进屋,而是示意我出去。我以为一定有什么重要而急迫的事情了。在楼道里,他轻声对我说:"明天不是开始考试了吗?带上这块表吧,好掌握住时间。"边说边从手腕上摘下那铮亮的手表,硬塞给我。我推辞,他索性拉我的手,硬是给我带在了手腕上。那一刹那,我突然感觉到他的两手冰凉——从他住的芝琴楼,到我住的学生宿舍,要迎风由东向西走好几百米的路,他并未穿棉衣(五年间,我从未见他穿过棉衣),只在呢装外罩一件夹大衣,头戴一呢制的鸭舌帽,鼻子、耳朵冻得通红,没戴手套,难怪他的两手那么凉。此时此刻,我真不知该说什么才好了。我把他送到宿舍楼门口,寒风把门刮得一开一合地乱叫,他边拦住我边说:"外面太冷,你穿得少,赶快回寝室,还可再休息一会儿。"我执意把他送出宿舍楼门,见他上了路,疾步朝东走去,那夹大衣被风吹得下半身乱摆,根本裹不住那身子。我的眼睛模糊了。

1964年7月底,已进入毕业教育的个人鉴定阶段。虽说是个人鉴定,但要经小组集体讨论通过,并经党团组织审查认可后,才能装入个人档案的。大家对此都十分重视,从早到晚都是彼此谈心、征求意见、起草、修改,忙得不亦乐乎。一个星期六的下午,叔新师突然约我到市内去购物,说是明天他要回老家看望父母,需买些东西带回去,并说为了争取时间,下午班里的集体活动一结束就出发。我如约而往。记得那天下午刚下过一场大雨,街上积水很多,有的路段出了问题,公交汽车要绕道而行,到市内天就快黑了。好在车站旁边就是天津市最大的百货公司,吃的、用的在这里都能买到。可叔新师却说时间还来得及,非要先去照相馆照张合影不可。他说:"我这次回家,要半个月才能返校,万一此间你们的分配方案一到,就立马要去工作岗位,那不就照不成了吗?"我一想,这话也在理,便一起急忙找到一家照相馆去照相。好在那里不太忙,我们稍坐片刻便开照,没耽误太多的时间。走出照相馆本该去购物,不料叔新师却又改变了主意——非要找家饭馆吃饭不可,并说:"往家带的东西其实早已买好,今晚出来的任务一是合影,二是吃饭。"我这才知道自己是"中计"了。看看时间已晚,早已过了学校的开饭时间,也就只好照他的意愿办了。

饭馆里的顾客不太多,我俩找了个僻静桌子落座。他根本不征求我的意见,一下子点了好几个菜,而且竟然还要了一瓶青梅酒。我虽反对,他却说:"今天这酒是一定要喝的。"服务员当然积极配合,菜饭未上,就先送来一瓶酒、两只酒杯,而且迅即用起子把瓶盖"叭"的一声打开,来了个"先下手为强"——酒已打开,喝不喝由你,钱是一分也不能少付的。那天的菜肴上得还算及时,记不得都要的什么菜了,反正是有鱼有肉有蛋有青菜,满丰盛的。我正要斟酒,叔新师却一把夺过酒瓶,我忙说:"哪有老师给学生斟酒的道理? 使不得,使不得!"他却说:"今天这酒必须由我来斟,致酒词也必须由我来致!"掷地有声,没有一点商量的余地。弄得我不知如何是好,只好由他。斟满酒后,他把酒杯高高举到我面前,动情地说:"来,为祝贺你大学毕业,干杯!"我一是盛情难却,二是自以为年轻力壮,并未把那不足一两的一杯果酒放在心上,便和他碰杯,一扬脖,喝了个精光。第二杯满后,他又举起杯朝我说:"预祝你愉快地走上工作岗位,开始新的人生征程!"这杯当然也不能不喝,又是一扬脖,大口灌下。菜还没顾得吃,他又举起了第三杯:"为你的 24 岁生日,干杯!""啊!"我无论如何也没想到他竟然记得我的生日,而且这么郑重地为我祝贺。说实在话,我虽然记得自己的生日,可只有儿时妈妈为我操持过,那时只要条件允许,妈妈总要在这一天为我做上一碗又白又细的生日面,有时还要煮一个鸡蛋。自从离家上中学后直至上大学这些年，我自己从未过过什么生日，脑子里根本就没有过生日的概念。今天叔新师这一举动，着实令我吃惊，令我感慨。于是，二话没说，又把这第三杯酒一口闷掉。原觉得这果酒，酒精度不高，甜丝丝的，跟喝汽水儿差不多，没成想，这三杯酒一下肚，五脏六腑都热乎乎的，再喝几杯后，脑袋就涨了，舌头发硬了，腿也发软了。什么肉啊、鱼啊、蛋啊，嚼在嘴里都一个味儿。而且越往后脑袋越沉，以至这生日餐是如何继续进行的，又如何收场、如何返校的，则全然不记得了。那是我一生中第一次尝到了醉酒的滋味儿。

（三）

和叔新师熟了以后，没少到他住处去打扰，常常碰到的有三种情景：一是他在静坐读写；二是他在拉小提琴；三是他在与人争论（学术）。在前两种情景下，我的到来会使他立即停下正在做的事情，忙和我打招呼并热情地招待我。若遇第三种情景，则他根本无视我的到来，依旧和别人争论得不可开交，直到对方叫停说："有客人来了，不争了，不争了"。可他仍不依不饶："他不算客人，让他也来参加争论好了。"我一则不大懂他们争论的语言学问题，二则闹不清他们争论的焦点到底是什么，所以是决不肯介入的。也算给我这"不速之客"一点面子吧，他们才互不服输地暂停争论。

这种争论，也经常在我和叔新师之间进行。每当此时，我们俩已无师生之别，而成了无间的朋友和同事。

记得有一次周末看完电影后到叔新师那里去，正值他在写一篇关于"风格学"的论文。还没等我坐稳，他便向我说起文章的基本观点和大体结构，并征求我意见。正好我在不久前的文艺理论课上刚学了点"风格"方面的知识，便不知天高地厚地在"班门"弄起"斧"来，但由于我讲的是文学艺术方面的风格，而他讲的是语言学方面的风格，当然就谈不拢，争得脸红脖子粗，有时还互相指责，甚至互相褒贬，谁也说不服谁，直至近十二点，意识到这三更半夜的会惊扰左邻右舍，才不得不"休战"，且相约来日再战个谁是谁非。

和叔新师交往最频繁、关系也最密切的时候是在临毕业前。多是到他那里去，或漫无边际地聊天谈心，或集中讨论某种社会现象，涉及范围既有专业学术方面的，也有政治思想方面的，还有日常生活方面的，可谓无所顾忌，无所不谈。

1964年暑期，我们毕业班不放假，进行毕业教育并等待分配。一天我去火车站接他从老家归来。那是一个晚上。到校后他稍事整理，便不顾旅途劳顿，立即和我畅谈起来。起初是谈他这次回粤观感，看得出，他对故乡的亲人，对老家的生活，对粤穗的山水，都怀有极为深厚的爱恋之情。讲起来情绪高昂，手舞足蹈，大有欣喜若狂之势。可话题一转到我即将毕业离校时，一种恋恋不舍之情却溢于言表。我们回忆过去，畅想未来，竟聊到凌晨四点多。第二天晚上又聊到凌晨两点多。第三天下午又相约去水上公园，边游园边聊天。从国内外形势到身边琐事，从为人处事到治学方法，可谓山南海北，海阔天高。具体内容多已忘却，唯有两点，至今记忆犹新。其一是直言不讳地谈及各自的优缺点，互相勉励，互相提醒。还记得他给我指的缺点是急躁、偏激、好自以为是。对此，我不仅当时认可，而且在以后几十年的人生历程中始终牢记，并努力纠正改进。可能是"本性难移"吧，至今也没改好，每想到此，常感愧疚不已。其二是他主动向我谈起自己的婚恋问题，并征求我的意见。态度之认真、恳切、信任，实在让我惊异和感动。因为在以往他曾多次问及我是否已处女朋友了，有无目标，有什么打算，等等。还不断地就此给我提醒和指导，甚至指名道姓地催我主动与某某联系。而于他自己的婚恋事则从未向我透露过半个字，我作为他的学生，也从未敢去触及他这一最敏感的神经。如今，他竟不待我问询而主动做了"交代"，真是始料未及。后来我才知道，关于他自己的婚恋，不仅未对其他任何同学谈及，即使在他们那些青年教师同事中，也极少有人知晓。对我，可算是信赖之至，我也真的是得天独厚了。

我还清楚地记得，就在我毕业告别南开的前一天晚上，我到叔新师处去告别，没想到竟然又争论了大半宿。起初说的是我毕业后应如何面对复杂的社会现实这个话题，可不知怎么的，又扯到能否在政治上给一个人打包票的问题了。我认为一个人在工作和生活中犯错误是难免的，但如果他真正地树立了科学的、革命的世界观,则至少不会在政治上、立场上犯错误。叔新师则认为事物总是在发展变化的,一个人的世界观也不例外,先进和落后,革命和反革命都是可以互相转化的。因此,不能说一个人树立了科学的、革命的世界观就可以不犯政治、立场性的错误了。我则强调"真正"二字,认为之所以会有"转化",正说明他原本就没有达到"真正"。紧接着,又争论到"真正"的标准是什么?怎样才能达到"真正"?达到"真正"之后还要不要发展等等,一直争论了很久。当年的日记清楚地记下,那一夜我只睡了一个小时的样子。我本来是去道别的,无论如何没料到会以这样的争论度过在母校的最后的一个夜晚。那时的我,是多么的幼稚、偏激而又狂傲啊。

五年的接触中,我俩之间的争论实在太多太多了,但这不仅没使我们彼此反感、生分、疏远,反而更加了解、相知和亲近了。我毕业前,他不仅帮我做好走向社会的多方面准备,而且特地送我一个精美的日记本,更为难得的是在日记本的扉页题诗一首:

让忠实的笔调
　　剖析和锤炼思想
让感情的火花
　　在字行间迸发闪光。

扫尘拭垢
　　你能维护心胸的净朗。
黾勉自励
　　你会葆住朝气的芬芳。

愿你青春的录写,
　　成为永远鼓舞战斗的力量。
愿我册首的赠言啊,
　　也随着纪念在你的心上。

致

亲爱的方弟

新

一九六四年二月于南开

这是在我快要毕业的特定时刻,题在特定的纪念品上的赠别诗,也是叔新师专门给我写的第一首诗,情真意切,感人至深。字里行间充满了对我的信任和厚爱,寄托了对我的期望和鼓励。毕业后,我一直坚持写日记的良好习惯,直至"文革"中。造反派把我的十来本日记当作"黑材料"抄去审查,使我既气愤又无奈。万幸的是这些"黑材料"未被烧毁,我被平反后又回到了我手中。可这写日记的良好习惯却就此终止。我至今悔恨我的意志不坚,以致造成这终生无法弥补的缺憾。面对叔新师给我的赠别诗,我是何等的惭愧啊!

(四)

叔新师对人、对工作、对学习、对生活都倾注了极大的热情,付出了极多的精力和心血。几十年如一日,从无怠惰,即使处于病痛中,也从不放松自己。古稀之年,仍在勤奋地为社会、为人民做贡献,实在令人钦佩。

叔新师为人善良、忠厚、耿直、坦诚。他不会耍小心眼儿,不会搞小动作,更不会算计他人。和他交往,不用顾虑什么,更不用提防什么。他的心思,既沉在心底,也写在脸上。这在中文系乃至全校,已是出了名的。他孝敬长辈,双亲在世时,他无论多么忙,隔一两年总要挤时间从天津回广州老家去看望父母和亲人;他尊重师长和贤达,虚心学习他们的为人和为学,从未听他在私下对师长有过微词或说三道四;他爱护学生,无论在思想上、业务上,还是在生活上,就像待自己的兄弟姐妹或子女一样;他善待每一位善良正派的人,不论职位高低,不分年龄大小,即使遇到有难的路人,也会热情相助。

1963年暑假,我正在家度假。我家住北京西郊,是首都钢铁厂的"厂中村",进村出村都要经钢铁厂的厂门,村民都持有厂方发的"出入证"。外人进村,都要事先约好,由村里人到厂门去接。一天,突然有人捎话来,说在钢铁厂的大东门有我们家的亲戚进不来,要快去接。我赶紧借了辆自行车前往接人。从我们村到大东门有四里多路,路上我一直在想,到底是哪门亲戚呢?离大东门老远,见那门卫室的外面立着好几个人,走近些,才看清那其中有一位竟是我的叔新老师!真是喜出望外。记得临放暑假时,叔新师曾说过假期照例要回老家看望父母,返回后再到北京看望哥嫂,如成行,还打算来看我和我的爸妈。当时我并未太在意,一是他能否来京还说不准;二是从市内到我家要乘长途汽车走三十多里路,下车还要步行四里多地,再加在市内几次换乘公交车,光路上就得消耗大半天时间。即使他能来京,也未必有时间能来我家。可没成想他真的来了!我埋怨他事先没给我写封信,以致让他在厂门口苦等了许多时间。他说写信要走两三天的时间,时间来不及就径直闯来了。没想到钢铁厂的门卫这么认真,硬是不让进。那时家里没有电话,便只好托进村的人给稍口信儿了。见他满头大汗的样子,我真不知该说什么才好了。那一次,他在我家小住一夜,吃的是农家饭食,睡的是农村土炕,喝的是永定河水,听的是北方农村的"京腔",倒也满有情趣。他亲切地称呼我的爸妈"伯父"、"伯母",叫得老两口既不好意思,又高兴得合不拢嘴。我曾问他:"那次时间那么紧迫,怎么舍得花两天的时间来我家?"他说:"与人相交,应当言必信,行必果,说到做到。否则,就是对别人极大的不尊重。"叔新师虽是书生气十足,但却讲义气,重感情,心口一致,可信可交。

也是在那个暑假里,是临近开学的一天,我正在家里做返校前的有关准备,突然有邮递员送来一封电报,吓了我一大跳。拆开一看,原是叔新师发来的,说学校已延迟开学,告我不必急急返校。两天后,又特写一封信来,详细说河北省及天津市因大雨成灾,不得不延长假期。要我调整假期活动安排。随后,我也收到了校方发的正式通知。就是这么一件本来不必由他劳神的小事,竟是又发报又写信地通知我,这种为人的态度和举止,实在令人感动。我还听到叔新师的同事中广传的一则"笑话":叔新师在校内路上被一青年学生骑车撞倒,本来责任全在学生那里,可叔新师爬起来后,竟先问对方跌伤了没有,并掏出 10 元钱让那学生去修车子。善哉,斯人也!

　　记忆中,我在校的五年及毕业后的几十年里,叔新师为我、为别人,想到、办到的事情太多太多,而他却很少求人为自己办事。有时他为治病,托我从石家庄买些中草药,还一定要如数付款,我不收,他就跟我"急"。用他的话说就是:"已经给你添了麻烦,怎能再让你破费呢?"此外,他还十分郑重地托我办过两件事,却都是帮别人办的。一是为他的学生的亲戚的工作调动的事;另一件则是为他的同事的学生的毕业分配事。他在为后者写的推荐信中,除介绍该生"人很憨厚、诚实,有头脑,又肯钻研,是个治学的人才"外,还特别说到"这个学生选习过我的两门课","虽然不是学我的专业的","但是学得比我带的某些研究生好"。这里,一方面可看出叔新师对青年学生特别是对人才的关心和厚爱,同时也可见他与同事关系之真诚、谦和。

　　叔新师对工作之认真负责,也是出了名的。我在校期间,感觉他上每一堂课都是经过充分准备的。从讲授内容的难易安排,到语言表达的准确简洁,再到板书的清晰醒目,又到教态的庄谐自如,都给人留下深刻的印象。"文革"后,特别是改革开放以来,他除肩负教学科研重任外,还多有校内和社会上的一些专业兼职,他都能安排得井井有条,做得出色。有一年冬天,他大病初愈,身体还十分虚弱,但仍按计划带研究生到广东东江去搞近三个月的方言调查,春节前后都是在乡下过的。他说这既是他的研究项目,"又是研究生需要上的课,马虎不得"。而任务完成后又即刻赶回学校,给本科生和研究生上课。可谓马不停蹄,兢兢业业。

　　叔新师如今已是享誉国内外的语言学家了。他除曾在境内外多所高校任课以及在重要学术会议做报告外,还相继到韩国、日本、德国、芬兰等国高校或科研机构讲学。几十年来,在教学和科研领域洒下了无尽的辛劳和汗水,倾注了大量的精力和心血。出版有十几种被学术界认可并给予高度评价的语言学著作。他曾十分感慨地说:"做学问包括学习、钻研、积累材料、运思创新、谋篇表述等各个环节,是一种十分复杂、繁难的长期活动过程,投入这一过程中来的人,无不摸索着前进,经历大大小小的成功和失败,会有许许多多的体会。"他参与的科研项目,从不应付,更不徒挂虚名。他主编的"工程",从不做"甩手掌柜",不仅谋题立意、列纲目,而且承担重要的撰稿任务,全书的每一章节,每一句每一字,都要认真审阅,绝不马虎。即使书已经出版,也绝不束之高阁,至少还要审阅一遍。他著作中的大部分都曾寄赠给我,我在学研这些著作时,有一个十分感人的发现:几乎在每一本中都有他精心校正过的地方——不是用笔把错处标出,再另写出正确的文字,而是将错处用消色剂涂去或用剪裁如铅字大小的白纸贴在错处,再一笔一画地写上正确的字——为的是不影响书页的整洁和美观。有时印错的字少而需重写在这里的字多,他就把字写得如高粱米粒儿大小,且笔画清晰,字体分明。真难为他那昏花的老眼和微微颤抖的双手了。他还应刊物之邀,把自己做学问的体会总结为"刻苦用功、持之以恒"、"踏实稳健、忌浮戒躁"、"高瞻远瞩、由面及点"、"重视理论、联系实际"、"学思结合、融类旁通"、"勇于创新、独辟蹊径"等六个方面,言之有物,具体深刻,既是自己的独特感受,又有极强的概括性,能给人以启发和借鉴。

叔新师热爱生活,对生活充满激情和乐趣。幼年时期由于日寇入侵造成的颠沛流离的艰难生活,激发了他强烈的爱国情怀和克服困难的勇气与决心。在以后的日子里,他始终能面对生活的挑战,以积极、进取的态度对待生活,努力适应并改变自己的生活环境,使自己生活得更充实,更有意义。我上大学时,只知他于语言学专业之外,还特别爱好音乐,常见他如醉如痴地演奏小提琴。后又知道他还喜欢弹奏钢琴,喜欢欣赏交响乐,也喜欢民族乐曲,还喜欢合唱和指挥。而且不止是一般意义上的爱好,还有相当的专业水平,已有音乐著作《民族乐队编配简说》(合著)和厚厚的一大本《诗词歌咏集》(带伴奏,用五线谱,后附旋律简谱)问世。他还爱好诗词和散文,出版有《南北咏痕》、《韵缕》、《兴迹》等三本诗集以及《韵缕斋序跋散文丛稿》两集。他又爱好书法和绘画、摄影等,出版有四册精美的书法作品集。他的诗词和书法作品,屡获国内外大奖。除身兼天津市语言学会名誉会长、中国语言学会理事、中华诗词协会名誉副主席、中国书画学会名誉主席、中国文艺协会理事、中国名家书画院名誉院长等社会兼职外,还获"诗坛揩模"、"中国当代杰出爱国诗人"、"中国文艺终身成就艺术家"、"优秀中华文艺家"等荣誉称号。他的住所,简直成了一处学术研究和艺术欣赏的小天地。书房是琳琅满目的书的世界；客厅里放置有钢琴、小提琴和雕塑品；墙上挂有多幅绘画、摄影艺术品。就连沙发的摆放和茶几上的小器物也都充满了艺术气息。夏季的阳台上则是郁郁葱葱的红花绿叶，赏心悦目，充满生机活力，虽无"开轩面场圃，把酒话桑麻"的意境，却富"满眼红和绿，花香伴我歌"的惬意舒适。令人流连忘返，不忍离去。在这个小天地里，即使是退休后，也仍能生活得丰富多彩，有滋有味。或饱览群书，或静坐沉思，或奋笔疾书，或弹琴赏曲，或陶醉书画，或尽享花香。为了保证有健康的身体和充沛的精力，叔新师还特别注意室外活动。除坚持晨练和工间活动筋骨外，还钟情于看电影、看艺术展览、参观博物馆、听音乐会、郊游等活动，尽享人类文明的成果和多彩人生的愉悦。我想，这可能也是他虽年过古稀，却仍春心不老、仍有新的著述不断问世的一大秘密吧。

2010 年 2 月 28 日完稿
2010 年 9 月 11 日修改

四、魂牵梦萦

告别母校

  1959 年 8 月 29 日，我入南开大学的第一天，心情既兴奋，又茫然。兴奋的是：自己一个穷孩子而能上大学，实在不易，一定要好好学习，以优异的成绩报答父母的养育之恩，回报党和国家对自己的教育和培养；茫然的是：这一踏进校门就是五年，时间太长了！五年间要做些什么？如何做？中间会有什么变化？自己能不能坚持学下来？心中无底，茫然不知所措。而时过五年，毕业前夕的多个夜晚，我都是久久不能入睡，眼前不时浮现五年的生活情景，胸中常常涌起种种驱不走撵不去的感慨。而感慨最深的一点则是——五年的时光，太快了，太快了，太快了呀！怎么只一眨眼的工夫就过来了？

  1964 年 7 月，五个学年中最后一个学期的学业结束后，开始进入毕业教育阶段。学校大会报告，班组小会讨论，校内的广播、报纸、标语、专栏，都增添了有关毕业的文章和信息。学校已把我们佩带了五年的校徽收回，并将一枚刻有"为人民服务"字样的毕业纪念徽章发给我们（见附1）。校团委和学生会还特意为我们制作了纸质的毕业纪念卡（见附 2）。在毕业班中，逐渐形成了一个以"做好准备，迎接挑选，决心到祖国最需要的地方去"为内容的思想教育热潮。这月下旬，全校上下一直关注的毕业分配方案下达。就我们中文系而言，这个方案的需求方向大大地出乎人们的意料——此前大家均已做好"到基层去，到工厂去，到农村去，到边疆去，到最艰苦的地方去"的思想准备，不料分配方案中竟有 60% 以上的人

南开大学汉语言文学系 59 级 64 届毕业生与部分教师合影,后排右起第 5 人为作者

要去首都北京,其余的,除 5 名要去江南者外,都将被分配到天津市和河北省,而即使是分配到河北省的,其中还会有相当一部分也要留到天津,因为那时天津尚不是直辖市,而是河北省的省会,河北省有许多机关管理部门和业务单位以及教学和科研单位也设在天津。这样一来,真正到河北其他地方的也就所剩无几了。而直接分配到工厂、农村和边疆的,就连一个名额也没有。尽管如此,在毕业教育中,迎接困难、艰苦奋斗的内容仍不能少,任祖国挑选,到最需要的地方去的决心仍不能丢。

　　紧接着,便进行毕业鉴定并根据分配方案中的用人需求填报个人的志愿。自我鉴定是对自己五年大学生活中的表现进行自我回顾和评价,然后由团小组进行集体评议,本人再根据评议的意见和建议,对自我鉴定进行修改和补充并形成文字,经党组织签署意见后存入个人档案。这是五年大学生活期间最后的,也是最郑重、最严肃的一次思想教育过程,大家都非常重视。从主流看,被鉴定者充分准备,全面总结,深入分析,虚心听取大家的意见;评议者真诚直率,热情中肯,客观负责,既评议别人,也对照自己。评议场面严肃认真,大家能敞开思想,说心里话,解除误会,化解矛盾。再一次感受到同窗的情谊和组织的温暖。毋庸讳言,由于"左"的影响,强调阶级斗争和思想斗争,鉴定过程中有些做法简单生硬,致使一些同学精神上受到伤害,甚至受到错误处理,背上沉重的思想包袱。教训也是十分深刻而沉痛的。我的自我鉴定都写了哪些内容,现已难于记起,但大家给我提的意见,给我指出的缺点,都还一直记得。诸如性格急躁,工作方法简单,有骄傲情绪,接触同学不普遍等等,其中最为尖锐的,也是给我印象最深的则是阶级观点不鲜明,工农感情不浓厚。现在看来,这个评价确实"左"了,但当时我还是心悦诚服的,觉得自己虽家住农村,但那是在北京郊区的农村,和更广大、更贫穷、更落后的农村相比,生活环境和生活水平要好得多,与苦大仇深的工农子弟们相比,自己的思想觉悟和革命感情确实有很大差距。这既成为我日后几十年的思想包袱,又确确实实地成为一种鞭策自己的力量,使我时时不忘接近工农,学习工农,完善自我。这是否也是一种"因祸得福"呢?

毕业鉴定后就开始填报个人志愿。记得我填的第一志愿是中国社会科学院拉丁美洲研究所。之所以填报这里,也是经过深思熟虑,反复权衡的:第一,这是中科院新成立的科研机构,去那里是做垦荒性的工作,而且政治意义大,我愿意去;第二,我的思想、业务条件虽不是特别的好,但也绝不能说差,总得算是中游偏上吧,而且适应能力强,能胜任工作;第三,按分配方案需求,绝大多数人要去北京,而我是年级中少数的几个北京人之一,况且家庭也有实际困难,回北京,我有极大的可能。愿意去,能胜任,有可能,凭这三条,我在做着被分配回北京的思想准备和行动准备。

8月23日上午,系里公布具体的毕业派遣名单。万万没有料到我被派往河北。在同分河北的十几名同学中,还有一位北京同乡刘绍本同学。对去河北,我实在没有思想准备。不过也仅仅是出乎意料而已,在行动上,仍能做到不说二话,愉快地服从分配。因为五年的熏陶,乃至毕业教育,已经把服从党和祖国的需要看成是人生至高无上的信念。那时,在工作上,不兴挑肥拣瘦,更不兴拉关系、走"后门"。即使个人真的有实际困难,也耻于向组织讲起。这究竟是"左"的影响,还是一种正确人生观、价

南开大学中文系 59 级 64 届二班毕业合影。二年级时作者已从一班调到二班。
后排右起第二人为作者;第二排右起第三人为经济学家滕维藻教务长

值观的外化呢? 可能两者都有,但我认为主要是后者。

　　派遣名单一公布,犹如下达了一道军令,早已摩拳擦掌、迫不及待的各路人马,立即进入角色,争取尽快奔赴新的战场去施展才华,报效祖国。那年,全国分配到河北的高校毕业生近两千人。由于有的地方正闹副霍乱,属"疫区",为避免人口过于集中在天津,所有被分配至河北的高校毕业生均先到保定市报到集结,再进行二次分配。为了尽快赶到保定报到,我们十几个人都以最快的速度做好行前的各种准备,又自发地分成三个小组办理相关事宜:一组在校内办理离校手续;另一组去火车站买车票;第三组办理行李托运。我身强力壮,便到了第三组。前两项办得都很顺利,只是托运行李费了很大周折,直至中午 12 点多才办妥返校。着实是又累又困又饿了,狼吞虎咽地"消灭"了由其他同学从食堂给捎回的饭菜,便倒在床上打算迷瞪一会儿。可是精神亢奋,又根本睡不着。看看同寝室的同学,有的强眯着眼躺在床上,有的在看报,有的在写信,有的在收拾小件日用品,动作都是轻轻的。我心里有事睡不着,索性一骨碌爬起来,到其他寝室去找被派往河北的同学，不料又都不在。他们或去向老师、老乡道别，或上街购物，或去处理旧物，或去会女友，寝室里人不多，显得格外安静。面对此情此景，一种淡淡的清寂和离情别绪不禁油然而生，当时不知道，现在也闹不清那是不是一种"小资产阶级情感"？

　　不过，那天晚上过得还是十分热闹的。由于不少同学已在白天离校，明天我们被派往河北的同学也要启程，还有一些被派往北京的同学也是明天启程，我们这些人的行李都已办了托运，尽管躺在光板床上或与尚未办好相关手续的同学挤在床上也可凑合一夜，可此时无论将走的还是暂留的，大家都没有睡意。是啊，五年的大学生活已经结束，新的生活征程即将开始，想想朝夕相处的同窗挚友，就要各自南北东西，不知还能否再相聚，不知何时才能再相见，此时此刻，真不知有多少话想说而又不知从何说起。"执手相看泪眼，竟无语凝噎"，宋代中叶词人柳永的著名词句，竟成了此情此景的真实写照。然而，新中国的大学毕业生毕竟不是封建社会的文人墨客和才子佳人，我们没有"冷落清秋"的凄苦，也没有"良辰美景虚设"的惆怅，我们是即将奔赴战场的战士，我们有勇往直前的豪情，我们有报效祖国的壮志！在这即将分别的夜晚，我们虽有离情别绪，但并不悲哀伤感。不知是谁提的议，也不知是哪一个带的头，寝室里忽然响起了轻轻的歌声，紧接着二胡、短笛也争相伴响。有人则开始下象棋、打扑克，说、唱、玩、笑，热闹非常。好在是已放暑假，周围宿舍多是空无一人，再乱也不至于影响到别人。不过毕竟东跑西颠地忙活了一天，现在又折腾了大半宿，实在坚持不住了，便一个个东倒西歪地挤在床上或趴在桌上入睡了。

　　我也跨在床边侧身躺下了，可兴奋的神经中枢又久久不能平静下来，终归也没睡着。屋里的灯并没熄灭，我忽而仰望洁白的屋顶，忽而侧目已进入梦乡的学友那并不雅观的睡姿，忽而听到那有节奏但并不悦耳的鼾声，忽而又听到一两声惊人的梦呓，我哪里还有半点睡意！

　　像是逆穿时空的隧洞，又像是漫游在梦幻的天地，一桩桩往事相继而无序地浮现脑海，故交挚友有声有情地活跃在我的眼前：有时如特写镜头，有时如云似雾；有时前后相接连绵无尽，有时互相叠摞杂乱无章。我尽力使自己冷静下来,想把这些人和事理出个头绪来,可是"剪不断,理还乱",大脑的每一个细胞都极度亢奋而活跃,根本不听指挥。我索性不再刻意梳理,"信马由缰"吧!让那亿万个任性的大脑细胞尽情地跃动狂舞吧……

我忽然看到了五年前我离开家乡的情景。那一天,全家人都早早地起床。吃过早饭,妈妈用屉布包起两张葱花烙饼,塞进我的挎包,那是我一天在路上的干粮。爸爸帮我打理那简单的行李——一被一褥,以及用包袱皮儿裹着的几件衣服(没有枕头,这衣服包儿兼当枕头),紧紧地卷在一起,为了避免弄脏、刮破,外面还裹了一块旧麻袋片儿,用两根接起来的麻绳捆绑结实,还拴了个套儿,可以挎在肩头,腾出两手干别的。临出门,叔叔婶婶们也都来送行,一个个对我千叮咛、万嘱咐,并一起送我到大门口。爸爸挟着那行李卷儿,又单独送我到村东的水沟旁。那时地里农活正忙,我坚持不让送了,爸爸才把行李给我挎在肩上,低头望着我,深情地说:"到学校好好学,甭惦记家!"我眼里转着泪花"嗯"了一声,转头跨过小石桥,便独自一人踏上去天津南开大学的求学之路了。我几次回头,都见爸爸依旧站在小石桥上,不住地向我挥手,是在表达那依依不舍的亲情,也是在述说那对儿子的殷切期望……

我忽然又看到两条醒目的横幅大标语:一幅是入南开的第一天,当迎接新生的汽车拉着我们进入校门时,见到大中路上高悬的"写封家信告爸妈,南开就是我的家";另一幅则是毕业前,同样是在大中路上方高悬的"到基层去,到边疆去,到祖国最需要的地方去!"两幅相隔五年的大标语竟然同时浮现在我的眼前,是那样的醒目,那样的亮丽,那样的鲜活,那样的亲切! 横幅下,我们这些来自大江南北的热血青年相逢相聚,经过五年的熏陶,又满怀理想和豪情,带着从老师那里和书本上学来的知识,奔向祖国的四面八方,踏上新的人生历程。我们将投身到波澜壮阔的社会主义建设大潮中,用自己的聪明才智,用自己的勤劳汗水,用自己的整个身心去报效祖国和人民……

我忽然又看到了图书馆的灯光和主楼顶上那颗耀眼的红星。在我刚入学时,图书馆是南开大学最高的标志性建筑,也是我在校期间光顾时间最长的地方。那借阅台前曾无数次地留下我渴望求知的身影,那阅览厅的地板上曾无数次地印下我进出的足迹,那靠窗的座位上曾无数次地记录下我的体温,那走廊尽头的僻静处曾无数次响起我轻轻背诵古典诗词和朗读外语的声音……而我坐在图书馆 404 教室的玻璃窗前,又曾无数次地遥望刚刚竣工的主楼顶上的红星,那高大、雄伟、壮观的楼体上,有我和同学们从"西伯利亚"推来的沙土,有我们从砖厂搬运来的砖瓦,有我们用肩头抬上去的钢筋。那一个个教室,一层层楼梯,都凝聚着我们的一滴汗水,都熔铸着我们的一片深情……

我忽然又见到了在运动场上和赛诗会上,59 级同学的不凡表现和全系大哥哥、大姐姐们那钦羡的目光……

我忽然又见到了在赤龙河工地上,南开人挖河筑堤,"党领导征服自然,众英豪划地为川"那热火朝天的场面……

我忽然又见到了在"红专辩论"会和专业研讨会上那争相发言、各不相让的较真求是的情景……

我忽然又看见了在课堂上,在课外,老师们辛勤耕耘、耐心育人,那一张张有个性的面容和表现力极强的身姿动作……

看到了,又看到了,又又看到了……似江河的洪流你追我赶,无休无止;像大海的波涛狂舞欢歌,无际无边。五年的日日夜夜,五年的顺畅曲折,五年的欢乐忧伤,五年的高歌细语,五年的付出收获,一直在我的脑海里重现着,撞击着……在这五年南开生活的最后一个夜晚,我是真真切切地失眠了! 百分之百地失眠了! 直到有人催我,我才极不情愿地起坐床头。而此时,不知不觉地,竟有两颗泪珠悄悄地从脸颊上滚落……

吃过早饭,我们回到寝室,再清扫一遍地板,再擦拭一遍长桌和椅凳,再为窗台上的小花浇一遍水,再检查一遍窗扇的挺钩是否挂牢、插销是否拴好,再抚摸一把长夜相伴的床铺,再凝望一眼那静悬屋中央的吊灯……这些没有生命、没有语言的物件,竟是那般神奇地吸引着我的视线,竟是那样紧紧地牵拉着我的恋情……

不记得是怎样地走出了宿舍楼,怎样地走上了大中路,又怎样地走出了校门。但我清楚地记得,我们所乘坐的由天津开往保定的火车,于上午九点四十分准时开动，听到机车发出那一声震耳的长鸣，看着那开始缓缓向后移去的房舍和人群，我们的心几乎跳出了嗓子眼儿，不约而同地拥向窗口向欢送的师长和同学们挥手高呼："再见！""再见！""再见啦！"……

再见吧，敬爱的师长！再见吧，亲爱的同学！再见吧，可爱的母校——南开！

车轮滚滚，由慢而快。顷刻，列车驶出了车站，驶离了天津，驶向了广袤的原野，有如风驰电掣，呼啸向前。伴着那车轮与铁轨有节奏的磨擦声和车厢里播放的激越的歌曲声，我们的心中也响起了充满豪情和美好憧憬的歌——"时代的列车，轰轰地响。青春的热情，充满车厢。在这光辉的道路上，我的心啊，禁不住腾腾地跳荡……"奔驰的列车和激越的歌声，欢送我们这些刚刚走出校门的热血青年，走向社会，奔向祖国最需要的地方去，在那里生根、发芽、开花、结果……

2010 年 1 月 8 日草就

2010 年 8 月 10 日修改

附：1.关于南开大学毕业纪念徽章。这是一枚长方形金属质烧珐琅的徽章，长 3 厘米，宽 1 厘米。正面白底儿，左上角有镰刀斧头放射出光芒，毛泽东手书红色的"为人民服务"五字横向占了大半个版面。下边有毛泽东题写的"南开大学"四个小字。背面刻有"59—64 毕业纪念"字样。

2.关于南开大学毕业纪念卡。这是一件长方形纸质对折纪念卡，长 14 厘米、宽 8 厘米。封面左半印有红色主楼照片；右半上方横印"祖国需要到哪里就到哪里"两排黑色楷书，下方横印两排宋体"共青团南开大学委员会"和"南开大学学生会"。翻开封面，第 2 页印两段毛泽东语录，右上角印两青年高擎红旗登上高峰图案；第 3 页印一段毛泽东语录，右上角印有图书馆照片。三段语录都是关于青年的。纪念卡的封底用红色印一口号——"高举毛泽东思想红旗，永远做坚定的革命派！"小小纪念卡简朴大方，但政治因素和革命气势十足，"左"的印记也十分明显。

南开大学 1964 届毕业学生纪念徽章

共青团南开大学委员会和南开大学学生会送给 1964 届毕业生的折叠
纪念卡(正面)

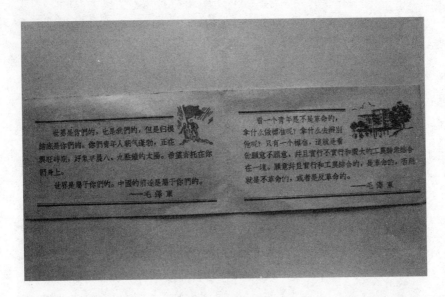

折叠毕业纪念卡内文

折叠毕业纪念卡背面

可亲可敬的南开人

1964年8月26日,我们南开大学中文系被分配到河北省的毕业生,乘火车到保定市等待二次分配。

那时国内的火车,没有现在这么快。上午九点多钟从天津驶出,直至下午三点多才到保定。保定虽早已是著名文化古城,但市区并不大,也没有天津那么多的高楼大厦,更没有规模宏大的宾馆和饭店。当时人们曾调侃地说这里是"一条马路,两根旗杆,三个警察,四辆汽车"。到这里我们很容易地找到了保定"第一旅馆",在大学毕业生报到处报到后,便入住了"福明客栈"。这个客栈只能住宿,不管吃饭。吃饭要到附近南大街上的"一条龙饭庄"。听报到处的工作人员讲,今年从各省市分配来河北的大学毕业生近两千人,要在保定集结后再进行第二次分配。究竟要等多久,现在还说不清。我们也只好安心等待了。由于近几天忙于办理离校事宜,实在太累、太困了,晚饭后倒在床上,不一会儿,便已鼾然入睡。

第二天早晨醒来,没听到起床的铃声,没见到走廊里众多来去匆匆的身影,没有洗脸间里那欢声笑语和戏耍开心的场面。这才意识到此处已不是南开大学的学生宿舍,而是保定的福明客栈了;这才意识到,自己已不是在校读书的学生,而是走出校园即将走上工作岗位的社会青年了。而我却总也转变不过来自己的学生角色。尽管胸前不再戴有"南开大学"的校徽,但那"南开大学"四个大字却早已深深地镌刻在我的心中——那是我永远引以为荣并永远激励我上进的一张"名片"啊。

　　南开人是团结的，亲和的。无论何时何地，只要一遇到南开人，便倍感亲切。哪怕只是第一次相见，也像是遇到了亲人故交。在保定报到后我们才知道，这一年从南开大学分配来河北的毕业生除中文系的以外，还有物理、外语、数学、历史、经济、化学等系的。大家在南开园里虽不相识，可一旦离开了南开，就不约而同地积极打听，主动联系，渴求相见。而此时此地的相见，会使彼此感到格外亲切，会给大家带来极大的欢乐。

　　8月30日是个星期天，这天晚饭后，突然有南开大学中文系56级的一位师兄来客栈看我们。他先是关心地问长问短，继而给我们介绍往年分配来河北的我系同学的情况，并以亲身经历讲述了在等待分配期间及刚刚走上工作岗位时应注意的事项等等，给了我们极大的启发和鼓舞。这可算是离开母校后首次在"他乡"遇"故知"了。

　　在等待分配的日子里，河北省教育厅、人事厅的领导及工作人员除安排好我们的吃、住外，还为我们组织和安排了一系列十分有意义的活动。诸如报告国内外形势，介绍河北省情、保定市情，特别是河北省的教育状况及发展规划等等，使我们对富有丰富的自然资源和宝贵革命传统的燕赵大地和古城保定有了初步的了解。而几乎每天都组织的文体活动，又极大地活跃了我们相对单调的生活并密切了这些来自五湖四海的"新河北人"之间的关系。在所有这些活动中，我们这些来自南开大学的毕业生均以朴实、进取的精神面貌和团结谦和的言行给人们留下了深刻而美好的印象。记得一天晚上，在保定第二师范学校礼堂举行有全体待分配人员及相关人员参加的文娱晚会。我们这些"南开人"当然不甘寂寞。大家凑在一块儿商量并排练了诗歌联唱，选唱毛泽东的七律《长征》和七绝《为女民兵题照》，由在南开大学广播社当过播音员和编辑的刘绍本同学用慷慨激昂的朗诵把演唱联在一起。我们的演出情绪饱满，气势雄壮，成了整台晚会的一大亮点，博得观众长时间的热烈掌声和很高的评价。人们纷纷说："南开大学的合唱真棒！""今晚最优秀的节目是南开大学的合唱。"没想到，明明是十几个人的"小合唱"，竟成了"南开大学的合唱"了！这是我们走出南开园后，第一次感知"南开"品牌的骄人分量与不凡意义！第一次体会到为母校争得荣誉的欣慰与自豪！

南开人是乐群的，包容的。亲而不私，和而不党，是南开母亲传给每个学子的一种"基因"，即使走到天涯海角，即使融入异国他乡，南开人那热情、诚恳、乐群、包容的品格都能得到充分的展示，都能给人留下深刻的印象，都能得到周围的认可和赞誉。

在保定等待分配的第 20 天的一次大会上，由有关领导宣布了派遣方案。我和刘绍本、朱文雄二位同窗被分配到位于石家庄的河北师范大学中文系工作。尽管我们对这所大学还一无所知，但听说有高年级的师兄师姐已在那里工作，无形中淡化了我们初来乍到的陌生感和忐忑心情。果然，一进校门，在有系领导和一些师生前来迎接的人群中，就有胡炳光、马贻、李培澄、李玉昆等南开中文系往届毕业生以及曾在南开进修过的孟兰天、房洪瑞、郭文静等熟悉的面孔，那热情、亲热的场景，使我们尚存的一点点不安心境顷刻化为乌有，进而一下子感到现在真是又到了一个新"家"！

是的，又到"家"了！这是我们离开母校妈妈走向社会后融入的一个新集体、新"家"。当时的河北师范大学，全校有三千多名师生员工，分九个系。中文系有三百多名学生和六十多位教师，因是新建的系，教师多为中青年。学生几乎都来自河北省内，而教师则来自祖国的四面八方。这些教师朴实、热情、直率、敬业，没架子，不欺生。刚一接触，便令人有种强烈的亲切感和归属感。河北师大中文系这个富有朝气的集体，以其博大、宽阔的胸怀热情诚挚地接纳了我们这三名新来的南开学子，以及从其他院校毕业来此的新教师；我们则以小弟弟和新主人的姿态迅速地融入这温暖的新家庭。

到河北师大的第五天是中秋节，正好又是星期日。中文系的领导和老师们借这喜庆佳节为我们新分配来的教师举办了迎新晚会。会上，系领导和新老教师代表讲了话，大家一边吃着瓜子、糖和水果，一边无拘无束地叙谈，还表演了几个文娱节目，整个晚会亲切热闹，轻松活泼，着实有一种"家"的气氛和"团聚"的幸福感。晚会散后，大家并未就此休息，而是仨一群、俩一伙地玩扑克、下象棋、打乒乓球，痛快地玩到深夜。而后，我和绍本兄又被一位来自福建仙游的"老"教师严金华拉到他屋里去闲聊。

严老师年龄比我俩稍长,称他"老"教师,只是他来河北师大中文系比我们要早几年。他满口家乡方言,讲得又快,我们听起来实在费力。交谈中常常要连比划带猜测,猜不对时他眨着细眼急得连蹦带喊,而越喊我俩就越发愣。一旦猜对了,他就眯起眼睛"嘿嘿"一笑,我俩则像在考场蒙对了一道题得了满分那样地开怀大笑。屋里虽只三人,却显得十分热闹。其间,他不停地给我们剥糖块,削水果,而且还留我们一起吃夜宵。那时我们这些单身男女住的都是"筒子楼",严老师就用他的煤油炉和铝制小奶锅为我们煮挂面。那情景似乎不是在集体宿舍,而像是在一个三口之家,让人倍感亲热和温暖。我们和严老师这初次接触,彼此都留有深刻印象。

回到寝室后,我和绍本兄一直兴奋不已。而此时,又有南开校友孟兰天老师抱着好几个大苹果进来,像大哥哥一样招呼我俩大饱口福。仨人边吃边聊,哪里还有半点儿睡意?直到后半夜才算"打住"。这是我参加工作后,在新的大家庭里和南开校友以及其他同事一起过的第一个中秋节,给我留下了终生难忘的印象,那晚一起开心玩乐的校友和同事,如今有几位已经作古,但他们那可亲的笑容和言谈举止,却永远地定格在我的记忆之中。

南开人是重友情、讲义气的。特别是那刻骨铭心的五年同窗之谊,一直陪伴我们终生,带给我们无穷无尽的怀想和无与伦比的欢乐。

记得1965年9月的一天上午,我正在屋里备课,忽听对面朱文雄屋传来大声说笑声,除朱文雄那带有鲜明广东特色的普通话外,还有一人的话声也颇觉耳熟,但又闹不清倒底是谁,便急忙过去看个究竟。推开对面的门后,我始而一愣,顷而便脱口大喊一声:"伙计!"便连门也顾不得关,一下子扑过去,和那"伙计"紧紧地拥抱在一起,连蹦带跳。全然忘记这是在集体宿舍楼道走廊里,弄得"左邻右舍"纷纷打开门朝这儿张望。朱文雄一面向大家解释,一面赶快把门关紧,并提醒我俩别太激动,以免影响他人。这位"伙计",原是一年前我们一起从南开大学分配来河北的同窗霍型雨。他是山东夏津人,被分配到河北省哲学社会科学研究所,到任不久便到邢台参加农村"四清"运动。这次是回家休假,路过石家庄,特意下车来师大看我们这里的南开校友。虽说分别才刚刚一年,但相见时仍激动得热泪盈眶。聊起来山南海北，无所顾忌。最多的话题一是对五年南开的美好回忆，二是"四清"期间的所见所闻、所思所想。白天聊不完，晚上接着聊——霍原拟下午离石，但因有说不完的话，便留住一夜。那时学校尚无招待所什么的，又不愿去街上住旅店或客栈，干脆就挤在我们的寝室里。我们住的是两人一间，房间小，床铺也窄，一张床睡俩人实在又挤又热，我索性就睡在办公用的三屉桌上，头枕一摞书，迷瞪了一晚。可能有些着凉，再加上那"床"和"枕头"太硬，第二天醒来，浑身酸软，脖颈生疼。尽管这酸软和疼痛折磨了我好几天，可比起这次同窗相聚和彻夜长谈，还是十分值得的。特别是说到当年的同窗分配到各自的工作岗位后，干得都非常出色时，真是令人欣慰、兴奋并倍受鼓舞。我曾在当天的日记中写道："同志们在各个地方都干得那样好，这对自己是莫大的鼓舞和鞭策，得加油。如满足于已经取得的成绩，那就要完旦了。"（1965年9月8日日记）如今，当我再看到当年写在日记本上的这几句话时，那一个个勤奋踏实、重情重义的南开人的面容和神态，又从祖国的四面八方向我涌来，他们或是名家大腕，或是身居高位，或是桃李满园，或是默默奉献。尽管他们身处异地，职业有别，秉性不同，联系无多，但他们却有共同的爱国爱民、恪尽职守、勇于进取、谦和乐群的品格，他们是有情有义、有贡献、有作为的人，是受社会认可和欢迎的人，是为人民服务、为母校争光的可亲可敬的南开人。

2010年3月15日草就
2010年8月8日修改

巨大的凝聚力

南开人，南开心，团结友爱亲又亲。

一个世纪以来，一届又一届南开学子，或奉献于大江南北，或拼搏于异国他乡，可无论他们走到哪里，无论他们从事什么工作，无论他们权位多高，财力多大，他们永远不会忘记自己是南开人。而且毕业的时间越长，工作地点离校越远，对母校的爱慕、敬仰、思恋之情就越浓。南开，是南开人的母亲，是南开人心中一面具有极大凝聚力和号召力的、永不褪色的大旗。

这里，我来讲几则石家庄南开校友会成立和发展中的小故事吧。

小聚情深　铭记在心

1983年秋天，石家庄地区统计局开展统计师评审工作。在组建评审委员会时，时任统计局副局长的南开大学毕业生成志强邀请到自己的老师、南开大学经济系的刘儒教授。刘教授的在石弟子听到这消息无不欣喜异常，纷纷提出为刘老师的到来组织欢迎聚会，并热情推举时任河北省统计局局长的校友费建钧为召集人，负责落实相关事宜。当时联系到的校友近30人。搞聚会活动要有相应的经费开销，没有钱怎么办？大家凑。那时大家工资都不高，多是上有老下有小，经济都不宽裕。经商定，每人交五元钱，用于聚餐和合影留念。

欢迎聚会的地点在石家庄地区招待处，办了三桌丰盛的宴席。近30

石家庄南开校友会第三届会员大会会场

名同学按毕业年限先后依序就座。由费建钧代表大家向年已七十多岁的刘儒老师致欢迎词,刘老师则以极具个性的方法向这些阔别母校的学子表示厚爱和谢意——送每桌一盒香烟,并送每人一个硕大的鲜桃。更难得的是向大家介绍母校的发展、变化状况,使大家倍感亲切,深受鼓舞。席间,学子们争先恐后地向老师敬酒、祝福,为老师夹菜盛汤。同学们也互相劝酒,彼此"较劲"、"将军"。其情切切,其乐融融。这是一次心的交汇和情的融通。当时他们多已毕业二三十年,多年未曾谋面,更少交往,彼此的经历和境遇也各不相同。但这一晚,大家围坐在七十多岁的师长和父辈周围,倾诉自己的人生经历和无悔心声,动情处或开怀大笑,或潸然泪下,深深地感受到"家"的和谐、温馨,感受到一家人的浓浓亲情,直到很晚仍迟迟不肯散去。

第二天上午,大家又聚到照相馆,和刘老师合影,留下那美好而珍贵的瞬间,分别时都恋恋不舍。有的说:"毕业几十年,师生重相聚,是今生的一大幸事!"也有的说:"我一辈子也不会忘记这次难得的聚会。"

是的,这次小小的聚会及其所凝聚、所洋溢的师生情和同窗谊,何止令在场的师生感奋而难以忘怀,我们这些未在场的南开人,不是也感同身受吗?

成立校友会　校友乐开怀

1984 年秋天,南开大学经济系办公室的伏义芹老师到石家庄公出,邀集了经济系的几位校友,讲述了母校的有关信息,说到南开校友总会正积极开展活动,不少省市纷纷建立或正在筹建校友会分会,以团结所在地的校友,加强与母校的联系,为当地社会及母校发展做贡献。这一消息使在座校友极为兴奋,都觉得在石家庄的南开人也应组织起来。大家当即推举费建钧牵头谋划并操办此事。

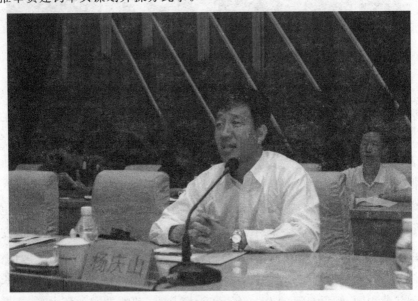

中共南开大学委员会副书记杨庆山在石家庄南开校友会第三届会员大会上做重要讲话

费建钧是热情人。虽身为统计局长,公务繁忙,但对校友们的重托不敢怠慢。他于 9 月 24 日和 10 月 7 日,先后两次组织召开南开大学校友会石家庄分会筹备会,分别就分会宗旨、章程和召开分会成立大会以及庆祝南开大学建校 65 周年等事宜进行研究和安排。提出分会的宗旨是:

团结石家庄南开校友,加强联系,相互砥砺,增进友谊和合作,发扬南开校训"允公允能,日新月异"的精神和爱国爱校的优良传统和学风,遵纪守法,遵守国家政策和社会公德,为振兴河北、繁荣省会做出贡献,进而为联络海内外校友和统一祖国大业尽力。

1984 年 10 月 14 日上午,南开校友会石家庄分会成立人会在河北省第二招待处会议室隆重召开。这是新中国成立 35 年来在石南开校友的第一次大聚会。与会校友约 300 人,涵盖了经济、物理(含物理二系)、化学、生物、数学、中文、历史、哲学、外语等系和南开中学的校友。毕业年限从 40 年代至 80 年代,跨度近半个世纪,遍布于科技、文化、党政、军队、交通、新闻、出版等各个领域。有省直、地直、市直部门的,也有在县乡基层的;有官员、教授、研究员、工程师和高级记者、编辑,也有普通教师和"平民百姓"。大家欢聚一堂,会场气氛热烈。有省人大主任刘秉彦、省政协主席尹哲以及省社科联、省教育厅的领导到会祝贺并发表热情洋溢的讲话。一所学校的校友会、一个社会群众"民间"组织的成立,能得到省领导如此的重视,至少在河北省是前所未有的。大会通过了南开校友会石家庄分会章程,选举产生了首届理事会,理事长费建钧,副理事长陈其俊、陈慧、王家源、张占燊、张荣安、路继舜,秘书长王纪成。石家庄地区戏校的师生为大会演出了《三岔口》等精彩节目以示祝贺。成立大会在校友们的热烈掌声中胜利闭幕。

盒饭聚餐　亲情倍添

1999 年 12 月,石家庄南开校友会在河北师范大学召开换届大会(按:1992 年 11 月,按南开校友总会通知要求,"南开校友会石家庄分会"更名为"石家庄南开校友会")。这次大会之所以在河北师范大学召开,一是因为这里地处石市中心,知名度高,交通方便,好找;二是这里南开校友相对集中,与外界联系也多,好动员;三是从历史上看,南开大学和河北师范大学早有"亲缘"关系:南开学校创始人张伯苓曾担任过河北师范大学的前身——直隶女子师范学堂的代理校长,两校教师也有交叉。而周恩来和邓颖超则分别为该两校的校友;四是当时我正任河北师范大学党委书记,有师大人和南开人之双重身份,在师大开这样的大会,既顺理成章,又有方便之处。广大校友收到开会通知后,热情极高,出席达540多人。由于人多,会议只好在学生食堂举行,那里虽有就餐桌椅,但根本不够用,有许多人都是站了一个多小时参加会的。那时天正冷,食堂的暖气也不理想,可会场秩序极好,各项议程顺利进行。特别是新一届校友会理事会诞生后,当选的常务理事每人上台向与会校友讲一句最想说的话时,每个人的讲话都博得大家的热烈掌声乃至欢呼声,会场一片沸腾。

大会结束后,由副理事长王双喜赞助,请大家吃盒饭聚餐。就餐人员不论官员百姓,不分男女老少,每人一份热腾腾的大米饭,一份香喷喷的大锅菜。就餐人虽多,但供餐的窗口也多,且饭菜标准都一样,再加上炊事员热情高,动作麻利,十几条排队"长龙"不一会儿就变成仨一群、五一伙儿的"饭圈子"了。大家自愿结"桌",一个系的,一个年级的,一个班的,一个宿舍的,有不少是毕业后长达几十年没见过面的,也有原本就不认识的,现在就像又再现了在南开上学时"凑桌"吃饭的场面。餐桌不够,就"站餐"或"蹲餐"。女士们饭量小,就把饭菜特别是把肉菜匀给男士。大家无拘无束,边吃边聊,从国家大事到家庭琐事,乃至老人孩子、街坊邻居,高兴激动之情溢于言表。有的说:"我们同为南开人,同吃一锅饭,这是近年来甚至十几年、几十年来未曾有过的场面了!"也有的讲:"天气虽冷,但我们心里像揣个火盆一样热乎。"还有的说:"大米饭、大锅菜吃的虽简单,但比在高级宾馆吃山珍海味更可口儿,更香甜。"是的,这餐饭吃得可口、香甜、开心、舒坦,因为这是我们南开人的"家宴",我们"散享"的是无尽的南开亲情啊!

饭后,大家谈兴未减,久久不愿散去。临了,晚走的校友又主动地把桌面和地上清理干净,把桌椅摆放整齐,并向炊管人员致谢。师傅们连声说:"不谢,不谢。你们南开校友可真亲啊,看到你们吃得这么香,聊得这么开心,我们打心眼儿里高兴!"

面向母校　鞠躬祝福

2005年8月6日,石家庄南开校友会在市政府招待处召开第四次换届大会,有300多名校友代表到会。母校党委杨庆山副书记带领相关人员莅会并做重要讲话。他除代表母校对这次石市校友代表大会的召开和新一届校友会的诞生表示热烈祝贺外,还特别向与会校友讲述了近年母校的发展和变化,以及全校上下团结奋进,争创世界一流大学的决心和实践,使全体校友受到极大的鼓舞。会上还播放了杨副书记带来的母校校庆活动光盘。随着大屏幕上情景和镜头的切换,欢乐的笑声和热烈的掌声不断响起,整个会场充满亲切、喜悦和自豪、幸福之情。人们似乎正置身于那日新月异、充满生机和活力的南开园内,与广大在校师生同唱改革开放的赞歌,共享"公""能"丰收的喜悦。

会议临结束,按程序由我代表新当选的校友会成员讲话表态。当我提议向我们朝思暮想的母校,向南开学校的创始人严范孙先生和张伯苓校长,向已故周恩来、陈省身等老一辈校友鞠躬致敬时,全体与会人员立即齐刷刷地起立,转身朝向南开的发祥地天津方向,随着统一的口令:"一鞠躬"、"再鞠躬"、"三鞠躬",毕恭毕敬地弯腰行礼。此时此刻,大家无不激情涌荡,热血沸腾,多少人的眼中已充满晶莹的泪水!而当大家和着统一的节奏,同声高呼:"南开,南开,越难越开!努力拼搏,报效祖国"时,又有多少难以控制的热泪,早已奔涌而出……

这是南开学子对母校倾诉的真切心声,是儿女对母亲抛洒的感恩热泪!广大南开学子感恩母校,祝福母校,永远以自己是一名南开人而倍感骄傲和自豪!

2010年8月15日草就
2010年9月5日修改

(按:本文参考并引用了费建钧、宋立贤二位校友提供的回忆材料)

以周恩来为楷模

　　1999 年 10 月 17 日,是南开大学建校 80 周年纪念日。为迎接和庆祝这一喜庆的日子,从这一年的夏天起,石家庄南开校友会便广泛征求在石校友意见,决定派代表回母校祝寿并敬献纪念品。

　　经协商,代表名单很顺利地确定了。最难定的是送什么纪念品。为统一认识,首先明确了总的要求:要充分地表达在石校友对母校的感恩情怀和美好祝愿,以及用实际行动为母校争光的决心。接着又议定了几条原则:一要有纪念意义;二要有文化含量,不俗气;三要有特色,避免雷同;四要便于展示和保存;五要耗时不多,物美价廉。

　　原则虽定了,但操作起来难度却很大。究竟送什么纪念品,可谓众说纷纭,莫衷一是。比如有一部分人主张委托唐山陶瓷厂或邯郸陶瓷厂专门设计、烧制一对高大、稳重、喜庆、华美的大装饰花瓶,可长久地摆放在会客室、会议厅或重要建筑物的门厅内,显得雍容华贵,大方而有气度。另一些人坚决反对送大花瓶,理由:一是多有雷同,无特色;二是不便搬动和运送;三是缺少文化含量,不足以表达校友的心声。又有一部分人则主张送一尊老校长张伯苓先生的塑像或雕像。这动议虽好,但难于实现:一是造价较高,筹集资金有不小难度;二是无论塑像或雕像,工艺流程都极细致严格,时间来不及。还有一部分人主张送一幅大型国画,可以挂在会议室或有特殊意义的场所,供人欣赏,既有文化档次又十分排场,而且好搬动,好保管。这类作品可到工艺品公司或商店买现成的。画的内容和

石家庄南开校友会向母校八十周年校庆捐赠老校友、敬爱的周恩来总理的画像。上图右二为南开大学常务副校长王文俊，右一为石家庄南开校友会秘书长宋立贤，左一为作者

尺寸大小都有很大的选择余地,而且造价不会太高。一手交钱,一手交货,简便易行,时间有保证。这个动议曾得到很多人的赞同,但经到市场调查后,也被否定了——名家、大家的画作太昂贵,买不起;一般画家的作品,又感到品位不高,艺术不精,拿不出手。特别是市场上的作品并不是为校庆特作,从内容到形式,都很难与贺寿的目的相吻合,难于发现称心如意的作品。此外,也有人提议送高级花篮、送书法作品、送奇石、送壁毯等等,也都被一一否定。为这纪念品的事,可真把大家给愁坏了。

尽管意见分歧很大,但毕竟都是大家动了脑筋的构想,都有相对合理的因素,都对最终决策有很好的参照和借鉴意义。在此基础上,又经反复研讨磋商,终于得出了被绝大多数校友认可和赞同的方案——向母校敬送一幅老校友周恩来总理的画像。理由是:第一,画像可以充分表达南开学子共有的"我是爱南开的"这一典型情怀;第二,可以形象地展现南开学子以周恩来为楷模,为祖国效力,为母校争光的决心;第三,当时南开园里还缺少这样一件艺术品,不会与别人送的纪念品相重复;第四,不买现成的作品,而请石家庄市最著名的画家执画,土色土香,有石家庄的地域特点;第五,就地请画家作画,比较容易操作,花销不会太大,时间也从容。看来这确实是一个比较理想的方案。

紧接着就是聘请画家并向画家交代意图,研究具体操作程序和安排日程进度。

校友会里操持这事的几个人于绘画都是外行,更不知绘画市场的"行情",不知有无画家能承揽这件非同寻常的艺术创作。幸好时任石家庄市文联主席的校友会路继舜副会长,联系到石家庄画院的陈承齐院长。尽管陈院长当时正忙,但听了画像意图后,深为南开学子对母校和对老校友周恩来的一片真情所感动,便欣然允诺——不但答应两个月交出成品,而且表示不取市场价,只收成本费。这一下,大家忐忑的心情才算安定了下来。

至于画像如何取材?画哪一个时期、哪一个特定环境、哪一个具体地点的周总理?也是经校友会的会长、副会长、秘书长、副秘书长们和画家一起反复研究、讨论后才确定的。起初的意见也是五花八门,殊难统一。

有人主张画青年时期的总理——那时的总理恰逢年少,英姿勃发,风华正茂;有人主张画留学法国或留学日本时的总理——以表现他寻求救国救民真理的决心;还有人主张画他冒着余震的危险,在邢台地震废墟上慰问灾民,指挥抗震救灾斗争时的场面;更有人主张画总理日理万机、为党和人民无私奉献的情景……还有很多主张,都有各自的道理。经过反复研讨,最后大家一致同意以 1973 年意大利摄影记者焦尔乔·洛迪为周总理拍摄的那张照片为蓝本,进行再度绘画创作。理由:第一,邓颖超大姐曾称赞该记者为周总理拍的这张照片"是他所有照片中最好的一张",也是举世公认的周总理照片中"经典的经典"。第二,照片中紧蹙的双眉、犀利的目光和坚毅的表情,充分表现了周总理伟人的气魄、坚强的意志和坚定的信心,具有极强的感染力和震撼力。第三,这是一张彩色照片,用油画的形式进行再创造有诸多有利的条件,而所请的画家又正好善作油画。就这样,创作的题材和蓝本得以确定。而这一关键环节解决后,画家便开始进入荣幸而艰辛的创作过程了。

草稿及校样画出后,经有关人员的"横挑鼻子竖挑眼",七嘴八舌提意见。其中许多意见是合理的,给了作家以新的启示,激发了画家新的灵感;也有不少意见是十分外行的,使画家无所适从和十分为难。当然也只能是择其善者而从之了。再经画家数日闭门作画,到十月初,一幅长 1.5 米、宽 1.0 米的周总理画像终于如期完成了。

画像非常成功。凡是见到这幅画像的人,无不频频点头,交口称赞。越看越觉得画像生动传神,呼之欲出,如同总理真的正坐在我们面前一样。可经反复欣赏后,又总觉得还不大满足,总觉得还有什么东西没能很好地表现出来。可到底哪儿不满足? 到底缺少什么东西? 一时又说不清,道不明。良久,不知谁说了一句:"要是再加一个题目就更好了!"对啊,一句话立即引起了大家的共鸣。于是又纷纷议论究竟定个什么题目。起初,趋向于题名"校友、伟人",后有人认为这个题目好是好,可就是太客观了,缺少感情色彩,不如干脆就用周总理讲过的那句"我是爱南开的"为题,既亲切感人,又鲜明强烈,能体现所有南开学子的共同心声。可又有人认为这个题目又不足以表现周总理作为世界伟人的博大胸怀和丰功伟绩,以及南开人对这位校友既亲近又崇敬的深情。这时又有人说:周总理的伟大,是尽人皆知、举世公认的,无须特别标明。关键是要体现我们的心意和情感。最好题名为"我们的楷模",表明我们要像周总理那样,热爱南开,心系天下,为国为民,鞠躬尽瘁,死而后已。这个意见立刻得到大家的认可。后经进一步推敲,觉得周总理不仅是南开人的楷模,而且也是全国人民乃至全世界人民的楷模,干脆就定名为"楷模"二字,既简练,又准确,而且有极大的概括力。就这样,一个凝聚了集体智慧和激情的标题,终于诞生了。

10月16日,石家庄南开校友会的二十几名代表,肩负所有在石南开学子的重托,乘坐一辆中型面包车,赴天津参加母校建校80周年庆典。一路上,周总理的画像当然是最重要的保护对象。为避免把画面弄脏或刮破,先是用大块硬纸板从正、反两面把画像夹住,并标好上下方位以确保画像的"坐姿",然后再用细绳系牢,勿使错位。受车里空间的限制,既不能平放,又不能靠在座位上,就只好将其顺立在汽车中间的"走廊"上,为防止画像左右摇摆或颠动磕碰,就由坐在画像左右的两个人用手护卫。由于扶护的姿势单一,时间一长,胳膊酸疼难忍,浑身不舒服,这时就要"换防"——由另外两个人接替。大家都愿意为护送总理的画像出把力,便纷纷主动"接力"当护卫手。一路上,不知轮换了多少次,直至把画像毫厘未损地护送到母校南开大学。

八十诞辰的母校,身着节日盛装,热烈、隆重地迎接来自祖国四面八方的校友和佳宾。出面迎接、接待我们的是时任南开大学常务副校长的王文俊教授。我们的汽车到马蹄湖北岸的行政楼前刚一停下,就见王副校长领人急步向车门走来。我们虽都急于下车和母校的亲人相见,但没有一个人先下车,而是首先小心恭敬地把周总理画像送下,随后其他人才兴高采烈地相继下车。王副校长和我们一一握手:"母校欢迎你们!""一路辛苦了!"一声声亲切的问候,使远道归来的学子顿觉热血沸腾,激动得不知说什么好了,只是紧紧地握住对方的双手,热泪盈眶,反复地重复着:"到家了!""到家了!"

王副校长一行把我们引入接待大厅,热情地招呼我们落座,并忙着为我们斟茶倒水。尽管我们一路颠簸六七个小时，着实口渴体疲，但此时并未急于入座，更未饮水品茶，而是坚持先办理敬送总理画像事宜。当我们小心翼翼地打开裹层，将总理画像展示于人们面前时，周围立即响起了热烈的掌声和赞誉声。画中的总理似乎也感觉到了母校的亲情和温暖，目光显得格外有神，沉思、坚毅的表情蕴涵着无尽的感慨，像是在说：亲爱的母校，我给您祝寿来啦！特别是当我代表在石全体校友向母校汇报画像的策划、制作、取名过程后，在场的所有人员一致认为，画像定名为"楷模"，太准确，太深刻，太寓意无穷了！王副校长则欣喜而激动地说："这是母校收到的最有特殊意义、最为珍贵的纪念品！"并表示："一定把这幅周总理画像悬挂在学校最有档次、最有代表性的场合，使我们每时每刻都能感受到校友和革命领袖对母校的深情关注和殷切期望，兢兢业业地办好南开大学！"边说边招呼大家簇拥在周总理画像周围合影留念……

　　周总理生前曾先后三次回母校看望校友并视察、指导工作。我们这些人中，有的当年尚未入学，有的当年虽然在读，却未能零距离地贴近在总理身旁，更未能和总理一起合影留念。大家都以此为一生中的一大憾事。今天，我们重回母校，能与老校友周总理的画像一起合影，不也是一种极大的补足和慰藉吗？

　　时光荏苒，转眼已过十年。在母校 85 周年和 90 周年校庆时，石家庄南开校友会都曾派员回母校祝寿和观光，两次我都忝列其中。当我们重又见到悬挂在校长办公室墙上的周总理这幅画像时，我们仍像十年前策划、制作并恭送这幅画像回母校时那样激动不已。一种欣慰而自豪之情油然而生，我们眼含热泪默默地对总理画像说：敬爱的总理啊，我们一定以您为楷模，热爱南开，忠诚、勤奋地为人民服务；允公允能，倾心竭力地为母校争光！

2010 年 3 月 25 日草就
2010 年 8 月 6 日修改

一个名字一颗心

深深校友情,拳拳学子心。

2004 年,以南开大学和天津南开中学为主,举办了《百年南开暨南开大学建校 85 周年》的系列纪念庆祝活动。石家庄南开校友会敬送给母校这次校庆活动的纪念品,是一件签满校友姓名的红缎横幅。横幅宽盈米,长十余米。上印老校长张伯苓手迹——"允公允能,日新月异"八字校训。为使其更加鲜明、醒目,还把黑色墨迹处理成金黄色,然后有近 300 位校友在横幅上签上自己的姓名。别小看这卷起来并不起眼的一条横幅,可双手托起来却倍感沉重,因为那上面的一笔一画,都凝聚着南开校友对母校的一片感恩和祝福的深情,那一个个签名,分明是南开学子一颗颗真诚火热的心啊!

为制作这件纪念品,在石南开校友可谓谋划已久,煞费苦心……

南开大学建校 85 周年,也是校父严修和老校长张伯苓创办的"私立中学堂"(南开学校的前身)建校 100 周年。为搞好这次校庆,南开系列学校包括天津南开中学、南开大学、南开女中、重庆南开中学、四川自贡蜀光中学、天津第二南开中学以及国内乃至海外的南开校友会,都开展了相应的纪念、庆祝活动。而在天津南开中学瑞廷礼堂举行的"天津南开中学建校 100 周年、南开大学建校 85 周年纪念大会"和在南开大学敬业广场举行的"南开大学庆祝建校 85 周年文艺晚会",理所当然地成了南开大学和天津南开中学全体师生与其他南开系列学校的代表及海内外校友代表团

石家庄南开校友会向母校85周年校庆捐赠的签名横幅。上图左起:校庆外联及捐赠部副部长李玉峰,石家庄南开校友会秘书长宋立贤,校庆办公室主任、校长助理霍耀秀,作者,南开校友总会秘书长李国骧,校庆外联及捐赠部副部长宗茂坤

聚的盛大集会。这次校庆活动规模之大、规格之高、组织之细、效果之好、影响之远,可以说都是空前的。石家庄南开校友会也以特有的方式参与了这次活动,为校庆做出了不同寻常而又颇有创意的贡献。

首先是广泛发动,集思广益,确定了参与的方式。还是在校庆日两个月前,校友会便召集常务理事及会员代表开会研究,商定:一方面通过新闻媒体或其他渠道把相关信息传达给广大校友,并组织、安排一次集会;另方面要尽快为母校生日准备一件有意义的纪念品。考虑到校友多而所在单位或居住分散,集中一次十分不易,便将集会活动和准备纪念品二者合而为一——组织一次"我爱南开"的主题签名活动。即选购一红色长幅缎面,发动校友为母校生日捐款并在缎面上签名,而这签满姓名的红缎面,自然就是一件极有意义的纪念品了。

暑假期间,签名活动首先在石家庄南开校友会所在地——河北中信境外就业服务有限公司大会议室拉开序幕。大家把十几个办公桌拼摆在一起成一长方平台,铺展一米多宽、十二米长的锦缎,鲜红的缎面上印有张伯苓校长手写体"允公允能,日新月异"八个金光闪闪的大字,使这个平时略显光线不足的会议室即刻充满生机和光彩。在场的校友会常务理事们及相关人员争相签名,又使这平日略显空寂的会议室顷刻变得拥挤红火起来。十几支签字笔仍显得不够用。大家在郑重签名的同时,还向母校生日捐款献爱心。

那几天,得到信息的校友纷纷到校友会去签名,他们既有白发苍苍的老者,也有刚刚走出校门的"小南开";有的相约三五成群连说带笑而至,也有的老夫老妻相互搀扶或由儿孙引领蹒跚前行。记得有一位家住井陉县的五十多岁的校友,早晨从家出发,骑自行车花半天的时间赶来签名。本来孩子们要替他来,可他不答应,说:"亲手签上自己的名字心里头舒坦。"还有先后毕业于南开的父子俩和夫妻俩,也同时来签名处,谁也不让对方代替自己签名。他们说:"别看是父子俩、夫妻俩,可这(签名)事,谁也替不了谁。"他们的语言和行动,当场就赢得了热烈的掌声。父子校友同时签名也就成了一段感人至深的佳话,至今回忆起来,仍令人感奋不已。

　　为了便于广大校友签名,校友会秘书长宋立贤还带着相关人员,把签名长幅送到校友居住相对集中的河北师范大学、河北医科大学、核工业部第54研究所等单位设置"签名点"。他们在住宅区的大树荫下摆放桌椅,展开签名长幅,备好签字笔,用手提扩音喇叭一声召唤,校友们便纷纷从楼群中涌来,争相签名。有不少非南开校友也凑来看热闹,气氛热烈,场面感人。"允公允能,日新月异"的校训又一次得到了展示和宣传,成了所到之处的一道亮丽的景观。

　　在几个签名点签完名后,面对签满近300位校友姓名的长幅,大家都觉得这份纪念品意义实在不同寻常,但总不能就把它一叠、一卷,就送到学校去啊!何况送到学校后也仍有一个如何保存的问题啊!于是便议论要有一个像样子的包装盒子。先是派人去商店"侦察"。市场上有各式各样的包装盒子,可不是样式不理想,就是尺寸大小不合适,而且普遍价位高得难以接受。商家说的也不是没有道理,人家说:"这不是一般的盛东西的容器,而是一件工艺品,是艺术品!"是啊,既是艺术品,你喜欢,看得上,价钱再高也不贵。你不喜欢,看不上,价钱再低也不买。"艺术品"这三个字一出口,我们就再不敢问津了。

　　现成的买不成,有人便提出要"量体裁衣"——定做。这个主张立即得到大家的赞同,说干就干。先是由相关人员找"手艺人"商谈,提出大体要求,包括式样、大小、用材、时间、定价等等。记得最初人家要200元,经反复讨价还价,降到120元。最后,我以校友会会长的身份与秘书长宋立贤共同出面,连讲道理带诉苦,说我们校友会是群众社会团体,要为母校校庆献礼,没有经费来源,花钱都要由校友个人凑,不敢大手大脚等等。秘书长还对人家说:"我们这位会长也是大学的领导,每年学校造预算做决算,都是多少亿元的数字。要不是对校友们负责,能为这百八十块钱和你计较吗?"对方听后长叹了一口气说:"既是南开校友为母校送贺礼,那就什么也别说了,我只收材料费,一百元,一百!"话说到这份儿上,也实在不好再讨价还价了。可秘书长还是嘴不饶人,又紧叮了一句:"咱可有言在先,钱少了,质量可不能降低!""放心,质量差了,我对不起那么多南开学子,送到堂堂的南开大学,我也丢不起这个人啊!"对方讲得如此诚恳,大家击掌以示信任,既成交了生意,又结识了朋友,一举两得,双赢。

包装盒如期做好。这是一个方柱形盒子,横断面一尺见方,高约四尺,五合板胎,内衬黄缎,外裱红绫。在可开启的一面竖印金色"允公允能,日新月异"八字校训和上下款,在阳光下显得格外庄重、热烈、大方。再把裱卷好的签名横幅装入其中,高低、宽窄都恰到好处,整件作品既有品位又不花里胡哨,既中看又不俗气。的确是件既有思想感情内涵、又有审美价值的、不同寻常的纪念品。

2004 年 10 月 16 日,石家庄南开校友会派代表携纪念品前往天津母校,参加百年南开暨南开大学建校 85 周年庆典,受到了母校的热烈欢迎和亲切接待。当我们把签有 300 多位校友姓名的横幅敬献给母校时,时任南开大学校长助理、校庆办公室主任的霍耀秀和南开校友总会负责同志专门安排时间接待了石家庄南开校友会的代表,当场展示长卷,并和我们一起合影留念。当人们看到那横幅上 300 多个或大或小、或草或楷、或横或竖的五花八门、风格各异的签名时,个个赞叹不已,霍耀秀主任则十分激动地说:"一个名字一颗心啊!这份贺礼,份量实在太重了!"在场人员不约而同地热烈鼓掌,见证了这一感人的时刻。

算下来,这件纪念品连同原材料和制作费,总共花 300 多元,可能是这次校庆活动收到的贺礼中花钱最少的一件了,但却又是所有贺礼中"含金量"最高的一件。因为它是 300 多名校友参与制作的,那长幅和包装盒的每一个部位,都蕴涵着一段感人的故事,那上面的一笔一画,都熔铸着南开学子浓浓的爱校深情,那每一个签名,都是一颗滚烫的赤子之心啊!

2010 年 4 月 18 日草就
2010 年 8 月 8 日修改

唱响中华道德歌

2009 年是母校南开大学建校 90 周年,学校照例向各地校友发出邀请,请校友"回娘家"参加庆典,观光,并共商办学大计。石家庄南开校友会一如既往地受到热情邀请。

从 1909 年到 2009 年,随着古老华夏大地上发生的一系列政治、经济、文化、军事的巨大变革,南开大学也经历了创办、成长、遭日寇炸毁、南迁、重建、改制、复兴这样一条崎岖、坎坷而又不平凡的发展之路。如今,经过几代南开人的不懈努力,她已成为全国著名重点大学,并正朝世界一流大学大步迈进。而南开系列学校(南开大学、天津南开中学、南开女中、重庆南开中学、四川自贡蜀光中学、天津第二南开中学)则以其优异的办学质量和突出的办学特色而成为我国近现代教育史上一种耀眼的"南开现象",得到社会的普遍认可和赞誉。南开大学 90 周年校庆,"是学校发展的一个光荣的里程碑,更是学校迈向新的征程的历史新起点"。"抚今忆昔,继往开来,会聚社会力量,共商学校发展大计",理所当然地成为这次校庆的主题。

母校有召唤,学子齐响应。

收到母校的邀请函后,石家庄南开校友会相继召开几次常务理事会,研究庆祝母校九十华诞和返校参加庆典事宜。决定:第一,召开校友代表会议,向大家通报相关信息;第二,为母校生日捐款;第三,征集校友所创作的书画以及其他劳动成果,向母校汇报;第四,向与会者汇报返校参加庆典以及向母校敬献纪念品的初步方案,征求意见,以便尽早准备、实施。

2009 年 6 月 21 日,在石家庄市群艺馆的演出厅里,召开了石家庄南开校友会议,与会 200 余人。会议的中心议题是讨论决定为迎接母校九十华诞应做的几项工作。其中的一项重要议程就是讨论决定向母校生日献贺礼事宜。会议同意校友会理事会提出的初步方案,决定向母校敬献 90 米书法长卷《中华道德歌》——90 米,正与南开大学建校 90 周年相合,以彰显母校的光辉历程并表达学子对母校的美好祝愿。

《中华道德歌》是南开大学中文系 70 届毕业生路继舜于 1996 年与人合作出版的一本好书。该书曾获"全国文坛新人新作"一等奖,河北省 1996 年度"五个一工程"奖,并被列为"中学生课外读物"。全书 3730 字,分列五篇,是用七言歌诀形式归纳和歌颂炎黄子孙美好道德情操并使其普及化的精品,是"中华五千年悠久文明史的颂曲","是社会主义精神文明的赞歌"(我国著名伦理学家、北京大学魏英敏教授评语)。之所以将此书由作者亲自书写成长幅献给母校作为生日礼物,是基于如下考虑:第一,这是我们校友(与人合作)创作的有相当社会影响的文化精品,把它献给母校,是儿女向母亲的一种最好的回报和感恩;第二,表明南开学子继承和弘扬中华道德文明,为社会主义精神文明建设做贡献的宏愿和决心;第三,传达南开校友对母校的衷心祝愿,祝愿母校努力培养更多既精通业务、又具备先进思想道德素质的"允公允能"的新型人才。

决定一经做出,立即付诸行动。

要将三千多个汉字用毛笔黑墨书写在 1 米宽、90 米长的宣纸长卷上,谈何容易! 其中的运思和甘苦,非亲历者是很难想象得到的。我曾"采访"和请教过书家路继舜,对此才算是略知一二。

首先是布局。要把三千多个汉字书写在 90 米宣纸长卷上,而且前有题头,中间有五个篇名,文后又有跋文。每一部分安排在长卷上,既要眉目清晰,各具特色,又要相得益彰,整体和谐。行距、字间距以及横幅的"天""地"空白各留多少,都要精确计算并经反复对比,方能得出最佳效果。

纸、墨、笔的选择也要花费心思。个中的门道和学问,我不懂。书者说：这么长的横幅一定要选用同一厂家、同一型号、同一批次的宣纸，否则连接装裱在一起后，纸的色泽、厚薄、纹路、软硬等等的细微差别就会显现出来，影响作品的美观效果。再者，90 米长卷不是一次或几次就能写成的，因此，用墨的浓淡一定要保持前后一致，否则，墨干后，字迹的深浅就不统一，容易成为"花花脸"。至于用笔，则又要根据纸的性质、字体的大小和特点等多种因素而确定。诸如此类事项，都要经过认真琢磨和深思熟虑，甚至常常要经多次试写，广泛征求旁人意见才行。此间，书者闭门谢客，别无旁务，倾心书写，用了一个多月的时间才把这 3730 字的《中华道德歌》书写完毕。可以说，其中的一笔一画都倾注和凝聚着书者的创造性劳动和辛勤的汗水以及感人的心血啊！

　　长卷的题头是请著名表演艺术家王铁成题写的。之所以请他来写，一是由于他饰演周恩来总理非常成功，南开人崇敬、怀念自己的老校友周总理，也敬重、感激这位饰演人民好总理的"腕"级影星；二是由于他曾拨冗参加过南开大学的校庆活动，表现了他对南开大学的深情厚谊和热情支持。为请他题写长卷的"门面"，石市校友会委派路继舜专程从石家庄到北京去"求字"。当时王铁成家正有客人，见路继舜到后，他立即向客人表示歉意，请客人稍等，先来接待这位远道而来的客人。并欣然允诺，立即当场书写了题头。再次表达了他对南开的情谊和支持。他所题写的题头，为这幅长卷增添了不同寻常的"含金量"，增添了更加耀眼的光彩。

　　为了对相关情况做出说明和交代，我受校友会委托，为长卷撰拟了跋文，并由 89 届历史系毕业生赵险峰用行书体书写。之后，又请装潢设计专家进行装裱，并"量体裁衣"制作了大方、庄重而又精美的礼品盒。礼品盒由压缩木合成，外包红色缎面。台头书"敬献母校南开大学 90 华诞"，落款书"石家庄南开校友会"。

　　至此，这件具有特殊意义的校庆贺礼算是制作完毕。为了检验效果，我们还特意在一处珠宝城的一百多米的长廊里将裱好的长卷进行展示，在场的人无不为作品的大气、壮美而欣喜若狂，有电视台的记者闻风拍下了许多感人的场面和精彩镜头。

　　2009 年 10 月 16 日，由我和校友会副会长路继舜、宋立贤，秘书长冯路钧,副秘书长李根雨、孙琪等六人,以及作为特约代表先期返回母校的刘绍本教授,代表在石家庄的全体校友前往参加母校九十华诞的庆典活动。其中刘绍本、我和宋立贤毕业于20世纪60年代,路继舜和李根雨毕业于70年代,孙琪毕业于80年代,冯路钧毕业于本世纪初,从年龄上讲,正好是老、中、青"三结合"。我们这次活动还得到了河北师范大学的支持,校办公室专门派出司机师傅和一辆面包车为我们服务。

深秋的中原大地,蓝天白云,阳光明媚,金风送爽。我们驱车飞驰在平直的高速路上,望着窗外那辽阔的冀中大平原和远近的村庄、绿树以及丰收在望的庄稼,一路谈笑风生,兴奋不已。五个多小时的车程毫无倦意——我们回顾母校90年坎坷而光辉的发展历程,畅谈60年来中华大地翻天覆地的变迁,诉说个人独特的学习、工作和生活经历,一路上有讲不完的故事和道不尽的感怀。虽然车子行驶在途中,但我们的心却早已飞向了那给予我们无限恩泽而令我们终生热爱和眷恋的南开园了:大中路两旁的白杨还是那样的挺拔而壮丽吗?马蹄湖的荷莲还是那么倩丽迷人吗?图书馆阅览室里还是那么座无虚席吗?主楼顶上的红星还是那么璀璨耀眼吗?周总理、严范孙、张伯苓的塑像前还是那么多人流连忘返吗?校园里又增添了哪些高楼、实验室、图书、设备?又有哪些尖端的科研成果问世?又有几位教授当选为两院院士……那一段段鲜活的生活情景,那一幅幅清晰的记忆拷贝,纷至沓来浮现于脑海,它们互相追逐、互相冲撞、互相重叠、互相交错,是"剪不断,理还乱"的幽思,是"我是爱南开"的深情,是儿女对母亲的感恩与思念,是南开人对母校的钟爱和祝福。

司机师傅十分理解我们此时此刻的心情。他以充沛的精力和娴熟的技能驾驶着汽车或快或慢、或冲或让,又快又稳地驶进了南开大学的发祥地和所在地天津市。当我们的汽车由西向东行驶在宽阔平直的复康路上时,我们不约而同地转头向左前方翘望,透过车窗,追寻那熟悉的南开园的身影。突然,不知是谁高喊了一声:"看啊!主楼!"大家忽地一下从座位上站立起来,涌向车厢左侧。司机也有意识地放慢了车速。人们遥望母校主楼顶上的红星,心潮翻涌,欣喜异常,不约而同地大声呼喊:"到家喽!""到家喽!"不知不觉,眼眶中已充盈了激动的热泪……

母校东大门身着节日盛装，门头和两侧以及门前卫津河上小桥的栏杆上，呼啦啦飘舞着各色彩旗，似乎在手舞足蹈地向来人高呼："欢迎！""欢迎！"顺校门西望，那熟悉的大中路已被彩旗、彩带、彩球装扮得如诗似画，华美妖娆。而那高悬的横竖条幅和路两侧扑面而来的五颜六色的展牌，则把九秩南开的主题彰显到了极至。

门卫着装整齐，精神抖擞，热情而严格。我们的车行至校门前，便有一门卫面带笑容，上前行礼，示意停车。当他被告知我们是从石家庄专程返校参加庆典的校友时，立即与我们热情握手，敬礼放行。汽车沿着花山旗海的大中路缓缓前行，每到一个路口处，都有身披佩带的志愿者为我们指路。在一位志愿者的引领下，我们先到返校校友接待处报到登记，紧接着就去校庆纪念品展示大厅敬献精心制作的 90 米长卷《中华道德歌》。

展示大厅由原体育馆东侧的体操房临时改装而成。进得门来，便见各地校友及相关单位赠送的纪念品摆放得琳琅满目而又井然有序，字画、雕塑、屏风、铜鼎、寿瓶、花篮……应有尽有，令人眼花缭乱，目不暇接。纪念品登记处的负责同志及十几名志愿者忙得不可开交，虽时值深秋，仍累得气喘嘘嘘，大汗淋漓。

出面接待我们的母校领导是时任党委副书记的张静同志。她首先热情地和我们一一握手，深情地连连说："欢迎！""欢迎！""你们远道而来，辛苦了，辛苦了！"当我们向她汇报在石南开校友对母校的感恩和怀恋之情以及纪念品《中华道德歌》的创意和制作过程后，她连声说："谢谢！""谢谢！""母校感谢你们！"她还手抚装有长卷《中华道德歌》的礼品盒，欣喜地说："石家庄南开校友会组织规范，工作活跃，是受到母校格外关注的。"她还深情而郑重地嘱咐我们，一定要把母校对各地校友的诚谢和问候带给石家庄的全体校友，希望大家随时"回家"来"走走，看看，一如既往地关注和支持母校的建设和发展"。"娘家人"的一番肺腑之言，令我们这些长年学习、工作和生活在异地的校友倍感亲切和温暖——我们实实在在是"回家来啦"！

当我们小心翼翼地把卷成一尺来粗的长卷慢慢展开时，大厅里许多人都围拢过来。长卷上，王铁成书写的遒劲飞动的题头，路继舜那独具风格的隶书,特别是这么长的一件书法作品及它所表达的《中华道德歌》,令在场的人无不赞叹不已。大厅东西宽 30 多米,仅能展示长卷的三分之一。这时,母校的常务副校长陈洪教授走来,他认真地看了长卷后,深情地说:"这是一件镇校之宝!"并指示"不要再卷起,以便大家观赏"。限于场地,他还说:"暂不必全部展开,以免稍有损坏。"就这样,在一片赞扬、喝彩声中,我们与母校领导在长卷后合影留念。摄像机的镜头从每个人面前扫过,照相机的快门声"咔咔"响个不停,耀眼的闪光灯闪成一片。此时此刻,我们感到无比的激动和欣慰,也深深地舒了一口气——我们已把这件寄托了在石校友对母校的拳拳感恩之心和切切思恋之情的长卷完好地送达母校!我们完成了一件大事,了却了一桩心愿!能和母校的亲人围聚在一起,我们感到无比的温暖和幸福。我们也深知,此刻,在石校友们正遥望渤海之滨、白河之津,默默地为母校送来深情而美好的生日祝福!

九秩南开,我们为母校唱响《中华道德歌》,愿母校为祖国培养更多"允公允能"的高素质人才,祝母校"日新月异",再创辉煌!

2010 年 8 月草就
2010 年 9 月修改

跋《中华道德歌》

社会发展人为本,民族精神德为根。

时值南开大学建校 90 周年,在石家庄的南开校友为母校唱响《中华道德歌》,恭祝母校九十华诞。

《中华道德歌》,南开大学中文系 1970 届毕业生路继舜于 1996 年与人合作,并于去年再版。该书曾获"全国文坛新人新作"一等奖,河北省1996 年度"五个一工程"奖,并被列入"中小学生课外读物"。我国著名伦理学家、北京大学伦理学教授魏英敏先生曾两次为该书作序,赞誉其为"中华五千年悠久文明史的颂曲","是社会主义精神文明的赞歌"。河北老教授协会会长、河北师范大学刘绍本教授和晋州市文联主席申建国两位南开校友也先后为该书作了序。全书分列五篇,凡 3730 字。是用七言歌诀的形式概括和歌颂炎黄子孙道德情操,并使其普及化的珍品,是继承和弘扬五千年华夏精神文明的佳作。受石家庄南开校友会全体会员重托,作者将其亲书于 90 米长卷之上,作为敬献给母校 90 岁生日的贺礼。当这件寄托了在石校友对母校的拳拳感恩之心和切切思恋之情的长卷送达母校之时,在石校友遥望渤海之滨、白河之津,默默地为母校送去深情而美好的生日祝福。

作为南开人尊敬的朋友,著名表演艺术家王铁成先生,亲笔为长卷书写题头,既说明南开精神影响之深广,亦表现了铁成先生对以周恩来为代表的南开人的深情厚谊和对南开事业的热情支持。对此,南开人将永志不忘。

　　愿母校在树立科学发展观、创建和谐社会的伟大实践中,为祖国培养更多"允公允能"的高素质人才。

　　祝母校在改革开放和建设有中国特色社会主义的伟大进程中,"日新月异",再创辉煌!

南开大学中文系 1964 届毕业生曹桂方 文

南开大学历史系 1989 届毕业生赵险峰 书

2009 年 10 月于石家庄

尾声:未了南开情

未了南开情

　　从 1959 年到 1964 年,我在南开度过了整整五年的大学生活。五年,在历史的长河中只是倏乎一瞬,暂短得太微不足道了。可那是我人生道路上最美好、最幸福、最难忘的一段时光。如今虽已离开母校近半个世纪,且已成古稀老者,但我对母校的爱慕、敬仰、怀恋、感恩之情,不仅没随时间的流逝而有丝毫减弱,反而更加深切、更加浓重、更加强烈了。人虽久处异地,心却始终与母校相通、相连、相贴——我关注母校的发展,结记师长的安康;我高兴听到母校的喜讯,盼望见到母校的亲人;我常回忆起那笔直的大中路和敞亮的阅览室;我常陶醉于那火爆的晚会和清静的晨读……

　　母校的一楼一湖、一草一木,都已深深地印在我心中;母校的校训、校歌,永远是鼓舞我积极上进的强大的动力。

　　今年暑期,收到母校的几位在读学生的电话约访,说这是由南开大学校友会和校团委精心组织和安排的寻访校友活动的一项重要内容。母校的亲人要来访问我,真使我喜出望外!我十分高兴地践约并热情地接待了他们。他们家住在石家庄或石家庄临近的市县,一共五个人,四男一女,分属化学学院、经济学院、信息学院和外语学院。四个本科生,一个硕士生。组成南开大学校友寻访石家庄队,是分赴全国许多省市的寻访队中的一个队。按照学校的要求和计划安排,他们这个队在石家庄要寻访七位校友,并整理寻访报告及相关材料,开学后返校进行汇报和总结评比。通过这样的活动,一方面加强母校与校友们的联系,向校友们介绍学校的发展变化,听取校友们的意见和建议;另一方面也可使参加访问的学生受到教育,得到锻炼。这确实是一项十分有意义的活动。

"见了你们总觉得格外亲"——这是著名歌唱家马玉涛演唱的《看见你们格外亲》中的一句歌词。用它来形容与母校来人相见时的心情是最恰当不过了。来的五位"小南开",个个精神饱满,朝气十足。他们大方、热情、机敏而又不失稳重、谦虚、平和。我和他们虽从未谋面,可不仅没有一点生疏感,而且一见如故,亲如一家。似好友久别重逢,又像过年过节家人团聚。我们无拘无束地交谈,有说不完的心里话,有倾不尽的南开情。许多话题都是直来直去,不用拐弯抹角;许多感慨都是直抒胸臆,无需仔细思考和推敲。发言积极主动,气氛亲切活跃。说话声、欢笑声和照相"咔咔"声混杂在一起,使这个"家庭聚会"显得格外火暴。置身于年轻人中间,我似乎又回到了大学年代,自豪、幸福之感油然而生。由于心情激动,话语就多,或轻声细语,或慷慨激昂,全然忘记了这是座谈会。可是,当他们问我"南开五年,您的主要收获有哪些"时,我竟一下"卡壳"了——不是收获少,而是收获太多;不是没的说,而是不知从何说起。是啊,五年南开,将近两千个日夜的受业和熏陶,我在思想上、学识上和身体上的收获实在是多得难以说清啊! 在寂静的片刻中,我稍理思绪,便开始回答这既容易回答却又难以回答清楚、难以回答完全的问题了。也许我的回答过于郑重、过于专注、过于自信了吧,竟是一开口便滔滔不绝地"刹不住车"了。他们几位也不再插话逗笑,而是全神贯注地看着我,仿佛在听我讲什么神奇的故事。那场面,又像军队首长在向战士们分析战况和部署战斗任务。其实,我讲的不过是在南开五年的几点实实在在的感受而已——

一是老实做人。这是我在南开五年的最根本的收获,主要是从南开的师长们、同窗们的言行中看到和学到的。南开人做人低调,不善张扬,谦虚谨慎,朴实善良。但心有主见,不随波逐流。他们主持正义,维护真理,在原则问题上决不让步。即使遭受打击、迫害甚至危及生命,也从不向恶势力低头。印象最深的是刚入学不久,正赶上文艺界批判"修正主义文艺思潮",时任中文系主任的李何林教授因其撰写《十年来文学理论和批评上的一个小问题》,而横遭自上而下组织的全国性的粗暴批判。在一次批判大会上,李先生衣冠整洁,态度从容,手提暖水瓶,气宇轩昂地走上大礼堂的舞台,面对黑压压的与会者,义正辞严地进行争辩和反批判,理直气壮地质问和申斥这股全国范围的批判风波的策划者和组织者,矛头直指身居中宣部和文化部高位的大人物。那种不卑不亢的品格,那种据理力争的精神,那种无私无畏的气势,乃至那种缜密的思维逻辑和简洁、犀利的语言表达,使在场的听众无不交口称赞。如果说,以往我只是钦佩李先生的革命经历和渊博学识,那么从这次批判会起,我开始认识和敬仰李先生之为"人"。往后,他无论在系里主政,还是被下放到农村去接受"再教育";无论蹲"牛棚"劳改时用双手清理便池的污物,还是对受到不公正待遇的师生呵护关爱;无论在讲台授课,还是在私下闲谈,都是那样的表里如一,那样的堂堂正正,那样的可亲可敬。1984 年,先生八十寿辰时,中文系为先生订做了一面纪念瓷盘,白色,长方形,书本大小,有瓷制支架。盘面一侧是一束淡雅而富有灵气的兰花,另一侧是李先生用墨笔手书的鲁迅语录"随时为大家想想,谋点利益就好"。当年我有幸得到了一面这样的瓷盘。近三十年了,我每次搬家,它都是重点保护的文物级"家宝",无论我搬家到哪里,总是把它摆放在案头最显眼的地方——它是我为人的一面镜子,天天促我自省;它是一种无尽的动力源,时时催我奋力前行。

二是扎实做学问。南开学风扎实,重视基础学科和基础教学,强调基本知识、基本理论和基本技能。那时的中文系只有文学和语言两个专业,学制五年,前三年学的课程都一样,到了四年级才开始分专业进行学习。名教授和骨干教师都担任相当多的基础课教学任务,而且教得认真,要求严格。课堂教学外,还布置大量课外必读和参考阅读书目。以文学专业为例,古今中外各时期的代表性作品是一定要认真阅读的。为有效地指导学生学习,又专门设置了辅导课。辅导课也列入课程表,有老师到场对学生进行更有针对性的指导和答疑,以巩固和拓展学生所掌握的知识面,激发学生的学习兴趣和积极性,培养学生独立思考能力和治学本

南开大学中文系原系主任李何林教授 80 寿辰纪念磁盘,上有李先生书鲁迅语:"随时为大家想想,谋点利益就好"

领。设辅导课的另一个好处是密切师生关系,师生零距离进行研讨和交流,教师在对学生进行辅导的同时,也了解到自己讲课的效果,便于改进教学和提高教学质量,做到教学相长,共同提高。

由于基础打得比较坚实牢固,学生毕业后对工作的适应性就比较强。以我们年级而论,近百名同学,毕业后去向差异很大,工作性质、岗位、任务各不相同,但至今没听说有哪一位是因为思想水平低或业务能力差而不能胜任工作的。反而绝大多数都成了各自单位的骨干,不少人因成绩突出而走上了领导岗位。时至今日,当大家重聚并回首大半生的经历时,还都十分感念在校时打下的专业基础,对那些兢兢业业从事基础教学的老师怀有由衷的崇敬与感激之情。

三是忠实于所从事的工作和事业。爱岗敬业是南开人的优良传统。回顾在南开读书时所接触的师长,无论是领导还是普通职工,无论是党政干部还是专业教师,无论是教专业课的教师还是教公共课的教师,都是那么勤勤恳恳,尽职尽责,忠于职守,乐于奉献。从白发苍苍的老教授,到初登讲台的青年教师，从行政管理者到教学辅助人员，大家都围绕着育人这一共同目标，竭尽全力地把自己的工作做好，绝不因自己工作不到位甚至失职、失误而影响全局。大家还乐于团结合作，富有团队精神，工作中彼此支持，互相补台。全校上下，团结一致，是和谐友爱的大家庭，也是顽强奋进的战斗集体。振奋人心的教学科研成果不断问世，感人至深的好人好事层出不穷。我永远不会忘记有的老师边服药边为我们上课的情景，不会忘记图书馆工作人员为我们查找图书资料而来去奔忙的身影，不会忘记在大操场上顶严寒、冒酷暑，一丝不苟地为我们做示范动作的体育老师，不会忘记起早贪黑为我们制作可口饭菜的大师傅们——是这些可亲可敬的师长们的崇高情操和辛勤劳动，使我懂得了什么是人生的价值和怎样实现人生的价值，使我懂得了忠实于事业、为事业献身的真正意义。

……

我滔滔不绝地讲了这三个"实"字，才觉得有些口干舌燥，喝了口水，准备继续讲"四是——""五是——""六是——"时，猛一看表，已近中午！我不由得"啊"一声，既感叹时间过得太快，不知不觉两个多小时就过去了；又感叹我的思维和语言竟如此不争气，讲来讲去仅讲这么少。要知道，我还有一肚子心思和感受要对母校来的亲人说啊……

然而毕竟时间有限，下午他们还要如约去寻访其他校友，我只好就此"打住"。接着彼此又谈了些别的话题。最后，我应邀为他们签名留言，他们则赠我一枚直径寸许的南开校标胸章，并郑重地为我别在胸前，几个人一起为我鼓掌，有的则急忙举起相机拍照。我扶摸着胸前这朴实大方而又凝重精美的校标，看着面前这几张"小南开"的笑脸，这一瞬间竟找回了几十年前我刚入南开，在胸前佩带上由毛主席手书的"南开大学"校徽的感觉——那么兴奋，那么自豪，那么幸福！

访谈结束了，送走几位南开人，我独坐在寂静的书房里，可心情却久久不能平静。午饭后，多年养成的雷打不动的午睡习惯，竟也被打破了。躺在床上翻来覆去总也不能入睡，眼前似梦似幻地浮现出就读南开时那些并不如烟的往事：那些恩如大海的师长，那些朝夕相处的同窗，那笔直的大中路，那庄重的图书馆，那幽静的马蹄湖，那宜人的中心花园，那宽敞的大操场,那高大挺拔的主楼,那学生食堂,那学生宿舍,那……

一幕幕,一串串,像走马灯,又像重放电影;似江河奔腾,又似长空飘云。它们接续着,冲撞着,重叠着,缠绞着,真的是"剪不断,理还乱"啊!

是啊,五年的熏陶,无尽的恩泽,母校所给予我的实在是太多太多,那是我今生今世说不尽,道不完的啊!母校的校风学风和校容校貌,母校的师长同窗和欢声笑语早已在我心灵深处烙上了永久的南开印记;那感人至深无法了却的师生情、同窗情,早已在我心中凝成了永远化解不开的南开情结。无论走到哪里,无论何年何月,无论面对怎样的现实,我都不会忘记:我是一名南开人!我会以一名南开人应有的勇气和智慧去拥抱生活,用自己的坚定信念和血肉之躯感恩母校,报效祖国和人民。

我静坐案头,心游南开,百感交集。兴之所致,不会写诗的我,竟凑得两段《长相思》新词("新词",犹古典诗词中那种不受词牌格式严格限制,而又大体保持"词"的体制和风味的"自度曲"。刘叔新老师称之为"新词",并热情倡导之)。这两段文字虽诗意无多,却是真情真意,愿将它连同我未了的南开情一并敬献给我的母校:

长相思

一

南开门,南开人

南开树大根也深。

根深情更深。

情也深,人也亲,

山南海北心贴心。

血脉连古今。

二

师也亲,生也亲,

学子成才木成林。

　　　　顽石成真金。
　　　　金也真,情也真,
　　　　做人做鬼都感恩。
　　　　不泯南开魂。

　　让我再一次面朝天津母校,向教我做人、做学问、做奉献的众多恩师,行九十度三鞠躬之弟子谢恩礼;向给我五年熏陶、给我终生恩泽的母校,献上最美好的祝福——祝愿南开永远年轻,永远辉煌!
　　南开,我魂牵梦萦的南开。
　　南开,我永远的南开!

2010 年 9 月 8 日草就

2010 年 9 月 10 日修改

后 记

　　我于 1959 年至 1964 年,在天津南开度过了五年的大学时光。这是不同寻常的五年,记忆深刻的五年,值得回忆的五年!

　　如今,我虽已年逾古稀,然每每回忆起半个世纪前那段丰富多彩、积极向上而又伴有不解和困惑的南开生活,仍是孩童般的兴奋和喜悦,痴子般的得意和迷狂,恋人般的幸福和温馨。

　　我深深地铭记着我的母校,我时时地回忆起我的南开。随着时间的推移,这种记忆也越发深刻,这种回忆也更加甜美——我与南开早已结下了化不开、驱不散的生死情结。

　　退休后,闲暇日多,每每打开记忆的闸门,总是思绪万千,情不能抑。而在南开的一千七百多个日日夜夜,则是我记忆仓库中熠熠生辉的亮点,那丰富多彩的大学生活情景,就像翻滚的风云鼓荡着我奋起的翅膀,又像奔腾的江河催涌着我澎湃的激情。"情动于中而形于言",于是我开始把这些美好的回忆记录成文字,积少成多,遂成就了这本回忆性的散文集《南开情未了》。

　　我深知,南开对我的哺育教诲之恩以及我对南开的感恩眷恋深情,是永远也说不尽、道不完的。这薄薄的小册子,凝聚着我的情,代表了我的心,把它敬献给我的母校,既是孩子对母亲的倾心诉说,又是一种永远的自我激励和鞭策。

　　感谢我的学兄刘绍本教授,他入南开比我早,在校期间提前离系参加了三年校部工作，复学后与我同班。我俩不仅是北京同乡和南开同窗，而且毕业后一同被分配到河北师范大学执教，又几乎同时成为担负学校领导工作的"双肩挑"人员，直至退休。我俩的人生经历和生活轨迹多有重合，彼此的思想意识、业务能力、生活习惯乃至脾气秉性、优点缺点，都了若指掌，知之若己。他欣然为这本小册子作序，字里行间洋溢着朴素的同窗情、无间的兄弟情和真挚的同志情，使融于小册子的南开情，得到了充实、深化和升华，增色多多。

感谢南开大学党委杨庆山副书记和"两办"主任张亚教授以及南开大学发展委员会办公室曾利剑副主任，感谢南开大学出版社，有他们的鼓励、指导、支持和帮助，这本小册子才得以面世。

感谢培育了我五年的母校，衷心地祝愿"允公允能"的南开人拥着改革开放的大潮奋力精进！热切地盼望母校在有中国特色社会主义建设伟大进程中，"日新月异"，再创辉煌！

南开大学中文系 59～64 届在读生曹桂方

2011 年 10 月于石家庄